dtv

Warum sollte Julia keine Schwester gehabt haben? Die kleine Anna ist sieben, als »ES« geschieht und William Shakespeares berühmte Tragödie ihrem blutigen Höhepunkt, dem Doppelselbstmord der Liebenden, zueilt. Was wird aus dem Kind, was aus der alten Todfeindschaft der Veroneser Adelsfamilien? Was hat Ophelia über ihren Hamlet zu berichten? Wie ergeht es Shylocks Tochter aus dem ›Kaufmann von Venedig‹? – Mit der Umdeutung von drei Frauenschicksalen bei Shakespeare zeigt Gertrud Fussenegger, wie verformbar literarische Motive sind. »Die besten Geschichten«, sagt sie, »sind allemal jene, die sich immer wieder neu und anders – oder auch weiter erzählen lassen.«

Gertrud Fussenegger, geboren am 8. Mai 1912 in Pilsen, verlebte ihre Kindheits- und Jugendjahre in Galizien, Böhmen, Tirol und München. Sie studierte Geschichte und Philosophie und promovierte zum Dr. phil. Schon früh begann sie zu schreiben und wurde mit zahlreichen Preisen ausgezeichnet.

Gertrud Fussenegger

Shakespeares Töchter

Drei Novellen

Deutscher Taschenbuch Verlag

Von Gertrud Fussenegger
sind im Deutschen Taschenbuch Verlag erschienen:
Das verwandelte Christkind (2593)
Das verschüttete Antlitz (25161)
Maria Theresia (30419)

Originalausgabe
Oktober 1999
© 1999 Deutscher Taschenbuch Verlag GmbH & Co. KG,
München
Umschlagkonzept: Balk & Brumshagen
Umschlagbild: Ausschnitt des Gemäldes
›Die Nacht von Enitharmons Freude‹ (um 1795)
von William Blake
Satz: Fotosatz Reinhard Amann, Aichstetten
Gesetzt aus der Stempel Garamond 10,5/12˙ (QuarkXPress)
Druck und Bindung: C. H. Beck'sche Buchdruckerei,
Nördlingen
Gedruckt auf säurefreiem, chlorfrei gebleichtem Papier
Printed in Germany · ISBN 3-423-12695-7

Die besten Geschichten
sind allemal jene, die sich immer wieder neu
und anders – oder auch weiter erzählen lassen.

G. F.

Inhalt

Jessica
9

Julias Schwester
83

Ich bin Ophelia
209

Jessica

Das Wasser klatschte gegen die Mauern, und der schwere Lastkahn rieb sich am Steg. Das Tor zum Magazin stand halb offen – und drinnen rumorte es; hinter den aufgetürmten Teppichballen, gestapelten Stühlen und Truhen rückte und rumpelte jemand, und eine knarrende Stimme rief: »Jessica! Kind! Töchterchen, komm mir helfen!«

Die Gerufene kauerte auf der untersten Staffel der steilen Wendeltreppe und rührte sich nicht.

»Jessica!« rief die Stimme von neuem. »Du-oben! hörst du mich nicht?« Und dann, zum drittenmal, jetzt schon zornig-überlaut: »Jessica, hast du denn keine Ohren?«

Jessica duckte sich. Sie nestelte die zierlichen hochhackigen Schuhe von ihren Füßen, lila Seidenschühchen mit weißem Pelzbesatz, und ließ sie in den weiten Ärmeln ihrer Jacke verschwinden. Schon hatte sie sich aufgerichtet, um treppauf zu laufen, da tat es drinnen einen dumpfen Schlag; irgendetwas Schweres mußte umgestürzt sein, und eine zweite ebenso schwere Last rumpelte nach; eine Wolke Staub stob aus dem Magazin, drei, vier Ratten sprangen hinterher. Die Stimme, die nach Jessica gerufen hatte, stieß einen Schrei aus, dem ein Ächzen und jammerndes Murmeln folgte. Jessica rannte, so schnell sie konnte, die Treppe hinauf, lautlos über die krummen Staffeln aus Ziegelstein und Brettern; oben hinter der vierten Wendung war nur noch eine Leiter: Hinter einer mit schwarzem Tuch verhängten Tür war Jessicas Kammer, schräg unter das Dach geklemmt, innen aber hübsch und hell, mit seidenen Tapeten bespannt. Da stand ein himmelblaues Bett mit himmelblauen Vorhängen, an allen Ecken mit silbernen Troddeln behängt.

Auf dieses Bett warf Jessica erst ihre Schuhe, dann sich selbst; so lag sie eine Weile und wartete und spähte nach der Tür. Sie lauschte. Doch unten im Hause rührte sich nichts mehr. Auch von der jammernden Stimme war nichts zu hören, und kein Schritt kam heraufgetrapst. Jessica lachte kurz auf und schlug sich mit einem Fächerchen vor den Mund. Dann schlüpfte sie an das Butzenscheibenfensterchen, öffnete es und lehnte sich hinaus. Sie sah: Es war noch zu früh, noch stand die Sonne eine Handbreit über der Lagune und breitete ihr goldenes Licht über die Mauern und Zinnen der Stadt Venedig. Doch wenn bei sinkender Dämmerung die Glocken zu läuten anfangen würden – erst die von Santa Lucia, dann die der Frari, zuletzt die Domglocken von San Marco –, dann würde in dem schmalen Kanal tief unter ihrem Fenster eine bestimmte Gondel auftauchen, schwarz wie alle Gondeln, aber bunt bewimpelt in Grün und Rot, Signore Lorenzos Farben: Signore Lorenzos, des Schönen, Herrlichen, dem keiner gleichkam; und er würde auf dem Heck der Gondel stehen und seine Mütze schwenken, nach rechts, nach links und rundum im Kreis, verabredete Signale, Signale der Liebe zu ihr, Jessica. Sie würde dann ein Kerzchen entzündet haben, ein längst zurechtgelegtes, an einem längst vorbereiteten glosenden Glutfeuerchen – und würde, weit vorgeneigt aus dem offenen Fenster, ihrerseits ihr Kerzchen kreisen lassen, und das tanzende Flämmchen würde, wie ausgemacht, nichts anderes heißen als:

Ich liebe dich, Lorenzo, und ich komme; ich komme, wenn du rufst, und werde dein Weib und lasse mich taufen, um dein Weib zu werden, ich, Schalams Tochter!

Schalam oder – wie ihn manche seiner ausländischen Kunden nannten – Shylock lebte nun schon seit siebzehn Jahren in Venedig und galt als einer der reichsten Juden der venezianischen Judenschaft, die ihrerseits wieder landauf, landab für die wohlhabendste in allen Küstenstädten Italiens gehalten wurde. Trotzdem bewohnte er, Schalam, ein baufälliges Haus in dem wegen seiner Baufälligkeit und Enge übelbeleumundeten Venezianischen Ghetto. Das Ghetto lag auf dem Gelände einer ehemaligen Eisengießerei, abseits des Canal grande, wo die Reichen und Mächtigen der Republik ihre Paläste hatten. Es lag in einer Gegend, die seit altersher dafür bekannt war, daß sich in den nahen Schilfen die Moskitos millionenfach vermehrten und daß die Strömungen der Lagune den Schmutz und Abfall der ganzen Stadt vorübertrugen.

Trotz dieser ungünstigen Lage hatte sich die Stadtregierung geweigert, den für die Juden bestimmten Bezirk zu erweitern. Er war mit einem Palisadenzaun umgeben und dessen einziges Tor mit einer Kette abgesperrt. Nur mit einer eigens ausgestellten Erlaubnis durften die Bewohner ein und aus gehen. So herrschte ein entsetzliches Gedränge dahier. Man hatte, da man sich nicht ausdehnen durfte, begonnen, in die Höhe zu bauen, hatte fünf, sechs, sogar sieben Stockwerke übereinander getürmt, die Dächer mit Wohnlauben besetzt, Erker aus den Wänden gekröpft und ganze Buden zwischen die Häuser gehängt, nur um jeweils wieder ein Stückchen Bleibe, einen Wohnwinkel, ein wenn noch so schmales Dach über dem Kopf zu gewinnen.

Nur Schalam oder Shylock war es gelungen, ein ganzes Haus allein mit seiner Tochter, einem Diener und einer alten Magd einzunehmen.

Es war am Rand des Ghettos zwischen zwei Kanälen gelegen. Im breiteren Kanal war der Lastkahn vertäut, dort war auch der Einstieg in das Magazin.

Das Magazin war Schalams Schatzhöhle; es war vollgestopft mit allem Trödelkram der Welt, mit Tuch, Geschirr und Waffen, Hausrat und Werkzeug, Neuem und Altem, Ganzem und Zerbrochenem, Kostbarem und Wertlosem. Doch alles, was da lag, hatte Schalam selbst zusammengetragen; er kannte jedes Ding, und keins war ihm zu gering, es seinem Lager einzuverleiben und es – bei Gelegenheit – wieder an den Mann zu bringen. Er kaufte aus den Häusern der Reichen, wenn eine Erbschaft anfiel, und kaufte aus den Häusern der Armen, wenn ein hungriger Tropf seinen letzten Trödel verscherbeln mußte. Er hütete eine Sammlung herrlichster Teppiche aus Konstantinopel und verschmähte es nicht, auch zerrissene Stiefel, zahnluckige Kämme und verbogene Nägel feilzubieten, wenn sich jemand nichts Besseres leisten konnte.

Schalam war ein fleißiger Mann. Vor Morgengrauen erhob er sich, vor Mitternacht suchte er selten sein Bett auf. Immer war er unterwegs oder mit Geschäftsfreunden im Gespräch, oder er räumte in seinem Magazin herum. Sein Haar war grau, sein Gesicht grau und faltig, seine Augen vom Staub gerötet, seine Hände von Gicht verkrümmt. Nie gönnte er sich eine Freude außer im Gebet und in der Lektüre frommer Schriften, nie gönnte er sich Ruhe außer am Sabbat. Da rastete er vom Freitagabend bis zur Samstagabenddämmerung, denn die rechtgläubigen Juden feiern vom Abend zum Abend, für sie beginnt der Tag mit dem Einbruch der Nacht.

Die Gebote seines Glaubens befolgte Schalam mit Genauigkeit, an den großen Festen besuchte er das Bethaus. Den Armen gab er die vorgeschriebenen Almosen, doch keinen Kupferling darüber hinaus. »Das Gesetz hat es so bemessen«, pflegte er zu sagen, »ich bin nicht dazu da, es zu verbessern.« So erzählte man von ihm, er sei ein Geizhals, ein Wucherer, ein harter Mann.

Über dieses Gerede konnte Schalam nur lachen, vielmehr: Schalam hätte nur lachen können, wenn er überhaupt je zum Lachen aufgelegt gewesen wäre. Doch dazu, so schien ihm, hatte er weder Zeit noch Gründe. Zu mühselig war sein Leben gewesen in früheren Jahren, und zu genau hatte er erfahren, daß das einzige, was im irdischen Leben eines Juden wog und wiegen konnte, Gold war; Gold, ob gemünzt oder zu Schmuck verarbeitet, auch Perlen, Edelsteine, vielleicht noch Silber oder Elfenbein, kurz etwas, was sich einstecken und mit sich tragen, was sich zur Not unter Kleidern verbergen oder womöglich verschlucken ließ.

Für einen Juden gab es keinen anderen auch nur annähernd sicheren Besitz.

Ein Jude durfte keinen Grund und Boden erwerben, nie und nirgends in der ganzen christlichen Welt. Er durfte von keinem Acker ernten oder auch nur ein Stück Rindvieh halten. Er durfte nicht wohnen, wie und wo er wollte, er hatte im Ghetto zu hausen, wo Hunderte seinesgleichen als kündbare Mietlinge zusammengepfercht waren. Jedes Haus unterstand der Obrigkeit der Gemeinde, und die Gemeinde der Obrigkeit der Republik, und wenn einmal so ein Haus auf den Namen eines Juden geschrieben war, so konnte dieser Name doch jederzeit ausgestrichen und gelöscht und der Jude hinausgetrieben werden.

Ein Jude durfte auch kein Gewerbe ausüben wie andere Leute; er durfte nur Handel treiben und Geld auf Zinsen verleihen, sonst nichts; doch weil Kaufleute immer verdächtigt werden, ihre Kunden zu überhalten, und Geldverleiher immer im Geruch stehen, schamlose Wucherzinsen zu nehmen, so waren die Juden dieser Dinge verdächtig und den meisten Christen verhaßt.

Das alles wußte Schalam seit Kindesbeinen, und es wäre ihm nie eingefallen, sich darüber zu wundern.

Dreimal hatte es Schalam erlebt, daß er und die Seinen alles verloren: das erstemal in Spanien; seine Eltern waren jung vermählt, als die große Verfolgung kam und sie fliehen mußten. Nichts konnten sie mit sich nehmen als eine Handvoll Goldmünzen, die sie im letzten Augenblick in den Windeln des neugeborenen Kindes versteckten. So retteten sie sich über die Grenze Spaniens nach Portugal. Dort fingen sie einen kleinen Handel an.

Keine zwei Jahrzehnte später mußten sie wieder fort, denn auch Portugal begann sie zu verfolgen. Diesmal mußten sie über das Meer; eine elende Barkasse setzte sie in Genua ab, halbnackt und halbverhungert, und sie hätten sich zum Sterben niederlegen müssen, hätte nicht Schalams Mutter in der Stunde der Austreibung noch eine Perlenkette an sich raffen und an einer verborgenen Stelle ihres Leibes verschwinden lassen können. Nun lösten sie die Kette auf und verkauften Perle für Perle, bis ihnen gestattet wurde, Altwaren in Genuas Straßen zu sammeln und sie im Umland zu verhökern. So konnten sie sich wieder durchbringen – zehn Jahre lang. Da starben die Eltern, und bald darauf mußte Schalam wieder wandern. Jetzt plünderte Genua seine Juden aus und setzte sie über auf ein kleines klippiges Eiland, eine unbewohnte Insel vor dem Festland. Da waren sie nun, drei oder vier Dutzend Menschen, unter freiem Himmel, ohne Mittel und Aussicht auf irgendeine Hilfe. Sie mußten verhungern auf dem nackten Felsen, viel eher verdursten, wenn es ihnen nicht gelang, einen Brunnen zu graben oder eine Quelle zu fangen. Doch wie konnten sie das alles mit bloßen Händen? Vielleicht konnten sie sich mit einem zugespitzten Stock ein paar Fische erjagen, doch wo sie sieden, da sie kein Kochgeschirr hatten, und wie ein Feuer schlagen ohne Feuerstein? Da war kein Baum, ihn zu schlägern und eine Hütte zu bauen, kaum eine Höhle zum Unterkriechen, kein Bettstroh, kein Saatgut und nichts von den tausend Dingen, deren der Mensch bedarf. Einer fand einen krummen Stein, der sich vielleicht als Messer gebrauchen ließ, und wurde darum beneidet; ein anderer ein Stück angeschwemmten alten Schifftaus und bastelte daraus eine Schlinge, um darin ein Tier zu fangen – und wirklich ging ihm ein verirrter Hase in die Falle. So lernte Schalam, daß jedes Ding, auch das elendste, noch einen Wert hat oder haben kann, wenn Not am Mann ist.

Doch was nutzten die verzweifelten Versuche? Auf Dauer hätten die Ausgesetzten doch nicht überstehen können. Schon waren etliche der Schwächsten gestorben, da erschien ein Schiff am Horizont und ankerte vor einer Bucht. Auf Deck erschienen einige Männer und ließen erkennen, daß sie verhandeln wollten. Die Juden sammelten sich an der Küste und schrien und winkten und baten darum, mitgenommen zu werden. Einige beherzte Männer sprangen ins Wasser und schwammen hinaus auf das in den Brandungswellen schaukelnde Fahrzeug zu. Dort hörten sie, was die Männer wollten.

Keinesfalls wollten sie die Juden mitnehmen von der steinigen Insel, aber sie boten ihnen Geräte an; ein Fischernetz, eine Reuse, eine Axt, ein paar Harken, drei Kochkessel und Feuersteine und einen Sack Hirse. Sie zeigten die Dinge vor, ließen sie sogar an Stricken herab zu den im Wellengang Kämpfenden – und ließen sie vor ihren Augen baumeln. Dann schrien sie ihre Forderungen zu: Gold für Eisen, Gold für Fischernetze und Feuersteine; denn – das wisse doch jedermann! – Gold habe das Judenvolk bei sich, massenweise, auch wenn es sich noch so arm und elend gebärde. Darum nur herbei damit, die Preise seien festgesetzt, kein Feilschen möglich – und ehe das Gold nicht an Bord sei, keine Ware!

So lautete die Botschaft, die die Schwimmer zurückbrachten an den Strand, keuchend vom Kampf mit den Wogen, zitternd vor Erschöpfung.

Nun begann die Beratung: Je nun, freilich, etliche der Hierher-Verbannten hatten in ihren Kleidern, Mündern, ja sogar in ihren Mägen und Därmen einiges mit herübergebracht, Münzen, Edelsteine, Perlen. Man war bereit, davon abzugeben, wenn es denn sein mußte, abzugeben für ein Fischernetz, für Kochkessel, Harken und Hirse, da ja doch Münzen und Edelsteine wertlos waren auf der elenden Insel – und sonst keine Hoffnung weit und breit. So legten sie zusammen. Der eine gab drei Scudi und jener zwei, der dritte vier – und eine Frau gab eine Handvoll Perlen, doch da fünf Kinder an ihr hingen, fünf, die nach Essen jammerten, gab sie alles, was sie hatte.

Schließlich war der Handel abgeschlossen, ein Boot kam vom Schiff herüber, brachte die Ware – und die Juden zahlten den Preis.

Nur Schalam zahlte nicht. Nicht, weil er nichts gehabt hätte, und nicht, weil ihn selbst nicht gehungert hätte wie die anderen, auch nicht, weil er unempfindlich gewesen wäre gegen den Jammer der Gefährten, sondern weil er den Männern mißtraute, die da angesegelt gekommen waren vom Festland, um mit den Ausgesetzten zu handeln. Irgendetwas machte sie ihm verdächtig, ihre Spitzbubengesichter etwa, und die Hast, mit der sie darauf drangen, das Geschäft abzuwickeln. Schalam dachte: Da ist etwas faul. Wir sollten erst prüfen, was das Gerät taugt und ob der Hirsesack nicht unten Sand enthält. – Und dann dachte er: Laß die anderen zahlen, die haben mehr als du. Es ist besser, sich nützlich zu machen bei der harten Arbeit, die uns bevorsteht, es ist besser, mit Mühe zu zahlen als mit Gold. Hüte nur deine Zunge, Schalam, und bleibe dabei, daß du nichts hast, sei klug, Schalam, Gott wird dir deine Klugheit lohnen.

Und wirklich: Schon am anderen Morgen stellte es sich heraus, daß Schalam recht behalten sollte.

Kurz nach Sonnenaufgang zeigte sich wieder ein Schiff am Horizont, es kam näher und näher und fuhr in die Bucht der Insel ein. Wieder sammelten sich die Juden am Strand. Da wurde ein Boot herabgelassen, und einige Männer ruderten herüber, der vornehmste unter ihnen, der nicht gerudert hatte, sprang an Land und rief: »Brüder, meine Brüder, kommt! Ich werde euch retten.«

Es stellte sich heraus, daß dieser Mann ein reicher Marrane war, ein getaufter Jude also, einer, der sich zwar äußerlich als Christ bekannte, innerlich aber unverändert dem alten Glauben anhing, weil dieser ja doch der einzig wahre gottgewollte Glaube sei; ein Mann mithin, der als Christ nicht nur zu Geld, sondern auch zu hohen Ämtern kommen konnte und gekommen war. Vor einiger Zeit hatte er gehört, daß die Genueser einen Teil ihrer Judenschaft auf eine einsame Insel verbringen und dem Tode ausliefern wollten. Da habe er ein Schiff gemietet, und nun sei er da, um sie abzuholen . . .

Niemand kann sich vorstellen, wie ungeheuer der Jubel war, in den die Menschen ausbrachen. Männer, Frauen und Kinder fielen auf die Knie, streckten die Hände zum Himmel und stimmten den Gesang an, den einstmals Moses' Schwester Miriam angestimmt hatte, als Israel dem Pharao entkommen war. Sie küßten dem Marranen die Hände, die Füße, den Saum seines Mantels. Dann erfolgte der Aufbruch, rasch, überstürzt, ohne viel nach dem zu sehen, was sie auf der Insel zurückließen: die Gräber der hier Verstorbenen und die Geräte, für die sie doch erst gestern so teuer bezahlt hatten. Schalam war es klar: Jene Männer, die am Vortag als Händler gekommen waren, hatten Wind bekommen von dem Vorhaben des Marranen und hatten sich rasch auf den Weg gemacht, um die Ausgesetzten zu einem

17

überstürzten Handel zu bewegen und sie in aller Eile noch abzulausen.

Schalam war einer der letzten, die das rettende Schiff bestiegen; unter seinem weiten Mantel trug er ein unförmiges Paket: einige eiserne Harkenblätter, die er von den Stielen gelöst hatte, drei Kochkessel, eine Fischreuse und ein paar Hämmer, in Eile zusammengeklaubt, gebündelt und mit einem Ende Seil verschnürt.

Der edle Marrane setzte die Geretteten in Sizilien ab. Ein einziger Jude, Schalam, segelte weiter mit ihm bis Venedig. Dort begann er einen Handel, und die ersten Waren, die er verhökerte, waren drei eiserne Kochkessel, ein paar Harkenblätter, eine Fischreuse.

Eine Zeit nach seiner Ankunft in Venedig lernte Schalam im Hause des Marranen ein jüdisches Mädchen namens Lea kennen. Vom ersten Augenblick an erinnerte sie ihn an seine Mutter. Leider hatte sie ein schweres Gebrechen, sie war beinahe blind. Als Kind hatte sie eine jener ansteckenden Augenkrankheiten bekommen, die im Orient umgehen und dann und wann auch in die Hafenstädte Europas eingeschleppt werden. Leas Lider waren vereitert, mit blutigem Schleim verklebt, immer von Tränen benetzt. Schalam hatte Mitleid mit ihr, so großes Mitleid, wie er noch nie mit einem Menschen gehabt hatte. Er suchte einen berühmten Arzt auf und bat ihn um ein Heilmittel. Der Arzt gab Schalam eine Medizin, von ihr sollte Lea täglich siebenmal drei Tropfen nehmen, und eine Salbe, mit ihr sollte Lea jede zweite Stunde ihre Augen bestreichen. Sonst sei keine Heilung möglich.

Schalam bemühte sich, Lea zur Einhaltung dieser Vorschriften zu bewegen. Aber das gelang nicht: denn Lea verschlief die Stunden oder vergaß sie, wer sollte das Mädchen so genau überwachen? Ihre Eltern lebten nicht mehr, und die Marranen, bei denen sie Unterschlupf gefunden

hatten, hielten ihr Leiden für unheilbar und die ganze Kur
für vergeblich.

Also beschloß Schalam, selbst über das Mädchen zu
wachen. Er nahm sie zu sich und war Tag und Nacht um sie
bemüht. Siebenmal mußte sie die Tropfen schlucken, alle
zwei Stunden ihre Augen salben. So konnte Schalam nie
länger als zwei Stunden schlafen. Wankend vor Müdigkeit
kam er in ihre Kammer: Du, Lea, es ist Zeit! – Manchmal
weinte das Mädchen auf: Sie wolle nicht mehr! Eine Nacht
solle er sie doch durchschlafen lassen, nur eine einzige
Nacht! Aber Schalam war unerbittlich. Die Lider mußten
bestrichen, die Tropfen geschluckt werden. Nach Monaten
besserte sich der Zustand ihrer Augen. Die eitrigen Rän-
der verkrusteten, dann fielen die Krusten ab. Das Brennen
ließ nach, auch das Jucken verschwand. Schließlich blickte
Lea aus klaren Augen in die Welt.

Da sah man erst, wie schön sie war. Schalam nahm sie
zur Frau.

In jener Zeit erwartete Lea schon ihr erstes Kind, einen
Sohn. Er kam tot zur Welt. Ein Jahr später starb sie nach
der Geburt eines Mädchens. Das Mädchen erhielt den
Namen Jessica.

Wie es anders kaum zu erwarten gewesen: Dem Witwer
wurde geraten, sich bald wieder zu verheiraten. Aber
Schalam dachte nicht daran. Die Ältesten der Gemeinde
setzten ihm zu: Ein gottesfürchtiger Jude lebe nicht unbe-
weibt, sondern gewähre einer Glaubensgenossin die Wohltat der Ehe und sehe darauf, Kinder zu zeugen und das
Volk Gottes zu vermehren. Aber Schalam ließ sie reden
und blieb allein. Hatte er Lea so sehr geliebt, daß ihm der
Gedanke an eine andere Frau widerstand – oder verfuhr
er auch dabei nur wie ein bedächtiger Geschäftsmann, der
sich in *einer* Sache einmal die Finger verbrannt hat und

sich nun vor einer ähnlichen hütet? Dachte Schalam: Einmal habe ich geliebt, geheiratet und keine Mühe gescheut – und wie bald war das teuer erkaufte Glück zerronnen?

Vielleicht dachte er so. Doch der Grund seiner Gründe lag tiefer, er lag in seiner hilflosen Liebe zu seiner Tochter Jessica.

Das kleine Mädchen wuchs in seinem Hause auf – fast so, als wäre es ein Fürstenkind. So elend das Ghetto war, überfüllt, ruinös, voll Armseligkeit – Klein-Jessica sollte nichts davon merken. Schalam mietete ihr eine Kinderfrau, die geduldigste und freundlichste, die sich finden ließ. Die setzte Schalam mit dem Kind in eine reizende kleine Stube, deren Wände mit bestickten Weben ausgeschlagen und deren Estrich mit seidenen Teppichen ausgelegt war. Schalam ließ dem kleinen Mädchen Kleider aus flämischem Tuch verfertigen, Schühchen aus weichem englischem Leder und Mützchen aus Brokat. Klein-Jessica erhielt die hübschesten Docken, die herzigsten Kästchen, Töpfchen und Fläschchen als Spielzeug, und wenn sie etwas zerbrach, lachte der Vater und schalt nicht. Niemand sollte Jessica jemals schelten dürfen.

Das war unvernünftig. Schalam wußte es. Oft genug hatte er in den Lehrbüchern seines Volkes gelesen: Wenn du deinen Sohn liebst, dann züchtige ihn! Und wenn du deiner Tochter ein langes glückliches Leben wünschst, verzärtle sie nicht! Aber er konnte nicht anders als Jessica verzärteln. Manchmal dachte er: Da bin ich wie einer, der das Wasser nicht halten kann. Doch wenn er die Kleine ansah, wenn er ihre hellen rundlichen Hände auf seinen Knien und ihren warmen Kinderatem an seinen Wangen fühlte, zerschmolz ihm das Herz und troff wie eine Kerze unter der Flamme.

Im übrigen gefiel er sich darin, ganz besondere Pläne für dieses Kind zu schmieden. Noch war Jessica zu klein, als daß man von ihr viel verlangen konnte. Doch als sie sechs oder sieben war, begann der Vater, mit ihr zu lernen. Er sprach ihr aus der Bibel vor, sie mußte das Gehörte wiederholen. Dann lehrte er sie lesen, erst die hebräische, dann die griechische Schrift und schließlich auch die Schrift der Lateiner. Doch die Bücher, die er ihr brachte, waren immer nur die alten ehrwürdigen Glaubensbücher seines Volkes, Thora, Talmud, Midrasch. Jessica mußte die Psalmen so oft lesen, bis sie sie auswendig wußte; die Geschichten der Patriarchen kannte sie bis in die nebensächlichsten Einzelheiten, auch mit der Geschichte der Propheten war sie vertraut. Sie wußte jedes Wunder zu nennen, das Elias und Daniel gewirkt hatten, und jedes Wunder, das an ihnen selbst geschehen war. Schalam freute sich sehr über die Fortschritte seiner kleinen Tochter, er lobte sie und brachte ihr Leckereien, Schmuck und immer feinere Kleider und sogar einen bunten Vogel von den Kanaren, der in einem goldenen Käfig saß und sang.

So ging das, bis Jessica zwölf oder dreizehn Jahre alt war, bis sie kein Kind mehr war, sondern ein Mädchen.

Da änderte sich etwas in ihrem Wesen. Der Vater begriff zuerst nicht, woher das kam.

Aber Jessica hatte längst gelernt, im Haus herumzustreifen und auch in das Magazin hinunterzusteigen und dort in dem alten Trödel herumzuwühlen. Da fand sie in einer verstaubten Kiste etliche Bücher.

Es waren keine Glaubensbücher, keineswegs. Sie waren in der Schrift der Lateiner verfaßt und nicht hebräisch, sondern italienisch, also in der Sprache der Gojim, unter denen sie wohnten, und die Bücher waren sehr hübsch bebildert, und Jessica wurde neugierig auf das, was ihr diese Bücher erzählen konnten.

Sie begann zu lesen und las sich heiße Backen und rote Ohren an, denn da war von Liebe die Rede; nicht von

Gottesliebe wie in den hebräischen Büchern, sondern von einer ganz anderen Liebe, und nicht von Gottesfurcht wie dort, sondern von einer ganz anderen Furcht, einem offenkundig süß erregenden, wenn auch oft schmerzlichen Gefühl, von der holden Bangigkeit etwa, mit der ein Jüngling zu seiner Liebsten eilte, oder von dem ängstlichen Hoffen und der bebenden Ungeduld, mit der eine Jungfrau ihren Liebsten erwartete. Nicht von Engeln war die Rede in diesen Geschichten und von ernsthaften und sittenstrengen Männern, sondern von List und Trug, von Eifersucht, heimlichen Botschaften und noch heimlicheren Besuchen über hohe Mauern und ausgeworfene Strickleitern in das Nest der Wonne. Kein Jüngling, so machten diese Bücher glauben, der nicht sein Leben wagte für einen einzigen Kuß, und keine junge Frau, kein Mädchen, die sich nicht ebenso kühn und liebestrunken in die Arme ihrer Freunde gestürzt hätten.

Da war dann der Tag nicht mehr weit, an dem Jessica davon zu träumen begann, daß auch sie einmal – nur ein einzigesmal! – zu einem solchen Abenteuer verlockt sein würde, und daß sie sich ausmalte, wie sie selbst eine Strickleiter unter ihrem Fenster befestigen und wie sie ihre weißen weichen Arme einem Liebhaber entgegenstrecken würde.

Und dann geschah es, daß sie Signore Lorenzo begegnete.

Es war schon zwei Stunden nach dem Vesperläuten – und damit auch schon beinahe zwei Stunden, nachdem eine gewisse schwarze, rot-grün bewimpelte Gondel aus der Dämmerung des Canaletto aufgetaucht und ein federgeschmücktes Barett verabredungsgemäß geschwungen worden war; es war also schon längst stockfinster draußen, als Jessica endlich die Treppe hinabstieg und sich in der kleinen, rußgeschwärzten Küche daranmachte, das Abendessen für sich und ihren Vater aufzuwärmen.

Die Magd, der diese Arbeit für gewöhnlich oblag, war schon seit langem gichtig und konnte sich kaum mehr rühren. Es gab nicht viel zu dieser späten Mahlzeit im Hause Schalam, einen Tiegel voll Suppe, einen Brocken Brot, einen Happen koscheres Fleisch. Schalam pflegte sehr mäßig zu essen und hielt auch seine Tochter zur Mäßigkeit an. Er pflegte erst kurz vor der Mahlzeit aus seinem Magazin zu kommen, sich nach Vorschrift zu waschen, dann rasch und schweigsam zu essen, zu beten und wieder für ein letztes Mal an diesem Tag an seine Arbeit zurückzukehren. Dazwischen fragte er seine Tochter ab, was sie an diesem Tag aus den heiligen Büchern gelernt und was sie sonst getrieben habe. Jessica sagte einige Verse auf, Schalam nickte zufrieden. Dann und wann hatte sie aber gar keine neuen Verse gelernt, gar keine neuen Kenntnisse erworben. Dann versuchte sie den Vater zu beschwindeln, indem sie ihm längst Gelerntes zitierte, in der Hoffnung, er werde es nicht merken. In der Tat merkte er es oft nicht. Seine Gedanken waren abwesend, bei seinen Geschäften, seinen Waren und seinem Geld.

Heute war Schalam nicht allein, als Jessica ihm die Suppe brachte. Ein anderer Kaufmann, Timbal, saß bei ihm. Timbal war Jessica schon seit langem bekannt. Er war jünger als Schalam, aber für sie war er auch nichts weiter als ein alter Mann, schwerfällig, kahlköpfig, häßlich. Sein großes, dickes Gesicht sah sanft und ein wenig töricht aus. Er sprach wenig, und wenn er sprach, gab er meist nur dieselben Redensarten von sich: Gott segne dich – oder Gott strafe ihn – oder Wer hätte das gedacht? – Jessica ärgerte sich über den langweiligen Menschen, aber dem Vater schien er unentbehrlich. Timbal war der einzige, mit dem Schalam seine Geschäfte besprach oder dem er doch andeutete, was er eben an Geschäften betrieb. Timbal war immer bereit, für Schalam Botengänge zu übernehmen, Erkundigungen einzuziehen oder ihm sonst zu helfen. Dafür duldete Schalam seine Nähe. Schalam galt sonst für sehr hochmütig in der ganzen jüdischen Gemeinde.

Die beiden Männer saßen schon bei Tisch, als Jessica den Suppenkessel vom Feuer schwenkte und einen dritten Tiegel vor Timbal hinstellte. Da sah sie, daß des Vaters Rechte mit einem Lappen umwickelt war, und der Lappen war blutgetränkt. Jessica erschrak. »Was ist geschehen, Vater«, fragte sie. »Hast du dich verletzt?«

Schalam antwortete mit einer ungeduldigen Bewegung. Doch da fing Timbal an, redseliger als sonst: »Gott seis geklagt, hat sich dein Vater verletzt in dem Magazin, wie er gearbeitet hat dort heute nachmittag. Ist ihm dort ein verdammter Schrank auf den Daumen gefallen, hat ihm den Daumen fast abgequetscht . . .«

»Übertreib nicht, Timbal«, sagte Schalam.

». . . fast abgequetscht«, fuhr Timbal fort, »und hat sich dein Vater nicht helfen können und ist dort gesessen mit der Hand unter dem Schrank, in Schmerzen, bis ich gekommen bin, glücklicherweise, Gott seis gedankt, und habe Hilfe geholt von den Nachbarn und habe eingebunden die kaputte Hand.«

»Schon recht«, sagte Schalam, »schon recht; wenn man dich hört, könnte man meinen, ich habe dir mein Leben zu verdanken. – Na, was ist, Jessica, stell doch die Suppe auf den Tisch!«

Jessica schrak zusammen. Sie dachte: Das also wars. Der dumpfe Schlag. Und Vaters Jammern. Gott, hätte ich das gewußt!

Timbal redete weiter: »Hast du denn nicht gerufen um Hilfe, Schalam?«

»Freilich habe ich gerufen«, brummte Schalam und griff nach dem Löffel.

»Und Jessica hat nichts gehört?«

»Wie soll sie etwas hören, wenn sie oben ist in ihrer Stube? – Du warst doch oben, Jessica, oder –?«

»Ja«, sagte Jessica, »ich war oben. – Ich habe gelernt und gebetet«, fügte sie leise hinzu, weil sie wußte, daß der Vater das gerne hörte. – Immer, wenn sie sich einschloß oben in ihrer Kammer und, wie so oft, stundenlang ihren Träumen nachhing, auch verbotene Bücher las, die Bücher der Gojim, Liebesgeschichten und Liebeslieder, und danach auf ihrem Bett lag und mit ihrem jungen, üppigen Körper beschäftigt war oder vor dem Spiegel stand und Kleider probierte oder Schleier und Schleifen in ihr offenes Haar drapierte, oder sich ausdachte, wie wohl Medea gekleidet gewesen war, als sie Jason bezauberte, oder Hero, wie sie Leander bezirzte – und wenn sie über dieses Träumen, Lesen und Tändeln Stunden versäumt hatte und der Vater nachher fragte: »Jessica, was hast du getan?«, dann pflegte sie die Augen niederzuschlagen und leise zu antworten: »Ich habe gebetet.« Und wenn er antwortete: »So ist es gut. Gebete sind dem Herrn wohlgefällig!«, so hatte sie nach guter alter Sitte zu antworten: »Und Er allein ist unseres Volkes Heil.« – »Amen«, sagte dann der Vater; und so war es auch heute.

»Amen«, sagte Schalam, während er die Suppe mit der Linken zu löffeln begann.

Eine Weile saßen die drei beisammen und aßen stumm.

Dann begann Timbal (er mußte heute einen ganz besonders redseligen Tag haben): »Wenn du mich fragst, Schalam, wer ist schuld daran, daß du dir heute den Daumen gequetscht hast – der gütige Gott hat dich vor ärgerem Schaden bewahrt –, wenn du mich fragst: Dann sage ich, schuld ist der Lanzelot, der verdammte Christenhund, die-

25

ser ganz ungetreue Knecht, der dich verlassen hat und fortgelaufen ist zu diesem elenden Bassanio; denn wäre der Knecht dagewesen, so hätte er gearbeitet neben dir im Magazin und hätte halten können die schwere Truh... So strafe ihn Gott und schlage ihn, wie der Prophet sagt, mit der Hand Seines Zornes!« – und Timbal klopfte mit dem Löffel so heftig auf den Tisch, als wollte er zeigen, wie er sich Lanzelot geschlagen wünschte. Schalam blickte kaum auf, aber Jessica war dunkelrot geworden, als Timbal den Namen Bassanio nannte, so dunkelrot, daß ihr davon die Ohren zu sausen begannen. Denn dieser Bassanio, den Timbal einen Elenden schimpfte, war Signore Lorenzos bester Freund.

Fast hastig erhob sie sich, sammelte die leergegessenen Tiegel ein, tat die Brotreste in ein Körbchen und lief damit in die Küche hinaus. Die Tür ließ sie offenstehen und wartete, an den Herd gelehnt, darauf, daß die Männer drinnen weitersprechen würden; vielleicht redeten sie über Bassanio, und vielleicht, vielleicht fiel sogar der Name des Geliebten?! Aber drinnen blieb es still. Ein Gebet wurde gemurmelt, das vorgeschriebene Abendgebet, Schema genannt, und wieder eine Weile Schweigen. Jessica hatte nun schon die Suppentiegel abgewaschen, da hörte sie des Vaters Stimme sagen: »Ich glaube, Timbal, ich werde alt. Ich habe heute einen Fehler begangen, wie ich nie gedacht hätte, ich könnte ihn begehen. Nur das zahnlose Alter und der Schwachsinn der hohen Jahre können in solche Fehler verfallen. – Ich habe heute Geld geliehen einem Goi, ohne Zinsen.«

»Das hast du nicht getan«, rief Timbal. Seiner Stimme war anzuhören, daß er sich wirklich entsetzte.

»Doch, ich habe«, murmelte Schalam. »Ich kenn mich selbst nicht mehr.« Nun erfolgte eine Stille. Als Timbal wieder das Wort nahm, war seine Stimme gedrückt, zögernd, schwankend. »Und hast du wirklich geliehen ohne Zinsen, so wird es doch nur eine kleine Summe gewesen sein?«

»Es war keine kleine Summe«, antwortete Schalam. Er begann, was sonst nicht seine Gewohnheit war, im Raum hin und her zu laufen (in seinem Daumen hatte der Schmerz wieder zu toben begonnen). »Es war keine kleine Summe«, wiederholte er. »Dreitausend Dukaten.«

Timbal schrie: »Dreitausend?«

»Ja, dreitausend.«

»Und wem, beim lebendigen Gott, hast du geliehen dieses heilige Geld?«

Schalam blieb stehen. »Wem ich geliehen habe, ist nicht wichtig. Wichtig ist nur der Bürge.«

»Und wer ist der Bürge?«

»Den errätst du nicht«, sagte Schalam und nahm sein Hinundherlaufen wieder auf. »Wenn ich ihn dir nenne, wirst du lachen.«

»Ich will lachen«, rief Timbal.

»Also lache! – Vendramin.«

»Antonio?«

Jessica hörte, wie Timbal aufächzte vor Erleichterung. »Gelobt sei Gott, der steht dir gut.«

»Das will ich meinen«, sagte Schalam und setzte sich wieder hin. »Der beste Bürge von Venedig.«

Doch gleich darauf schienen sich in Timbal von neuem Zweifel zusammenzuballen. »Der beste, ja. Aber warum in aller Welt, wenn er der beste ist, stellt er den Bürgen? Warum leiht er nicht selbst, wenn einer leihen will? – wo er doch Geld hat in Menge! Hat er nicht eine Flotte auf den Meeren, zwei Schiffe vor Tunis, zwei vor Marokko, drei in der Themse? Bergwerke hat er – und Ländereien. Was muß er bürgen einem armen Juden, zinslos! – wo uns doch Zinsen erlaubt sind vom Ratsgesetz?«

»Das, Timbal, hab ich mich auch gefragt«, antwortete

Schalam, »aber Schiffe verschlingen Geld, wenn man sie gut gerüstet in See stechen läßt; auch Bergwerke verschlingen Geld, wenn man soeben neue Stollen bohrt. So hats mir Vendramin erklärt, daß er nichts Bares hat im Augenblick, verstehst du?«

»Wenn er nichts Bares hat, was braucht er zu borgen?« grollte Timbal eigensinnig.

»Wem sagst du das? Aber so sind sie eben, die Gojim-Signori. Was ein Signore ist, schlägt keinem Freund etwas ab. Das ist ihr Stolz: großzutun und sich zu plustern mit Freundschaftsdiensten, auch wenn so ein Freund nicht wert ist, Freund zu heißen – wie dieser Bassanio.«

»Bassanio!« rief Timbal, von neuem erregt. »Schon wieder Bassanio?! Dieser Windhund, Popanz, Faulpelz! Das Gut seiner Eltern verpraßt er, die Mitgift seiner Schwestern richtet er zugrunde. Was braucht er jetzt dreitausend Dukaten mit einemmal?!«

»Ja, wozu?« Schalam verzog den Mund zu einem bitteren Lachen. »Hast du vergessen, daß man Karneval feiert in unserem schönen Venedig?«

»Karneval?«

»Da soll es hoch hergehen. Da ist nichts zu teuer. Da werden Feste ausgerichtet, da werden reiche Bräute umworben. Das kostet.«

»Und Fastnacht wegen hat er geliehen, der Hund?«

»Ja, guter Timbal…«

»Nenn mich nicht gut, wenn ich bin im Zorn, Schalam, du Narr, wo ich dir am liebsten das Hirn einschlüge. Dreitausend Dukaten hast du geliehen für Unzucht.«

»Unzucht?« Schalam hob die Achseln. »Sag nicht Unzucht! Bassanio will hoch hinaus. Er will um die Portia werben.«

»Um die Belmont?!«

»Die Belmont.«

»Die Hure! Die Hure!« – Timbal schäumte.

»Man sagt nicht Hure zu einer Frau von hohem Geblüt. Man sagt nicht Hure zu einer, die ist wie sie: Mit Gold könnte sie sich aufwiegen lassen samt Kleidern und Stiefeln.«

»Trotzdem Hure«, knurrte Timbal in sich hinein.

Jessica lehnte dicht an der Tür. Sie hörte jedes Wort, manches entsetzte sie. Hure, wagte Timbal Portia Belmont zu nennen, die herrliche Portia, von der sogar Lorenzo mit Bewunderung sprach: Sie sei die klügste und schönste aller Frauen, eine wahre Göttin, gastfrei und freundlich zu jedermann. Sie, Portia, hatte Lorenzo versichert, werde ihrer beider Liebe beschützen und nicht ruhen, bis sie Lorenzos Schwestern und Eltern für Jessica eingenommen hätte. –

Indessen ließ sich Schalam eine Schüssel mit Wasser bringen. Timbal wickelte den Verband von des Freundes Hand. Jessica wagte keinen Blick auf die Wunde zu werfen, sie brachte einen neuen Lappen und ein Schüsselchen Öl, mit dem Timbal den geschwollenen Daumen beträufelte. Schalam war tief erblaßt, seine Lippen zitterten.

»Sag mir nur eins!« sagte Timbal leise. »Sag mir nur eins, mein Freund Schalam, warum du geliehen hast ohne Zinsen?«

Die Antwort hörte Jessica nicht mehr. Der Vater hatte sie zu Bett geschickt.

Jessica kannte Lorenzo seit dem vergangenen Sommer.

Sie war ihm in dem einzigen Haus begegnet, in das sie ihr Vater außerhalb des Ghettos mitgenommen hatte – und damit das einzige, so schloß sie, das, obwohl Christen darin wohnten, von ihrem Vater nicht für unrein und damit verabscheuungswürdig gehalten wurde. Es war die prachtvolle, an der Lagune gelegene Villa des Marranen, der die auf der Mittelmeerinsel ausgesetzten Juden gerettet hatte. Der Marrane war unterdessen ein Greis geworden, beinahe taub und blind, an seinen Lehnstuhl gefesselt. Doch hatte er Schalam seine alte Zuneigung bewahrt, er empfing ihn und seine Tochter – und einmal hatte er sogar seine hagere, zitternde Hand auf ihren, Jessicas, Scheitel gelegt und einen Segen über sie gesprochen. Ihr war dabei ganz feierlich und ängstlich zumute geworden, vor allem, weil sie sah, daß auch ihr Vater ergriffen war und daß ihm, der doch sonst für so überlegen und unbeugsam galt, selbst die Augen zu schwimmen begonnen hatten.

Wie froh war da Jessica gewesen, als gleich darauf die Frau des Marranen hereintrat, Jessica um die Schultern faßte und munter ausrief: »Jetzt aber laßt mir das Kind in Ruhe. Wir gehen hinauf zu mir und machen ein Spielchen.«

Und sie nahm das Mädchen mit, aber sie gingen nicht, wie angekündigt, in die Zimmer der Frau, sondern auf die Terrasse nebenan, die auf marmornen Säulen ruhte und hinaussah auf die Lagune und die Giudecca. Die Terrasse war mit blühenden Schlingpflanzen bewachsen, Rosen blühten in Marmorschalen, und es war sogar ein kleiner Springbrunnen da und Fischchen darin. Jessica war entzückt und wollte sich soeben über den Brunnenrand neigen, um nach den Fischchen zu haschen, aber schon zog sie die Dame an die Ballustrade und zeigte hinunter auf die Lagune; da zogen soeben zwei prächtige Gondeln vorüber, die eine mit Gold, die andere mit Silber und Blau bewimpelt.

Einige junge Männer saßen und lagen in diesen Gondeln und winkten herauf, und die Herrin des Hauses winkte lachend zurück. An Jessicas Ohr schlug zum erstenmal der Name *Lorenzo.*

Eine kleine Weile später ließ sich Lorenzo melden. Er brachte irgendeine Nachricht und einen Gruß von irgend jemandem an die Dame des Hauses und tat sehr wichtig damit und bat um Vergebung wegen des unzeitigen und unangemeldeten Besuchs. Die Frau des lahmen, tauben und nahezu blinden Marranen tat ihrerseits, als hätte sie diese Nachricht und diesen Gruß schon längst mit Sehnsucht erwartet, aber in Wirklichkeit – Lorenzo gestand es später selbst unter viel Gelächter – war das Ganze nur ein Spiel; keine Nachricht hatte er zu überbringen und keinen Gruß auszurichten, und die Marranin wußte das auch und spielte mit, denn es machte ihr Spaß, Jessica herzuzeigen, dieses hübsche, dieses reizende Kind, blutjung und unbetamt, und zuzusehen, wie sich junge Männer in den Netzen ihrer Reize fingen.

»Sie ist eine Kupplerin«, sagte Lorenzo später, »und wenn sie selbst schon kein Vergnügen hat mit ihrem Krüppel, so sollen sich doch andere unter ihren Augen vergnügen, und an dir, mein süßes Herzchen Jessica, ist das reinste Vergnügen und die innigste Freude zu finden.« –

Aber so weit war es noch lange nicht.

Jessica war zwar vom ersten Augenblick an von Lorenzos Schönheit wie geblendet, und vom ersten Augenblick an zeigte auch er sein Wohlgefallen an ihr. Trotzdem dauerte es noch Wochen, bis sie zum erstenmal mehr als drei Worte miteinander sprachen, und es dauerte Monate, bis sie zum erstenmal Gelegenheit hatten, unter vier Augen zusammenzukommen.

Dazu bedurfte es – ach, welcher Mühe!

Jessica hatte einmal darüber gelesen, mit wieviel List und unter welchen Qualen sich ein Gefangener aus den Bleikammern einen Weg gegraben hatte durch die Mauern, wie er seine Wächter getäuscht und mit welcher geradezu irren Beharrlichkeit er sich durch den endlich gegrabenen Spalt hindurchgezwängt hatte. Genauso wie dieser Gefangene kam sich Jessica selbst vor. Heuchelei und Tücke waren vonnöten, um ihren Vater zu täuschen, um ihm die Erlaubnis abzuringen, die Marranin auch allein besuchen zu dürfen; mit wie vielen Ausreden und kühnen Lügen hatte sie ihn in Sicherheit wiegen müssen! Dabei half ihr Lanzelot, der Knecht, ein schlauer, ein gewichster Bursche, der sich von ihr gut bezahlen ließ für diese Dienste. Er trug Briefe in das Haus der Marranin und trug Briefchen zurück zu Jessica und brachte Post an Lorenzo – und von Lorenzo zurück.

Und neulich, neulich war es dann so weit, daß sie das erstemal in des Geliebten Armen lag und daß er ihr Gesicht und ihren Hals und ihre Hände mit Küssen bedeckte. Stammelnd vor Begierde hatte er sie beschworen, aus dem Haus ihres Vaters zu flüchten und seine, Lorenzos, Ehefrau zu werden. Freilich würde sie sich taufen lassen müssen zu diesem Behuf...

»Alles, was du willst«, hatte Jessica geantwortet, flüsternd, schaudernd, schluchzend, »für dich will ich alles tun – und ohne dich kann ich nicht leben.«

Im Karneval, hatte Lorenzo geraten, sollte sie sich als Knabe verkleiden und fliehen...

Jaja, fliehen.

Und er werde sie sogleich aus Venedig hinausführen, noch in derselben Stunde, um sie der Verfolgung ihres Vaters zu entziehen...

Ja, zu entziehen.

Und er, Lorenzo, wisse auch schon ein gutes Versteck, das beste Versteck, das sich Jessica ausdenken könnte: im Hause Portias von Belmont.

Ja, von Belmont.

Das Haus sei an der Brenta gelegen, ein Palast, dergleichen Jessica noch nie gesehen. Dort könnte Jessica dann in allen Ehren die heilige Taufe empfangen und gleich darauf Lorenzos Ehegattin werden.

Jajaja. Ja.

Und nachdem sie, Jessica und Lorenzo, einander noch einmal lange und innig geküßt hatten, kamen sie dann herein, Lorenzos Freunde, die unterdessen im Nebenraum gewartet hatten, ein halbes Dutzend sehr wohlgelaunter, sehr freundlicher, sehr aufgeputzter venezianischer Signori, Söhne allesamt der ersten Männer des Staates oder doch sehr angesehener berühmter Leute; Jünglinge, die die schnittigsten Gondeln fuhren, die die modischsten Kleider trugen, die die Mohren und Schweizer in ihren Diensten hatten. Niemand wußte recht, was sie trieben und wovon sie ihren Aufwand bestritten, denn einige dieser jungen Leute waren mit ihren Vätern überworfen und lebten mit ihren Familien im Streit. Trotzdem ließen sie sich die Laune nicht verderben – und heute, so schien es, war ihre Laune besonders gut.

Sie hatten sich mit immergrünen Zweigen bekränzt und trugen auch grüne Wedel in ihren Händen, und so, bekränzt und die Wedel schwingend, tanzten sie um das Brautpaar herum.

Jessica stand an Lorenzo gepreßt und staunte. Sie begriff sich selbst nicht mehr und konnte es nicht fassen, daß ihr, Jessica, alle diese Glückwünsche und Lieder und das Gelächter gelten sollten, ihr und Lorenzo. Einer der Jünglinge faßte ihre Hand und küßte ihre Finger, einen nach dem anderen. Ein anderer versuchte, sie in die Backe zu kneifen, und ein dritter versuchte gar, die Verschnürung ihres Mieders aufzunesteln. Alle hatten getrunken, das spürte Jessica, das roch sie, und es wollte soeben eine Art nie gekannter Bangigkeit in ihr aufsteigen, als sich die Türe noch einmal öffnete und ein weiterer Mann hereintrat.

»Da bist du ja, Antonio!« rief Lorenzo, und die beiden umarmten einander. Antonio war, das konnte sogar Jessica sofort erkennen, in diesem Kreis der Erste, Beste, Angese-

henste. Er trug keinen Kranz und trug auch keinen grünen
Wedel, und seine Kleidung war dunkel und schmucklos,
schwarzbraune Seide. Dennoch sah er am vornehmsten
aus. Obwohl er lächelte, hatte sein Gesicht einen schwer-
mütigen Ausdruck. Die anderen hatten ihn mit freudigem
Geschrei begrüßt, aber auf einen Wink seiner Hand ver-
stummten sie. Sie standen still im Kreis und beobachteten,
wie Antonio Jessica begrüßte.

»*Du* also bist es«, sagte er und blickte sie freundlich-
prüfend an, »Schalams Tochter, wie ich höre.«

»Ja, Schalams Tochter.«

»Und du liebst meinen Freund Lorenzo?«

»Ja, ich liebe ihn.«

»Und du bist sicher, er liebt dich auch?«

»Er liebt sie auch!« riefen jetzt die anderen.

»Ich liebe sie auch!« bestätigte Lorenzo lachend.

»Viel Glück«, sagte Antonio.

»Viel Glück«, fielen die anderen wieder lärmend ein.

Und nun legte Lorenzo den Arm um sie und küßte sie
vor aller Augen auf den Mund.

Fünf Minuten später fuhr die Gondel vor, die Jessica
wieder in das Ghetto zurückbringen sollte. Antonio hatte
sie bestellt, warum, begriff Jessica nicht. Heute, dachte sie,
fahre ich zum letztenmal nach Hause. Denn übermorgen
beginnt der Karneval.

Eigentlich wußte Jessica nicht recht, was *Karneval* war; ein
Fest jedenfalls, ein großes, das größte, das die Gojim feier-
ten, denn es dauerte länger als Passah und Laubhütte zusammen. Es füllte die Luft auch im Ghetto mit Fetzen ferner Musik, Geschrei, Gelächter.

Im Karneval trugen die Leute Kleider, derlei man sonst
nicht sah; manche verwandelten sich in Tiere, auch in Gespenster und Totengerippe. Sie schnappten wie Fische,

wieherten wie Pferde, krähten wie Hähne. Andere wieder glänzten wie Sonnen und Monde, wunderbar. Die Masken bewarfen einander mit Getreidekörnern und knallten mit Peitschen; und sie tanzten; sie tanzten auf Brücken und Plätzen, auf Gondeln und Galeassen, und dabei sangen sie, jauchzten und schlugen auf Trommeln.

Ein einzigesmal hatte Jessica einen Blick auf das Treiben werfen können; sie war noch ein Kind, aber sie konnte es nie mehr vergessen.

Jessica konnte nicht tanzen. Niemand hatte ihr jemals einen Tanzschritt beigebracht. Im Ghetto wurde nicht getanzt, außer es wurde eine Hochzeit gefeiert, dann umkreiste eine Kette schwarzberockter, schwerfällig tappender Männer den Bräutigam. Die Braut war nicht dabei. Sie mußte abgesondert nebenan im Kreis ihrer Schwestern sitzen und mit tief gesenktem Kopf demütig darauf warten, bis der Reigen der Männer zu Ende getrampelt war. Einer Frau war Lust nicht erlaubt.

In Jessica hauste schon lange die Angst, das Schicksal zu teilen, das den Frauen ihres Volkes – ganz offenkundig ohne Ausnahme – zubestimmt war: immer in schwarzen Kleidern, immer eingeschlossen, immer gehorsam, leidend; ein Kind an der Hand, eins an der Brust, eins unter dem Herzen; früh gealtert und zahnlos. – Jessica wollte nicht alt und zahnlos werden.

Ihr Vater hatte ihr einmal versprochen, er werde sie nur mit einem Mann vermählen, der auch ihr gefiele – keinem Schielauge und keinem Hinkebein, hatte der Vater damals gescherzt und hatte sie auf die Wange geklopft. Trotzdem fürchtete sich Jessica vor seiner Wahl – und bis dahin, das wußte sie, sollte sie in ihrem Kämmerchen sitzen, in ihrem Nestchen aus Seide, wohlverwahrt, geduldig – und warten, warten.

Aber Jessica hatte begonnen, das Nestchen zu hassen,

35

Seide und Samt zu hassen, mit denen der Vater sie umgab, das geschnitzte Spielzeug auf den Borden, den kindischen Tand, mit dem sie tändeln, und vor allem die staubigen Scharteken, in denen sie lesen und die sie auswendig lernen sollte. Das alles war ihr schon lange zum Ekel. Sogar der gelbe Vogel, der in seinem Käfig hüpfte und die Kehle manchmal zu einem Gezwitscher blähte, wurde ihr widerwärtig. Sie versäumte es, ihn zu füttern und zu tränken, bis er des Morgens matt auf dem Boden des Käfigs saß und nur noch jämmerlich nach Atem rang. Da allerdings erschrak sie und eilte und wollte ihn atzen und ließ Tröpfchen Wasser von ihrem Finger in seinen Schnabel rinnen.

Dann aber lehnte sie wieder in ihrem Fenster und sog die Luft ein, die von draußen an ihr vorüberzog und von Trommeln und Glocken, von Trillern und Jauchzern zu beben schien. Sie nestelte das Zettelchen aus dem Busen, das ihr Lanzelot erst gestern zugesteckt, Lorenzos letzte Botschaft: Auf bald, auf bald!

Der alte Timbal sorgte sich; er sorgte sich um Schalam, der zwar älter und weit vermögender war als er selbst, der ihm trotzdem aus irgendwelchen Gründen gefährdet erschien, verletzlicher, ausgesetzter.

Timbals Familie saß schon seit undenklichen Zeiten hier in Venedig. Sie war nie zu Reichtum gelangt, sie hatte immer gerade nur zur Not ihr Auskommen gefunden; doch sie war fromm und damit tief verwurzelt in der Gemeinde. Timbals Frau war ein stilles und zurückgezogenes Weib, das ihm etliche Söhne und Töchter geboren hatte; einige waren schon als Kinder gestorben, die übrigen lebten ebenso geduckt und bescheiden wie Timbal selbst, am Rande der Armut, doch unangefochten mitten im Venezianischen Ghetto. Ihretwegen machte sich Timbal keine größeren Sorgen, als sein Gottvertrauen zuließ.

Nur seine Freundschaft mit Schalam erregte und beunruhigte ihn, weil er Schalam zwar liebte, doch sehr unzufrieden mit ihm war.

Aus vielen Gründen war er unzufrieden.

Das Ghetto war überfüllt. Timbal lebte mit dreißig Menschen in einem Haus, das kleiner und niedriger war als das Schalams. Wie hatte es dieser nur zuwege gebracht, den Andrang der Glaubensgenossen abzuwehren? Es schien Timbal manchmal an Frevel zu grenzen, daß Schalam sieben Stockwerke für sich, zwei Dienstboten und seine Tochter in Anspruch nahm, wo nebenan Gedränge herrschte wie in einem Heringsfaß.

Mußte Schalam wie ein Signore wohnen, wie ein Christenherr?

Zugegeben: Auch Schalams Haus war von unten bis oben mit Trödel vollgestopft. Doch selbst dieser überquellende Trödelkram war Timbal ein Stein des Anstoßes. Er wußte, da lagen – neben manchem Tineff – große, zwar schwer abschätzbare, doch für seine Begriffe schwindelerregende Werte gestapelt. Er, Timbal, hatte sich immer gescheut, Kostbares anzuhäufen. Kostbares war des Teufels. Es erregte Neid, Haß, Gewalttat. Es lockte die Wut der Gojim an. Darum war es des Teufels.

Schalam hatte keine Angst, Reichtümer aufzustapeln. Schalam bestand trotzig darauf, daß auch ein Jude reich sein und es zeigen durfte. Das alles mißfiel Timbal; er konnte nicht sagen, warum, doch er hielt es für gefährlich.

Am meisten aber mißfiel ihm, was sein Freund mit seiner Tochter trieb, mit Jessica. Das Mädchen – gut und recht: Es war hübsch, es war schön. Als kleines Maidel war es ein reizendes Frätzchen gewesen, und welches Vaterherz schmilzt nicht vor der Lieblichkeit, Zärtlichkeit, Unschuld eines Töchterchens? – Trotzdem. Timbal kam aus dem Kopfschütteln nicht heraus. Wie Schalam mit Jessica verfuhr, war – er wagte es zwar nicht auszusprechen, doch war er dessen sicher – Götzendienst.

Götzendienst, daß er, Schalam, sich nicht mehr vermählte, nur um dem Mädchen keine Stiefmutter zuzumuten; Götzendienst, daß er sie aufzog, als wäre sie ein Fürstenkind; Götzendienst die Stube voll Seidentapeten, Teppichen, Samtkissen; Götzendienst das reizende Bett, die Kleider aus Flamland, die Schühlein aus England, die Bernsteinkettchen aus Pommerland. In Timbals Herz wütete ein Sturm der Empörung, wenn er Jessicas Leben mit dem seiner Frau, seiner Töchter verglich.

Wozu sollte das gut sein, wozu?

Für welchen hohen Herrn erzog Schalam sein Kind? Auf dreißig Meilen war in der Republik kein Jude zu finden, der ein *Herr* war; es sei denn, das gab sich Timbal zu, ein Marrane.

Ein Marrane! Doch bei diesem Gedanken geriet Timbal in doppelte Aufregung. Marranen waren Abtrünnige; um Austreibung, Beraubung, Rechtlosigkeit zu entgehen, hatten sie das Entsetzliche getan, sie waren Christen geworden; zum Schein, behaupteten sie, nur zum Schein! Nur mit zugeknöpfter Seele hätten sie sich dem Taufwasser gebeugt. Es sei nichts für sie gewesen als ein gewöhnlicher Wasserguß.

Doch Timbal glaubte es besser zu wissen: Wer sich dazu hergab, auch nur einmal ein Kreuz zu schlagen, schlug sich damit selbst aus dem auserwählten Volk, schlug sich selbst ins Verderben.

Hier in der Republik des Dogen gab es nicht viele Marranen. Bei dem einen aber ging Schalam ein und aus. Er behauptete, den alten Mann zu lieben, zu ehren, ihm sein Leben schuldig geworden zu sein.

Timbal meinte: Auch dies sei noch kein Grund, den Abfall zu vergeben. Warum war Schalam in diesem Fall bereit zu vergeben, da er doch sonst für unnachsichtig und starr-sinnig galt?

Obwohl also Timbal an Schalam viel auszusetzen hatte, hätte er um keinen Preis auf diese Freundschaft verzichten mögen. Er bewunderte Schalam, er hielt ihn für einen großen Mann. Er kannte sein Leben, dieses schwere, abenteuerliche, echt jüdische Leben erlittener Verfolgung, überstandener Gefahren und des endlich doch errunge-nen Sieges. Ja, Schalam war in Timbals Augen ein Sieger. Wer so viel Geld besaß: ein Sieger. Wer unter der gelben Judenkappe hocherhobenen Hauptes über den Rialto zu wandern wagte: ein Sieger. Wer zu Gojim gerufen wurde und mit ihnen zu Tisch saß: ein Sieger.

Doch unter Liebe, Stolz und Bewunderung regte sich in Timbal der alte schwarze Verdacht, die alte, Jahrtausende alte, bis in das tiefste Wurzelgeflecht reichende Erfahrung: Wer siegt, geht unter. Wer heute triumphiert, gerät morgen in Gefahr zu fallen. – Mit Schalam wird es gewiß kein gutes Ende nehmen.

Timbal faßte den Vorsatz, Schalam ins Gewissen zu re-den. Er hielt lange Ansprachen an ihn, wenn Schalam nicht zugegen war. Wenn er bei ihm zu Tische saß, behielt er alle Bedenken für sich.

Er genoß die Stille des gastlichen Hauses. Hier war kein Gedränge, kein Geschrei wie in seinem elenden und über-füllten Quartier. Hier konnte er die Beine unter dem Tisch ausstrecken, ohne auf ein Kind zu treten. Hier konnte man sich auch den Tiegel zwei- und dreimal füllen lassen, ohne fürchten zu müssen, einen anderen zu schmälern. Hier roch es zwar auch nach altem Trödel, aber es stank nicht so bitter und durchdringend nach Kloake.

Allerdings: Schalam war oft genug ein schweigsamer und mürrischer Gastgeber. Zuweilen aber war er doch ge-neigt, Timbal von seinen Geschäften zu berichten; Geschäfte waren es ganz anderer Art als die Timbal gewohnten. Schalam verschmähte es zwar nicht – noch nicht! –, auch mit kleinstem Trödel zu handeln und auch ärmster Kundschaft gefällig zu sein (und Gott mochte verhüten, daß es je *dazu* kam!). Doch nur zu oft ging es bei ihm um Summen und Werte, an die Timbal nur unter Schauern der Ehrfurcht denken konnte. Nie würde er sich selbst zu solchen Höhen erheben, auch die Seinen nicht, nicht Söhne noch Enkel, noch Urenkel in ferner nebelhafter Zukunft ...

Deshalb hatte Timbal die Geschichte mit den dreitausend Dukaten aufs tiefste erschreckt. Den ganzen Tag vermochte er an nichts anderes zu denken als an die Dreitausend und die freventlich verschenkten Zinsen. Damit hatte sich Schalam an allen Glaubensgenossen Venedigs schuldig gemacht, denn die konnten ja nur überleben, wenn sie Zinsen nahmen.

Schalam mußte denn doch in einem Anfall von Sinnesverwirrung gehandelt haben, ja von Wahnsinn! Er, Timbal, würde den Freund von nun an schärfer im Auge behalten.

Als sie nach dem Abendbrot allein beisammensaßen (Jessica hatte sich heute früher als sonst davongemacht, und die alte gichtbrüchige Dienerin war ebenfalls wieder auf ihr Schmerzenslager zurückgekrochen), sagte Timbal: »Höre, Schalam, bin ich nicht dein bester Freund? Nie habe ich dich gebeten, mir eins deiner Schriftstücke zu zeigen. Diesmal aber ... Zeige mir den Vertrag!«

»Welchen Vertrag?«

»Wie kannst du fragen, Schalam? Den letzten, den du geschlossen hast mit diesem Bassanio.«

»Ich habe keinen Vertrag mit Bassanio, ich habe mit Vendramin abgeschlossen.«

»Aber Bassanio wird ihn wohl auch unterzeichnet haben«, warf Timbal ein. »Zeige ihn mir!«

Schalam schwieg. Er saß eine Weile mit gesenktem Kopf, verkniffenem Mund. Seine Rechte war immer noch mit Lappen umwickelt, und obwohl er offensichtlich Schmerzen an ihr litt, bewegte er die Hand, schloß und öffnete sie, wie um sie zu zwingen, ihre Kraft und Beweglichkeit zurückzugewinnen. Timbal wagte nicht mehr, in den Freund zu dringen. Ich habe vergeblich gebeten, dachte er.

Da erhob sich Schalam und schob sich hinter dem Tisch hervor. Wortlos ging er hinaus. Was nun? dachte Timbal. Ist er böse? Da kam Schalam mit dem Papier zurück. Es war altertümlich gerollt, mit einem doppelt gekreuzten roten Band gebunden. Sogar ein Siegel hing daran. Schalam warf die Rolle auf den Tisch und sagte: »Da hast du den Vertrag. Ich habe schon vorher selbst daran gedacht, ihn dir zu zeigen.«

Timbal griff hastig danach. Er war überrascht, daß dieser Schuldschein so feierlich-prächtig aufgemacht war, fast wie ein Staatsdokument der Serenissima. Für gewöhnlich waren Schuldverschreibungen an Juden nur auf schlechte Fetzen widerwillig hingesudelt.

»So wollte er es, der Vendramin.« Schalam lachte.

Timbal gefiel dieses Lachen nicht. Er öffnete die Rolle und hielt sie unten und oben fest. So las er. Auf einer Zeile blieb sein Blick stehen, wurde starr, gläsern, nahezu blödsinnig vor Entsetzen. »Und«, schrie er, »was – was ist das?«

Sein Finger wies auf die Worte: – *und bürget für diese Summe Signor Antonio Vendramin mit einem Pfund seines eigenen Fleisches, wo immer aus seinem Leib geschnitten nach des Gläubigers Verlangen.*

»Was ist das?« stammelte Timbal noch einmal.

Und wieder lachte Schalam. »So hat er es eben gewollt, der Goi.«

41

»Gewollt?«

»Ein Scherz, ein Spaß, ein goischer Witz.« Schalam schrie es beinah: »Eine Christenlaune.«

»Nein«, stöhnte Timbal. »Nein, nein, nein ...«

Schalams Lachen verstummte.

Timbals Oberkörper lag quer über dem Tisch. Sein halbkahler Kopf war über Ohren und Nacken mit einem Gewirr struppig gekrausten Haares bewachsen. In diesen Haaren wühlten seine Hände und rauften sie: »Nein, nein, nein!« Als wäre ihm jedes andere Wort erstickt.

Schalam erblaßte. Er stieß den Freund beiseite und griff nach dem Papier, um es unter Timbal hervorzureißen, zusammenzurollen und damit wegzugehen. Er war wütend über sich selbst: daß er das irrwitzige Dokument dem Irren gezeigt hatte ...!

Was war geschehen? Es dauerte eine Stunde, bis er, Schalam, imstande war, dem anderen zu erzählen.

Palazzo Vendramin; wie jedes Kind in Venedig weiß: ein erstes Haus; die Herren – großmächtig, reich. Sie haben der Republik Dogen geliefert und, länger als ein Jahrhundert, höchste Räte. Der Jüngste und Letzte jetzt: Antonio.

Ein seltsamer Mann, ein Schwärmer. Er liebt Musik, schlägt selbst die Laute, schreibt Sonette wie einst Petrarca. Er ist immer ernst, geht dunkel und schmucklos gekleidet, gilt trotzdem für den schönsten und elegantesten Cavalier. Obwohl derzeit ohne Amt, ist er der hochbewunderte Capo der jungen Venezianer; alle Junker und Stutzer der an Junkern und Stutzern so reichen Stadt laufen hinter ihm her.

Überdies ist er reich. Er hat Ländereien, Bergwerke und eine ganze Handelsflotte geerbt. Sogar im Ghetto ist er hoch geachtet.

Schalam staunte nicht wenig und war hoch erfreut, als

ihm vor drei Tagen ein Bote die Nachricht brachte, Antonio Vendramin habe ihm ein Geschäft anzubieten.

Schon hielt eine Gondel vor seiner Tür. Schalam bestieg sie, ohne zu zögern.

Diese Geschäftsfahrt verlief in allen Stücken anders, als Schalam erwartet hatte.

Zuerst einmal wurde er nicht an eine geheime Hinterpforte des Palazzos gebracht, wo Juden, wenn sie je empfangen wurden, eingelassen zu werden gewohnt waren. Pfeilschnell durchquert die Gondel den Wald der Wappenpfähle und lenkt in den Andron, in die breite Einfahrt, die die Mitte des Wasserstockwerks bildet. Von dort wird Schalam die Treppe hinaufgeführt in den Piano nobile, in den großen Prunksaal, von dort in einen zweiten, ähnlich saalartigen Raum mit hohen, dunkel getäfelten Wänden und wenigem schweren, aber – wie Schalams Kennerblick nicht verborgen bleibt – kostbarem Mobiliar. Antonio ist bereits zugegen, freilich nicht allein.

Da ist dieser Bassanio Cotti, ein stadtbekannter Windhund, ein Strohwisch. Er fällt sogleich mit der Tür ins Haus: Er brauche dreitausend Dukaten, und zwar sofort.

»Wozu? Beim lebendigen Gott, wozu?«

»Ich sagte es dir doch schon, Timbal: Karneval. Da feiert alles. Alles feiert die Hoch-Zeit des Jahres, Hoch-Zeit, die mit Hochzeiten besiegelt werden soll. Cotti will sich einer Dame angenehm machen mit Wagen, Pferden, Musikanten, Schauspielern, Jägern, Falknern, Lakaien – alle in glänzenden Livrees ...«

»Firlefanz, nichts als Firlefanz«, stöhnt Timbal in sich hinein.

»Ja, freilich, Firlefanz. Was hat er sonst einzubringen bei der stolzen Belmont? Er baut darauf: Firlefanz wird sie bestechen.«

Diese Umstände werden Schalam – der im Haus Vendramin nur mit Shylock angesprochen wird – natürlich nicht im einzelnen erklärt. Er errät sie lediglich aus hingeworfenen Brocken, Anspielungen, Witzchen, die vor allem Cotti einbringt. Antonio verhält sich vorerst schweigsam, sitzt etwas abseits im Hintergrund. Er, Shylock-Schalam, erklärt sich unter Umständen bereit zu borgen. Seine Bedingung: eine erstklassige Bürgschaft.

Cotti, dröhnend: »Deshalb sind wir ja hier!«

Hier. Damit ist das Haus Vendramin gemeint – und die Gegenwart des Hausherrn.

Antonio nickt. Für seinen Freund zu bürgen, sei er gern bereit.

Sogleich beginnt Cotti die Hausmacht der Vendramins herzuleiten: die Reedereien, Ländereien, Bergwerke und die gewaltige, herrliche, unvergleichliche Handelsflotte: derzeit zwei Schiffe vor Tunis, zwei vor Marokko, drei auf Kurs nach England ... Angesichts solcher Finanzkraft seien doch Dreitausend eine Kleinigkeit.

Nun mischt sich Antonio ins Gespräch. Mit der selbstbewußten Gelassenheit eines Magnaten wehrt er Cottis protzige Aufzählung als übertrieben ab – und fährt erklärend fort: Leider habe er selbst kein Bargeld. Um seine Schiffe für die Frühjahrsfahrt anständig auszustatten, habe er sich selbst entblößt. Doch wenn Bassanio die Braut gewänne, die zu gewinnen er sich vorgenommen habe, dann – dann freilich sei sein Glück gemacht. – Und Antonio faßt den Cotti lächelnd ins Auge und mit ausgestrecktem Zeigefinger unter sein Kinn, hebt es und wiederholt: »Nicht wahr, Bassanio, dein Glück?«

Und dieser, eifrig nickend: »Du sagst es, mein Glück!«

Dann beide, an Shylock-Schalam gewendet: »Also Dreitausend ...!«

Shylock-Schalam blickt zu Boden. Mit einemmal geht

sein Atem keuchend. »Ganze Dreitausend? Ein schweres Geld, Euer Gnaden, ein schweres ...«

In diesem Augenblick wird aus einer geöffneten Tür eine Tafel hereingetragen, weiß gedeckt, mit silbernen Platten und kostbarem Glas. Drei Stühle werden an die Tafel gesetzt und Shylock-Schalam eingeladen, Platz zu nehmen.

Signore Antonio läßt sich herab, mit ihm, dem Juden, zu speisen.

Die aufgetragenen Speisen, Schalam sieht es mit einem Blick, sind nur koschere Speisen, und die Getränke nur ihm erlaubte Getränke.

Signore Antonio läßt vorlegen.

Bei Tisch lenkt er das Gespräch auf Spanien und Portugal. Dann auf Genua. Shylock-Schalam soll ihm Auskunft geben über die beiden Königreiche und über die Stadt, die so lange Venedigs grimmigster Feind war. Er läßt erkennen, daß er die Kenntnisse des Gastes schätzt. Auch über Münzverschlechterung bei den Nordvölkern wird geredet. Dann erkundigt sich Vendramin nach Shylocks Familienstand. Da sich dieser als Witwer bekennt und andeutet, er habe keine Lust, eine geliebte Ehefrau durch eine ungeliebte zu ersetzen, nickt Vendramin nachdenklich, gleichsam mitfühlend und so, als leide er selbst unter einem ähnlichen Schicksal. (Über Jessica fällt selbstverständlich kein Wort.) Dann – nach kurzem Schweigen, Antonio mit sanfter Stimme: Er müsse gestehen, er habe sich einmal – Jahre sinds her – an Shylock versündigt ...

»Wie das, Euer Gnaden?«

Als grüner Junge sei er ihm auf dem Rialto begegnet und habe ihn beschimpft.

»Ach ja, das kommt wohl vor ...«

Aus Unverstand, aus Torheit habe er Shylock zum Vorwurf gemacht, daß Juden Zinsen nähmen.

45

»Fünfzehn vom Hundert, Euer Gnaden, nach Gesetz, nur nach Gesetz. Die Christen nennen das Wucher…«

Zu Unrecht, antwortet Antonio, wie er unterdessen erkannt habe. Ganz zu Unrecht, und fährt fort: »Unter uns Christen ist es zwar verpönt, Zinsen zu nehmen. Aber wir borgen, *wenn* wir borgen, unseren Freunden.« (Blick zu Cotti.) »Doch Juden borgen, wenn sie borgen, nur selten Freunden. Sie leben unter Feinden und borgen also Feinden.«

»Als er das sagte, Timbal, da war es um mich geschehen.«

»Der schlaue Goi, der schlaue Goi!« jammerte Timbal in seine Hände. »So hat er dich um den Finger gewickelt.«

Auf seinem Sessel wippend, blickte Schalam zur Decke. »Gewickelt hat er mich«, sagte er, »da hast du recht. Aber ich weiß nicht, ob dieser Goi nur schlau ist. – Ja, schlau ist er wohl auch, aber anders, als du meinst, ganz anders.«

»Ach, du Narr, du hirnverbrannter«, ächzte Timbal. »Und dies hier – wie nennst du das?« Und damit riß er die Rolle wieder an sich und suchte mit bebendem Finger nach den beiden Zeilen, auf die er schon zuvor gewiesen hatte. »Welcher Teufel hat dir das eingegeben, das mit dem Christenfleisch?«

Schalam senkt den Kopf, sein Gesicht in tiefe Falten verknotet. »Er wollte das so, der Vendramin.«

Ja, wie war das doch? Sie saßen noch immer bei Tisch, aßen und tranken. Die Hühnerbrüstchen, in Gewürzblätter gewickelt, köstlich gebraten, der Wein von nie gerochenem Duft – und die getunkten Datteln von goldenschwerer Süße. Schalam, nichts gewohnt seit Jahren als die armselige Kost seines Hauses, empfindet plötzlich etwas wie Gier nach dem Erlesenen, das ihm fremdartig, aber übermächtig verführerisch zwischen Zunge und Gaumen zerschmilzt.

Dazu der Wein, stark, würzig, berauschend. Immer wieder hebt er den Becher – er hat sich ihn wohl mehrmals nachfüllen lassen? –, so beginnt er geschwätzig zu werden, fast grundlos zu lachen – und achtet nicht darauf, daß ein vierter Mann den Saal betreten hat, ein Mann, der sich an einem Schreibpult zu schaffen macht: Vendramins Sekretär. (Er ist gewiß angewiesen, den Vertrag vorzubereiten.)

Und so, in jäh aufwallendem Übermut:

»Gut, also gut, Euer Gnaden. Euch zuliebe: dreitausend Dukaten an Signor Bassanio Cotti. Und Euer Gnaden Antonio Vendramin bürgen mit einem Pfund des eigenen Fleisches, gleich wo herausgeschnitten aus Eurem Leib, haha!«

»Wie?« sagt Antonio. »Wie war das eben mit dem Fleisch?«

Schalam erschrickt, aber er erschrickt nicht sehr. Er ist zu hoher Laune, als daß er mehr erschräke. Er lacht nur und wischt mit beiden Händen durch die Luft: »Ach das – das sagen wir nur so, unter Brüdern, wenn einer dem anderen leiht. Eine Redensart, Euer Gnaden, nur eine Redensart.«

»Lustig, lustig!« antwortet Vendramin. »Ich sammle Redensarten.«

»Redensarten? Wieso das?«

»Nur so –« Vendramin schnippt mit den Fingern. »Der eine sammelt Bilder, der andere alte Scherben, der dritte Liebschaften. Ich – Redensarten.«

»Sogar jüdische?« mischt sich Cotti ein.

»Warum nicht? Auch sie sind Spiegelbilder.«

»Wessen Spiegelbilder, Euer Gnaden?«

»Derer, die sie gebrauchen oder erfunden haben«, antwortet Cotti für Vendramin.

»Da sei Gott vor!« wehrt Schalam heftig ab. »Was finge unsereiner mit Menschenfleisch an?«

Cotti stößt einen anzüglichen Pfiff aus. »Einen muß es doch danach gelüstet haben.«

»Vor tausend Jahren oder noch mehr«, wiegelt Vendramin ab. Dann läßt er sich von Schalam allerlei Redensarten zum besten gaben, wie sie im Ghetto, aber auch anderswo im Umlauf sind, je älter und krauser, desto besser; desto lauter lacht Cotti, desto öfter wendet sich Vendramin an den Schreiber hinter dem Pult: »Notier er das! – Das muß gemerkt werden.«

So geht das eine Weile fort, bis in Schalam mit einemmal etwas wie Widerstand aufsteigt. Der Rausch verfliegt, die trunkene Lustigkeit, die ihn für ein paar Minuten wie ein wirbelndes Tuch eingewickelt hat, zerfällt, zerfetzt. Plötzlich versiegt seine Rede. Plötzlich will er die anderen nicht mehr lachen hören, es widert ihn an, selbst gelacht zu haben. Er sitzt verdüstert da und weiß nicht, ob ihm der ungewohnt beschwerte Magen oder das jäh verängstigte Herz die Kehle zuschnürt. Doch da ist es schon soweit: Der Vertrag ist aufgesetzt, jetzt muß nur noch die Reinschrift aufs Papier: Dreitausend Dukaten an Signore Cotti, ohne Zins, wenn die Leihfrist nicht über den Junius währt. (Bis dahin will Cotti die Belmont geehelicht haben.) Bürge für die Summe: Seine Gnaden Antonio Vendramin mit einem Pfund seines Fleisches, wo immer hergenommen aus seinem Leib.

O Schalam, Schalam! – Timbal sitzt stumm und verzweifelt. Er wagt nicht ins Wort zu bringen, was ihn durchschüttelt. – Was willst du wohl anfangen mit deiner Verschreibung, wenn Bassanio falliert (und ich wette, er falliert!)? Klag es dann ein, Schalam, dein Pfund Christenfleisch! Achach, du denkst, es wiege deine Dukaten. Achach, es wiegt nichts als dein Verderben. Meinst du, du könntest fordern auf dieses Pfand? Auf Vendramins Leib und Leben?

Sie werden wüten und schreien: Der Jude will einen Getauften morden. Der Jude, lüstern nach Menschenfleisch. Einem solchen Juden gehört der Strick.

O Schalam, Schalam!

Aber noch ist Antonio Vendramin ein reicher Mann; er ist nicht nur reich, er ist edel, stolz, kein Betrüger. Noch hat Bassanio nicht falliert. Noch hat er Aussicht auf eine betuchte Erbin. Noch schwimmen Vendramins Galeeren auf hoher See. Noch ist er ein verläßlicher Bürge.

Noch weilt Jessica in ihres Vaters Haus, kauert und liegt auf ihrem himmelblauen Bett, huscht auf rosigen Sohlen vom Bett zum Fenster, vom Fenster zum Bett und dann und wann auch treppauf, treppab. Noch wühlt sie in ihren Truhen nach den hübschesten Kleidern, schnuppert an ihren Riechfläschchen und betupft mit feuchten Fingern Hals und Busen. Noch ist Jessica sogar stundenweise in der Küche neben Schalam und Timbal, die da sitzen und endlos reden.

Manchmal rührt sie im Hirsebreitopf. Manchmal schiebt sie ein Scheitchen ins Feuer. Sie dreht wohl auch mal den plumpen Eisenspieß, an dem ein Fisch oder ein Fetzen Lammfleisch steckt. Sie tut sich nicht weh bei der Arbeit. Sie ist bedacht darauf, sich nicht weh zu tun.

Knecht Lanzelot hat den Dienst im Haus Schalam aufgekündigt, er taucht nur noch gelegentlich auf, um irgendwelche Botengänge auszuführen. Die alte gichtbrüchige Magd ist längst zu nichts mehr nutze. Sie tut nichts anderes als klagen und wimmern. Heute ist sie wieder einmal aus ihrem finsteren Liegeloch hervorgekrochen, doch keineswegs, um Jessica zu helfen, sondern nur, um ihr im Weg zu sitzen, wenn sie für ihren Vater und den unvermeidlichen Timbal ein Abendessen herstellen muß.

Erst vor kurzem ist Jessica ihrem Vater in den Ohren gelegen, doch eine andere Magd ins Haus zu holen. Heute denkt sie nicht mehr daran, solche Wünsche zu äußern. Sie ist froh, daß sie kein zweites Weibsbild da hat; könnte die doch am Ende die Späherin spielen, die Lauscherin, die Aufpasserin. Jessica kann jetzt nichts weniger brauchen als eine Aufpasserin.

Dafür lauscht sie selbst, mitunter gelangweilt, mitunter aber auch atemlos vor Spannung, auf das, was hinter der Tür am Männertisch gebrabbelt wird. Dann und wann sticht ihr ein Name ins Ohr, so heftig, daß ihr glühender Schrecken durch Mark und Bein fährt. Aber der eine Name, der eine und einzige, er fällt immer noch nicht.

Dafür Vendramin, Bassanio, Belmont – und immer wieder ferne Häfen und Schiffe: Was sie geladen haben, was sie löschen werden, wieviel der Verkauf ihrer Ladung bringen mag: *Santa Agnete* befördert Zedernholz, *Santa Lucia* Gewürze und Tuche, *La Bionda* Getreide. Ach, welch langweiliges Geschwätz!

Was gehen Jessica Zedernholz und Getreide an? Ihretwegen könnten die Kähne alle untergehen.

Jessica ist in diesen Tagen eine schlechte Haushälterin. Einmal läßt sie das Feuer ausgehen. Einmal verschüttet sie Öl auf den Estrich. Einmal fällt ihr eine Schüssel aus der Hand und zerspritzt in hundert Scherben. Der Vater brummt: »Die teure Schüssel! Sie hätte sicher einen Grosso gebracht.« Die Dienerin kichert: »Jessica, bist du verliebt?«

Jessica möchte sie darum erwürgen.

Warum erwürgen?

Eins ist wichtig in diesen Tagen, das Wichtigste von allem; der Vater darf nichts merken, nichts ahnen, er darf keinen Verdacht schöpfen, auch nicht den blassesten Schatten eines Verdachts. Könnte es sonst nicht geschehen, daß er den großen Schlüssel, den doppelbärtigen, der das hintere Pförtchen aufsperrt und für gewöhnlich an seiner Kammertür hängt, an sich nähme? Könnte er sie nicht bewachen lassen, von Timbal etwa, diesem Ekel, oder einem anderen dazu befohlenen Glaubensgenossen? Er könnte sie womöglich einsperren in ihrer Dachstube, die Fenster zunageln, die Falltür verschrauben. Er könnte sie gar in der eisernen Kammer einschließen, in der er sein Geld und seine Juwelen verwahrt.

In Jessicas kleinem Kopf kreuzen sich die wildesten Befürchtungen, in Feuerstößen prallen sie gegen ihre Schläfen, wie Axtschläge donnern sie in ihren Ohren. Ihr ganzer Körper ist in einem unaufhörlichen Beben begriffen, er glüht, er glüht von innen in dem einen schwindelerregenden Gefühl, daß »Es« nahe ist, Es, Es, Es, das Süße, Wilde, Atemberaubende, das Lorenzo heißt und ihr Inneres zerschneidet.

Schon lange weiß sie, daß es Verbotenes gibt. Sie hat es in Büchern gelesen, und wenn sie sich die Wahrheit eingestehen will, so hat sie in den Büchern nur *danach* gelesen. Isot und Tristan, Helena und Paris, Giulietta und Romeo – sie alle haben es gehabt, das Unsagbare, dem nun auch sie endlich, endlich in Lorenzos Armen dahingegeben sein wird.

Gestern abends glitt wieder eine Gondel durch den Canaletto. Wieder hat ihr Lanzelot einen Zettel zugeschmuggelt. Auf ihm war Tag und Stunde verzeichnet – und: »Zieh Knabenkleider an! Und bring *es* mit ...!«

Es. Was sollte dieses *Es* sein?

In Jessica flammt wilde Entschlossenheit, alles zu tun, was Lorenzo verlangt. Erst also: Knabenkleider.

Knabenkleider – woher?

Jessica weiß: Unten im Magazin stapeln sich Bündel: Kleider und Mäntel, Pelze und Kutten, gute und schlechte, beinahe neue und alte, zerschlissene, in denen die Motten hausen. Da werden – in Gottes Namen – auch Knabenkleider darunter sein.

Jessica nimmt ein Kerzchen und ein kleines Öllicht an sich.

Vaters Magazin hat sie immer nur mit Widerwillen betreten, außer sie konnte, wie in letzter Zeit öfters geschehen, nach Büchern stöbern. Dort unten in dem dumpfen staubigen Raum sind ihr zum erstenmal Tristan und Isot, Paris und Helena, Giulietta und Romeo begegnet.

Heute denkt sie nicht an Bücher. Noch liegt die gekippte Truhe da, wie sie neulich auf Vaters Hand gestürzt ist. Jessica schlüpft, so rasch sie kann, an ihr vorbei.

Nach ein paar Minuten hat sie schon, was sie sucht: eine Knabenhose aus dunklem Leder, ein Wämschen aus lichtgrauer Seide. Kerzchen und Öllicht ausgeblasen. Wieselschnell die Treppen hinauf. Noch brennt ihr am Busen, im Zettelversteck, Lorenzos Befehl: Und bring *es* mit!

In Jessicas kleinem verwirrten Kopf beginnt sich eine Spule zu drehen; längst und unzähligemale Gehörtes schnurrt ab: Wenn du fliehen mußt, hab vor allem darauf acht, Kostbares mitzunehmen! Verbirg es in deinen Kleidern, an deinem Körper, so gut du kannst! Wozu hast du Ohren, Backentaschen, Achselhöhlen, After? Perlen und Edelsteine – schluck sie hinunter. Nimm mit, soviel du vermagst. Ein Rest wird dir bleiben; ein Restchen, dein Leben zu fristen.

Jessica hätte an diesem Abend weder Zeit noch Kraft gehabt, nach ihres Vaters Juwelen zu stöbern. Ihr fällt nur ein Kästchen ein, das er unter seinem Bett aufbewahrt; das Kästchen ist immer versperrt, aber mit Goldblech beschlagen. Das Goldblech läßt darauf schließen, daß auch sein Inhalt kostbar ist. Jessica glaubt nicht, daß sie je dieses Inhalts bedürfen wird. Als Lorenzos Ehefrau wird sie nie Not leiden. Als Lorenzos Angetraute wird sie niemals flüchten müssen, als Getaufte wird sie niemals vertrieben werden können!

Jetzt will sie Lorenzos Wunsch – oder Befehl? – erfüllen, jeden Wunsch und jeden Befehl, auch wenn sie nicht recht weiß, was er damit will. Das Kästchen in Goldblech ist rasch unter dem Strohsack herausgewühlt, die Bubenhose angeschlüpft und zugegürtet. So kauert sie am Fenster ihrer Kammer, weit hinausgelehnt, bebend vor Furcht, Ungeduld, Seligkeit, selbst Isot, Helena, Aphrodite...

Um neun zieht die Wache des Stadtteils Santa Lucia auf. Wenn Jessica den Atem anhält – und die Hand ans Ohr, kann sie die rauhen Rufe des Corporals und das Klackern der Waffen hören. Jetzt, denkt Jessica, jetzt...

Und es ist soweit.

Zwischen ein paar waagrechten Wolkenbänken torkelt ein rötlich matter Mond über der Lagune. Im Schilf liegt eine Gondel, leise dümpelnd. Schon Stunden liegt sie so da. Der schwarze Filzvorhang der Camera ist zugezogen, von innen zugeklammert. Nur manchmal dringt ein unterdrückter Schrei ins Freie. Den Gondoliere kümmert das nicht. Er sitzt am Bug, in seinen Schafspelz gewickelt. Er ist schläfrig, er friert. Um sich die Zeit zu vertreiben, hat er sich einen Sack Backpflaumen mitgebracht. Er holt sich eine um die andre, kaut sie und spuckt die Kerne über Bord.

Das Haus Belmont macht in diesen Tagen und Nächten seinem Ruf, ein gastfreundliches Haus zu sein, alle Ehre. Lange Reihen von bunten Lichtern säumen Wege und Terrassen, Treppen und Balkone. Nachts spiegeln sie sich als zitternde Lichtbänder in der vorüberfließenden Brenta, aber auch am Tag werden sie nicht gelöscht zum Zeichen dafür, daß Fastnacht ist: Da gibt es keine Pause zwischen den Lustbarkeiten. Wer zu müde ist nach durchtanzten, durchzechten, durchtollten Stunden, mag sich in einem Winkel auf ein paar Seidenkissen hauen. Er wird – nach einem Weilchen Schlaf – wieder geweckt, sei es durch den Kuß eines Partners, durch den Guß aus einem Becher oder durch den Tritt eines Tänzers, der auch nicht mehr sicher auf den Beinen ist. Vielleicht schläft der Gestörte weiter, vielleicht rappelt er sich auch hoch und kriecht, von neuer Tanz-, Kuß- und Trinklust erfaßt, aus seinem Nest.

Portia Belmont ist nicht nur eine reiche Erbin, sondern auch eine großzügige Gastgeberin. Sie hat ihr palastartiges Wohnhaus für ihre Geladenen geräumt und hat sich selbst mit ihren Zofen und engsten Vertrauten in ein bescheideneres Nebengebäude zurückgezogen, aus dem sie nur dann und wann hervortritt, um an bestimmten Spektakeln teilzunehmen, etwa, wenn sich ein besonders geschickter Seiltänzer, ein besonders berühmter Schwert- und Feuerschlucker produziert – und vor allem: wenn ein Schauspiel gegeben wird. Portia Belmont hat nämlich nicht nur etliche Musikerbanden engagiert, die ihre Gäste unterhalten und bei Laune halten sollen, sondern auch eine ganze Schar von Mimen, die – manchmal nach festen Vorlagen, öfter aber aus dem Stegreif – allerlei Farcen zum besten geben; so heute die Geschichte einer heißumworbenen Prinzessin, die ihre Anbeter einer Probe unterwirft, in der drei Kästchen eine Rolle spielen; ein Kästchen ist aus Gold, eins aus Silber, eins aus Blei, und in einem von ihnen befindet sich das Bild der Prinzessin. Wer es erwählt, bekommt die Dame; wer es verfehlt, wird mit Schimpf und Schande davongejagt, ein alter Märchenspaß, jedermann kennt ihn, jeder weiß, wie er ausgeht: Nur der geliebte Bewerber wird richtig wählen.

Der Jux an der Aufführung besteht darin, daß die beiden Mißgeschickten als lächerliche Gestalten auftreten, der Prinz aus Marokko, dünn wie ein Span, als stotternder Dummkopf, der Spanier, aufgedonnert, als Faß mit Schweinsrüssel. Der eine quietscht in scharfem Diskant, der andere grunzt in viehischem Baß, sie quietschen und grunzen nur Nonsens oder Zoten, plumpe Anzüglichkeiten, damit entfesseln sie endlos schallendes Gelächter.

Umso schallender ist das Gelächter, als sich die Republik Venedig eben jetzt mit Marokko um irgendwelche Hafenrechte streitet und auch mit Spanien auf gespanntem Fuß steht; beide, Marokko und Spanien, beschuldigen die Republik frecher Piraterie. So kriegen sie ihr Fett weg in dieser Farce, wie sichs im Haus einer patriotischen Venezianerin gehört, denn Portia Belmont gilt als leidenschaftliche Parteigängerin des derzeit regierenden Dogen.

Portia sitzt in der ersten Reihe auf einem thronartigen Stuhl, prächtig in gelben Brokat gekleidet, mit einer hochgetürmten, safrangelb gefärbten Perücke, die ihre etwas zu geräumige und etwas zu kantige Stirn gefällig verdeckt. Ihre Brust ist mit einem Gewirk aus Perlen bedeckt, an ihrer linken Hand hängt ein silbernes Kettchen, und an diesem springt ein kleines schwarzes Äffchen herum, das eine Schelle am Hals trägt. Keiner der Geladenen geht an Portia vorbei, ohne sich tief vor ihr zu verneigen oder doch wenigstens das Äffchen zu streicheln und ihm schönzutun. Das Äffchen heißt Burletta.

Zu Portias Rechter sitzt ein junger Mann, scharlachrot gekleidet – in demselben Scharlachrot wie der Mann auf der Bühne, der den Sieg über Marokko und Spanien davonträgt. Wer hat da die Farbe vom anderen geliehen?

Dieser junge Mann ist Bassanio, der, wie alle wissen, um Portias Gunst bemüht ist.

Zu ihrer Linken sitzt ein kleines dunkelhaariges Mädchen, fast noch ein Kind, aber schon rundlich um Hals und Busen, sehr hellhäutig, so weiß, als hätte sie noch nie ein Sonnenstrahl berührt. Sie hat schöne Mandelaugen und einen rosigen, rosenlippigen Mund, der immer ein wenig geöffnet und in den Winkeln von einem dunklen Flaum gleichsam angehaucht ist. Neben der großen, durch die Perücke noch weit überhöhten Portia nimmt sie sich sehr klein, fast winzig aus, und neben Portias stolzer und sicherer Haltung geduckt und verängstigt wie ein eben ins Netz geratener Vogel.

Mit verständnisloser Miene starrt sie auf das Schauspiel, nicht einmal die augenscheinlichsten Späße nötigen ihr ein Lächeln ab. Wenn Portia zu ihr spricht, lauscht sie starren Blickes, als wenn sie deren Sprache nicht verstünde. Das einzige, was ihr Gesicht beleben kann, ist die Nähe eines Burschen, der ihr zu Füßen kauert und den Spann ihres einen Fußes umfaßt hält, sonst aber offenbar nur Augen und Ohren für den Vorgang auf der Bühne hat. Wenn er, was öfters geschieht, lauthals lacht, erschauert sie; schließlich beginnt sie leise vor sich hin zu schluchzen.

Da beugt sich Portia zu ihr und flüstert ihr beruhigende Worte ins Ohr.

Dann nickt die Kleine und versucht, ihr Schluchzen zu unterdrücken.

Als das Stück zu Ende war und der Beifall – er war lang und dröhnend – geendet hatte, erhob sich Portia und gab mit angestrengt erhobener Stimme den nächsten Programmpunkt ihres Festes bekannt. Nach Spaß und Farce müßte nun auch der Ernst zu Worte kommen, denn schließlich befinde man sich hier nicht unter Türken und Heiden, sondern in einem gut christlichen venezianischen Haus.

Sie, Portia Belmont, kündige eine heilige Handlung an und lade alle ein, ihr mit gebührender Andacht beizuwohnen. Diese heilige Handlung – nein, verbesserte sie sich – es seien deren sogar zwei! – werde um Schlag Elf in diesem Saale stattfinden. Sofort erhob sich wieder dröhnender

56

Beifall, ein Trampeln und Händeklatschen; Bassanio versuchte, sie zu umarmen, Lorenzo küßte ihr die Hände. Sie schüttelte beide ab, und als Bassanio sie noch länger bedrängte, schlug sie ihm mit ihrem weißen durchbrochenen Elfenbeinfächer ins Gesicht.

Dann drückte sie Jessica das Äffchen Burletta in den Arm, faßte sie unter und verließ mit ihr den Saal.

Jessica wurde nun in dem von Portia bewohnten Nebengebäude des Ansitzes Belmont von zwei Dienerinnen gewaschen, gekämmt und umgekleidet. Ihre eigene Garderobe, die sie mit Fleiß ausgewählt und bei ihrer Flucht mitgenommen hatte, war als unbrauchbar und allzu armselig in ein Eck geworfen worden.

Da ihr Portias Kleider viel zu groß waren, mußte sie nun zwei Schneiderinnen stillhalten, die ihr die Säume hochhefteten, die Ärmel mit Nadeln kürzten und auch sonst noch diese oder jene Raffung vornahmen. Währenddessen hatte Jessica einige Zeilen von einem ihr zugesteckten Blatt auswendig zu lernen, von denen ihr Portia und die Dienerinnen bedeuteten, sie enthielten die christliche Taufliturgie, die bei Kleinkindertaufen die Paten, bei Schonerwachsenentaufen die Täuflinge selbst zu sprechen hätten. Jessica versuchte sich zu sammeln und sich die wenigen Sätzchen einzuprägen. Sie wollte ja nichts lieber als getauft und mit Lorenzo vermählt werden, und die Taufe, das hatte ihr Lorenzo oft versichert, sei die Vorbedingung eines gültigen Bundes.

Bei der zweiten heiligen Handlung habe sie nur mit einem lauten vernehmlichen Ja zu antworten. Alles andere werde sich finden.

Jessica war in der vorvergangenen Nacht entjungfert und wie ihr Lorenzo versicherte, in die Rituale der ehelichen Liebe mehr als gründlich eingeweiht worden. Die innere Wunde schmerzte noch immer, und ihr ganzer Körper fühlte sich an, als wäre er über Kieselsteine geschleift und blau und grün geschlagen worden. Indessen, was sollte ihr das ausmachen, wenn sie doch jetzt nur Lorenzos rechtmäßige Ehefrau werden sollte? Sie lechzte danach, den Stand zu erreichen, den ihr der Geliebte etliche Male mit heiligen Schwüren zugesichert hatte. War sie getauft und ihm angetraut, dann würde sie auch in sein Vaterhaus geführt werden und zu Füßen und in den Armen seiner Eltern deren Segen empfangen. In ihrem armen kleinen verwirrten Kopf bildete dieser Segen das einzige sichere Arcanum gegen den Fluch ihres Vaters und die Verdammung ihres Volkes, die sie sich, dessen war sie sicher, durch ihre Flucht und ihren Raub zugezogen hatte.

Ihren Vater verbannte sie, so gut sie konnte, aus ihren Gedanken. Sie versuchte alles zu vergessen, was ihr Leben bis jetzt ausgefüllt hatte; nur aus Lorenzo sollte ihr künftiges Leben bestehen. Wenn sie ihn nicht sah, fühlte sie sich von aller Kraft verlassen; wenn er sie umarmte, fühlte sie sich für Sekunden geborgen und gerettet, obwohl sie sich vor allem fürchtete, was er tat und ließ und sagte. Seine Augen schienen ihr plötzlich so unstet, seine Stimme zu hart, sein Lachen zu laut, und daß ihn alle, die durch den Belmontschen Karneval schwirrten, so viel besser zu kennen schienen, als sie ihn – und er sie – kannte, war ihr ein bodenloses Elend.

Unbewußt murmelte sie vor sich hin. Erst in einem Augenblick der Selbstbesinnung kam sie darauf, daß sie soeben ein hebräisches Gebet gemurmelt hatte, dasselbe, das ihr der Vater, als sie ein Kind war, unzählige Male vorgesagt, wenn er bei ihr am Bett saß und darauf wartete, daß sie einschlief.

Nun war Jessica angekleidet. Mit versagender Stimme bat sie Portia darum, Lorenzo vor der Zeremonie sprechen zu dürfen.

»Nur zu, nur zu!« lachte Portia und verließ das Gemach.

Eine Minute später trat Lorenzo herein. Sofort hing Jessica an seinem Hals.

»Lorenzo!«

»Was gibts?«

»Werde ich jetzt wirklich getauft?«

»Na klar.«

»Und dir angetraut?«

»Na klar.«

»Und bin dann wirklich deine Frau?«

»Na klar.«

Plötzlich schrie Jessica. Sie schrie, funkelnd vor Wut: »Warum sagst du immer: Na klar? Warum sagst du nicht: Ja?«

Lorenzo stutzte. Er stieß Jessica auf Armeslänge von sich und hielt sie dort mit beiden Händen fest. Dann packte er sie und wirbelte sie im Kreis. »Ja, also ja!« schrie er. »Jajajaja. Bist du es nun zufrieden?«

Fünf Minuten später wurden sie geholt. Die Zeremonien sollten beginnen.

Der Saal ist voll – und mehr als voll. Längs der Rampe brennen zwei Reihen Wachslichter. Sie blenden Jessica; sie steht auf der Bühne, allein. Einige klatschen. Aus der Kulisse ruft ihr jemand zu, sie möge sich verbeugen. Jessica verbeugt sich. Der Applaus wird allgemein. Jessica verbeugt sich nach allen Seiten. Dann wird es wieder still.

Nun tritt eine hohe dunkle Gestalt auf die Bühne, ein Mönch in brauner Kutte mit Cingulum. Sein Gesicht kann Jessica nicht erkennen, zu tief hängt die Kapuze über Stirn und Augen; darunter quillt ein langer roter Bart hervor. Durch Jessicas Kopf schießt der Gedanke: Der ist aus Werg.

Gleich darauf beginnt der Kuttenmann zu reden. Er redet lange und laut, Jessica versteht nicht viel von dem, was er sagt, nur das eine, daß das Heidenkind Jessica, Tochter des Juden Shylock und Braut eines achtbaren Venezianers, die Heilige Taufe empfangen soll. Hinter dem Kuttenmann schwingt ein Weihrauchfaß. Ein weißgekleideter Knabe reicht einen Wasserkrug. Der Kuttenmann gebietet: »Knie nieder!« Jessica kniet. Dann hört sie ihn fragen: »Widersagst du dem Teufel?« Jessica antwortet: »Ich glaube.« – »Lauter«, fordert der Kuttenmann. »Ich glaube«, bemüht sich Jessica, so laut sie kann, zu sagen.

Im Saal: Gelächter.

»Und widersagst du seiner Pracht?«

»Ich glaube.«

»Und seinen Versuchungen?«

»Ich glaube.«

Der Kuttenmann schüttelt den Kopf. Der Bart ist aus Werg, denkt Jessica wieder. Warum hat mir Portia diesen Kuttenmann geschickt? Sie dreht den Kopf und späht in den Saal hinab. Sie erwartet, Portia in der ersten Reihe sitzen zu sehen wie vorhin, mit dem Affen und Bassanio. Aber Portia sitzt nicht da. Wo ist sie?

Gleich darauf muß sie das Glaubensbekenntnis sprechen.

Hat sie auch hier manches durcheinandergebracht? Im Saal prustet es vor Heiterkeit. »Du bist ja blöde«, murmelt der Bart aus Werg. »Nun gib aber acht!« Ein Wasserguß schwappt über Jessicas Kopf.

Jessica fährt zusammen.

»Ich taufe dich, taufe dich – wie willst du denn heißen, in dreier Teufel Namen?«

»Heißen?« stammelt Jessica.

Einige Sekunden herrscht tiefe Stille. »Heißen?« fragt Jessica noch einmal zurück.

»Burletta!« ruft eine Stimme aus dem Saal. Der Saal explodiert vor Gelächter.

Jessica fällt ohnmächtig auf die Bretter.

Schon vor langem hatte der Rat der Hundert in seiner Weisheit beschlossen, daß an bestimmten Tagen des Jahres das Ghetto abgeriegelt und geschlossen bleiben müßte. Es waren hohe christliche Festtage, aber auch Laubhüttenfest und Passah, überdies die letzten tollen Tage des Karneval. Der Rat der Hundert hatte gewußt, warum er diese Verfügung traf; man hatte Erfahrungen gesammelt, und nur zu klar war aus ihnen der Hang der menschlichen Natur hervorgegangen, aus Zeiten der Freude Zeiten der Unruhe, des Streites, ja mörderischer Erregungen zu machen. Da konnten nur allzuleicht Bräuche verspottet, Gottesdienste gestört oder Umzüge überfallen werden. War dann die Volkswut entfacht, war nicht abzusehen, wohin ihre Exzesse führten. Im Bodensatz der Bevölkerung war immer ein Grummeln und Brodeln zu vermuten. Es sollte sich nicht ausbreiten, nicht entladen dürfen. Darum die Abschließung.

Es war Samstag morgen, das ist Sabbat-Halbzeit, also für die im Ghetto noch immer heiliger Ruhetag. Daß in den Toren des Palisadenzaunes eine doppelte Kette hing, kümmerte hier niemanden und bereitete niemandem Kummer. Man hielt Sabbatstille, Sabbatfrieden. Man schlief tief in den Tag hinein. Endlich ließ Säuglingsgeplärr da und dort etwas wie Bewegung entstehen. Mütter versorgten ihre Kleinstkinder, Abtrittüren knarrten, in Käfigen gehaltenes Federvieh gackerte laut und fordernd, bis ihm eine Hand Futter zwischen die Stäbe warf. Die Sonne stand schon im Mittag, als sich in den Häusern Männer und Knaben zum Gebet versammelten: Da hockten sie dicht beisammen, einer las vor, die anderen respondierten. Das dauerte, dauerte...

Auch in Timbals Haus hatte sich die männliche Besatzung um eine Thorarolle versammelt. Heute war Timbals jüngster Sohn daran, aus dem Buch Daniel zu rezitieren.

Da donnerte es gewaltig gegen die Haustür.

Es klang, als wenn jemand mit einer eisernen Keule zugeschlagen hätte. Die Männer und Knaben fuhren auseinander, erblaßt. Wer konnte das sein? – Dann und wann kam es vor, daß die Obrigkeit – gegen Brauch und eigenes Gesetz – am Sabbat in das Ghetto einbrach, um Unliebsame aufzustöbern, Häuser zu durchsuchen und womöglich zu plündern.

In Timbal und seinen Mitbewohnern war immer Furcht vor solchen Überfällen, obwohl sie sich keiner Verstöße bewußt waren und einander auch keine Verstöße zutrauten. Dennoch jagte in ihnen ein Schrecken hoch: »Hast du?« – »Oder du?« – »Oder du?« Doch jeder winkte mit den Augen ab: »Ich nicht.« – »Ich nicht.«

Und wieder drosch es gegen das Haustor, als sollte es entzweigehen.

Timbal faltete die Hände, bibberte ein Gebet und ging.

Neues Donnern draußen und drunten, und eine nur zu wohlbekannte, jetzt ganz entstellte Stimme schrie: »Timbal!« – Ein Fluch folgte. Timbal wagte nicht, ihn zu verstehen. Mit bebenden Händen schloß er die Tür auf.

War das Schalam? Sein Gesicht war verzerrt, Schaum im Bart – und rund um die starre Iris rotgesprenkelt der Augapfel, als wäre er daran, aus der Höhle zu springen. – »Ist sie bei euch?«

»Bei uns –? wer sollte bei uns –?«

Der Ton, in dem Timbal geantwortet hatte, mußte Schalam genügt haben. Er drehte sich um und stürzte davon. Er stürzte in den nächsten Durchlaß, den zwischen Timbals und des Nachbarn Haus, der, mit morschen Brettern gedeckt, zum nächsten Kanal führte und über einen ebenfalls morschen Steg in den nächsten Durchlaß.

Timbal besann sich nicht lange: Bloßfüßig wie er war, rannte er hinterher, nachdem er einige Worte in sein Haus

62

zurückgeschrien hatte: »Es war Schalam. Er sucht Jessica.«

Timbal holte den Freund nicht mehr ein. Nicht am Kanal, nicht in den nächsten Gassen. Hinter jedem Eck spähte er nach rechts, nach links, vergeblich. Er rief, er schrie. Erschrockene Gesichter zeigten sich in Fensterluken. Doch niemand kam des Weges, den er fragen konnte. Niemand kam, konnte kommen, denn am Sabbat war es gläubigen Juden verboten, mehr als abgezählte dreihundert Schritte zu gehen. Jeder darüber galt als Sünde, jeder darunter als Verdienst. Timbal dachte: Sünde, Sünde. Dennoch rannte er weiter.

Noch wagte er nicht, das Ghetto zu verlassen. Außer Atem kehrte er vor dem Palisadenzaun um. Obwohl er so gut wie sicher war, Schalam nicht in seinem Haus anzutreffen, begab er sich dahin. Das Tor stand offen, sperrangelweit. Timbal trat ein.

An diesem Samstag morgen spielte sich vor dem Dogenpalast eine lächerliche Szene ab: Wie immer standen Wachen vor dem Tor. Wie immer blickten sie mit grimmigen Gesichtern vor sich hin, und wie immer verbarg sich hinter ihren grimmigen Mienen die öde Langeweile derer, die nur zu warten haben, bis ihre Stunden abgelaufen sind. Die Gefahr, gegen die sie aufgestellt waren, das Unvorhergesehene, ist zugleich das ganz Unwahrscheinliche, es tritt nur selten ein, so gut wie nie. Aber die Mächtigen fürchten es und wollen verwahrt sein. Darum die Wachen an jedem Eingang, jedem Tor, auch dem »Goldenen« gegenüber dem Campanile. Da stehen sie also zu zweit, eiserne Hauben auf den Köpfen, eiserne Schienen an Armen und Beinen, auf Hellebarden gestützt, unbeweglich; und schlecht gelaunt.

Der Platz vor dem Tor war nur wenig belebt. Es war ja

63

Karneval, da wurde meist bis in die Morgenstunden gefeiert. Dementsprechend begann das Tollen und Treiben des anderen Tages erst spät. Auch der Doge hielt noch Ruhe und hatte seine Wachmannschaften wissen lassen, er wünsche keinesfalls gestört zu werden. Dieser Wunsch schien jedem Venezianer ohne weiteres einzuleuchten. Keiner der vielen Bittsteller, die sonst das Tor umdrängelten, ließ sich heute blicken; kein Gesandter suchte um Audienz nach; kein Beamter wollte gemeldet sein.

So gerannen die Gehirne der beiden Männer vor dem Tor zu einem gallertartigen Klumpen grauer Langeweile. Auch das Elf-Uhr-Läuten oben im Campanile bewegt sie nicht. Da aber – das metallische Dröhnen ist in der milden blauen Spätwinterluft eben verklungen – da geschieht etwas: Eine Gestalt fegt heran, quer über die Piazza, ein Mann im Kaftan, die gelbe Kappe schief verrutscht, – und auf die Wachen zu. Ein *Jude*. Was hat der hier heut zu suchen, wo doch das Ghetto verschlossen ist? – Schon sind die Hellebarden gefällt.

»Zum Dogen«, keucht der Jude. »Ich will zum Dogen.«

»Zum *Dogen*? – Hast du gesagt: du willst zum Dogen? Was willst du dort?«

»Meine Tochter. Mein Kind. Es ist gestohlen. Gestohlen.«

Durch die lauten Stimmen angelockt, zeigen sich weitere Wachthabende im Torgewölbe. Doch die beiden vorn hat die Lachlust gepackt: »Meinst du vielleicht, der Doge hat sich deine Schickse gegrapscht?« Und der Gutmütigere: »Geh, Jud, geh heim, der Doge schläft noch.«

»Wie kann er schlafen, der Verfluchte, wo Raub ist in seiner Stadt, Diebstahl, Verbrechen?!«

»Da hast du deinen ›Verfluchten‹!« – der eine Wächter springt vor und tritt Schalam mit seinem eisenbeschlagenen Schuh ans Schienbein. Zugleich fährt ihm die Hellebarde unter den Kaftan. Schalam stürzt, stürzt auf den Rücken. Sein Hinterkopf schlägt auf das Pflaster. Die Bewaffneten lachen. Endlich hat sich der graue Klumpen Langeweile in ihren Schädeln gelichtet. Bis sie den Späterhinzugekommenen Meldung erstattet und über den dummen Juden berichtet haben, ist die Pfütze Blutes schon erstarrt, die Schalams Kopf auf dem Pflaster hinterlassen hat.

Als Timbal das Haus betrat, erschrak er. Es sah darin aus, wie er es noch nie erblickt hatte.

Alle Türen standen offen, und aus jeder quoll etwas anderes: Kleider, Strohsäcke, Spiegelscherben. Truhen lagen umgeworfen, ausgeleert. So wühlen Einbrecher, die nach einer bestimmten Sache suchen und sie nicht finden können. Timbal zweifelte nicht daran, wer hier wie ein Einbrecher gewütet – und was er nicht gefunden hatte.

Das Liegeloch der alten Magd war leer. (Später erfuhr Timbal: Sie hatte sich zu Nachbarn geflüchtet.)

Schließlich stieg er in Jessicas Stube hinauf. Auch hier: Verwüstung. An Jessicas Bett waren die blauseidenen Vorhänge abgerissen, das Kinderspielzeug vom Bord gefegt, Salbtiegel und Fläschchen zertreten. Das Fenster stand offen und aus der Angel gekippt. Hatte Schalam seine Tochter auf dem Dach gesucht?

Timbal sitzt und schluchzt in seine Hände. Obwohl sein eigenes Herz wund ist wie von Dornen zerstochen, reckt sich doch etwas wie Genugtuung darin empor: So hat es kommen müssen. Ich habs gewußt: So und nicht anders.

Timbal sitzt eine Weile auf Jessicas zerstörtem Bett. Dann beginnt er, die ärgste Verwüstung zu schlichten. Er weiß, es ist Sünde, am Sabbat zu werken. Aber er kann nicht anders: Er stellt einen umgestürzten Stuhl auf die Beine, schiebt einen Stoß Bücher in ein Eck (Gojim-

Bücher sind es, unzüchtige) und versteckt sie unter Kissen und Kleidern. Noch steht der Käfig da, in dem der gelbe Vogel gesessen. Ist er entflogen? Ist er tot? Timbal wünscht, er wäre tot.

Schwankend wie ein Betrunkener klettert er die Leiter hinab.

Auch in Schalams Schlafalkoven: wildes Durcheinander. Der Strohsack ist aus dem Bett gerissen, ein Schrank geleert, sein Inhalt über den Boden verstreut. Timbal begreift: Hier hat Schalam nicht nur nach Jessica gesucht. – Ihm fällt das Kästchen ein, das mit Goldblech überzogene, mit Lapislazuli besetzte. Es war immer unter des Hausherrn Bett, es ist fort. Timbal denkt: Das hat sie mitgenommen. – Und gleich darauf: Ist doch nicht möglich, das Kind, das Mädchen, nein, nicht möglich. – Aber dann, da er sich bückt, die durcheinandergeworfenen Schuhe des Freundes zu ordnen, erblickt er die Rolle, groß und unverkennbar, die eine, mit rotem Samtband doppelt gebunden, Vendramins verdammtes Pergament, die Pfandverschreibung auf Menschenfleisch. In Timbal schießt ein Verdacht hoch, der ihm den Atem stocken läßt: Daß Jessicas Verschwinden mit diesem Vertrag zu tun hat, irgendwie, auf undenkbare, unausdenkbare Weise: ein Gojimsches Bubenstück, eine infame Intrige, eine Machenschaft scheußlicher Art – und am Ende, wer weiß es? wer weiß es? – eine Verschwörung gegen Jakobs ganzes Volk.

Timbal fallen Schalams Schuhe aus den Händen. Obwohl er weiß, daß das Ghetto heute verriegelt und verschlossen ist und daß sich jeder Jude strafbar macht, der es trotzdem verläßt (und irgendein Schlupfloch findet sich immer), will er heute noch zum Rialto, stehenden Fußes will er an die Giudecca, denn vielleicht, vielleicht ist dort zu erfahren, was da lief, was da an Nachrichten eingetroffen sein mochte über Vendramins Flotte, über seinen schwimmenden Reichtum draußen auf den Meeren, im Ungewiß-Schwankenden, immer Bedrohlichen, auf das Schalam geliehen hat – ohne Zinsen.

Als er sich aber anschickte, die Treppe hinunterzulaufen, hörte er Schritte im unteren Flur: Schalam.

Timbal kam an diesem Tag nicht mehr an den Rialto. Er war damit beschäftigt, Schalam Hilfe zu gewähren. Schalam war verwundet. Zuerst glaubte Timbal an einen Messerstich, denn Schalams Kaftan war hinten von oben bis unten mit Blut durchtränkt. Dann aber entdeckte er den tiefen Riß am Hinterkopf.

Timbal hieß den Freund vor einem Tisch niedersitzen und sich vorgebeugt still zu halten. Dann stutzte er sein Haar rund um die Wunde und legte eine in Wein getunkte Kompresse auf. Schalam ließ alles mit sich geschehen. Er sprach kein Wort. Dafür erging sich der sonst wortkarge Timbal in endlosen Reden.

Er redete von der Gefährlichkeit solcher Verletzungen und wie sie versorgt und geheilt werden könnten. Er führte Beispiele an, wo das gelungen und wo das nicht gelungen war, weil sich der Verletzte nicht ruhig verhielt. Ruhe war in solchen Fällen geboten und Geduld und Ergebung in Gott, sonst war ein böses Ende unvermeidlich.

Kein Wort über Jessica und keins über den Zustand, in dem Timbal das Haus gefunden.

Als Timbal für einige Minuten hinausging, um frischen Wein für die Kompresse zu holen, fand er, zurückgekehrt, den Freund vom Blutverlust ermattet, eingeschlafen. Timbal atmete auf. Zugleich kamen ihm die Tränen. Er setzte sich neben Schalam auf ein Kistchen, um den Schlaf des Freundes zu bewachen. Da dieser ruhig weiterschlief, verließ er sein Kistchen und machte sich so leise und behutsam wie möglich daran, weiter aufzuräumen.

Karnevals-Sonntag. Fastnacht-Höhepunkt. Doch die ganze Stadt Venedig schwirrt von bösen Gerüchten.

Ein schneller Vierruderer ist eingetroffen. Die von ihm ausschwärmende Besatzung berichtet, vor wenigen Tagen habe ein großer Sturm über fast allen Meeren geherrscht; längs der afrikanischen Küste und auch in der Biscaya sei kein Schiff mehr auf Kiel, bis England habe das Unwetter getobt und ganze Flotten verschlungen. Drei große Genueser Rundschiffe seien fast in Sichtweite der Stadt an einem Felsen zerschellt.

So sehr man sich freut, daß die verhaßten Genueser Schaden erlitten haben, verfällt man in Unruhe, was Vendramins Schiffe betrifft. Waren sie nicht gerade in die Zonen entsandt worden, aus denen die schlimmsten Meldungen kamen? Sofort läuft das Gerücht um, mindestens die Hälfte seiner Schiffe sei gesunken. Gegen Abend wird bereits für sicher angenommen, daß alle, ausnahmslos alle, verlorengegangen sind. Man bedauert den edlen Mann: Nun sei er ruiniert. Demnächst werde er wohl seinen Palazzo verkaufen und als armer Krautjunker aufs Land ziehen müssen.

Trotz solcher Gerüchte und der sie begleitenden Schwätzereien ließ sich das feiernde Fastnachtvolk nicht um sein Vergnügen bringen.

Die armen Leute, die kein Geld hatten, um sich zu verlarven, und nicht einmal so viel, um die öffentlichen Tanzveranstaltungen zu besuchen, lagerten auf Plätzen und Brücken, von denen sie einen Blick auf den großen Kanal werfen und die vorüberfahrenden Narrenschiffe begrüßen konnten. Wenn ihnen schon eigene Lustbarkeiten versagt waren, so wollten sie sich doch am Anblick der Masken ergötzen, die hübschen beklatschen, die grotesken belachen, die prächtigen beneiden dürfen. Nebenbei gab es auch für diese Gaffer einige Genüsse: Jemand ließ einen großen

Weinkrug kreisen, ein anderer rollte ein Heringsfaß herbei, ein dritter spendete eine Schüssel mit Würsten. Dann jubelte die Menge, haschte nach den Happen, verzehrte sie und saß dann wieder schwatzend auf dem Pflaster, geduldig wartend, bis das nächste Narrenschiff oder der nächste Spender erschien.

Heute war Timbal nun doch auf den Rialto gekommen. Er trieb sich zwischen den Gruppen herum und spitzte die Ohren nach jedem Gespräch. Er kannte zwar die hemmungslose Geschwätzigkeit der Venezianer, die Geschwindigkeit, mit der hier Gerüchte ersonnen, Tatsachen verdreht und pure Phantasterei zu einem Filz zusammengeknetet und ineinander verwalkt wurden. Er wollte also nicht alles glauben, was über Vendramins Schiffe umlief, aber der Gedanke, daß hinter all den Gerüchten doch ein Stück Wahrheit stecken konnte, trieb ihm den Angstschweiß auf die Stirn. Mit beinah noch tieferem Bangen wollte er auch etwas über Jessica erfahren, denn der Verdacht, daß ihr Verschwinden mit Bassanio und dessen Gesellschaft zusammenhing, saß wie ein Widerhaken in ihm; so unsinnig die Vermutung sein mochte, er konnte sie nicht loswerden.

Aber niemand konnte ihm auch nur das Allergeringste über das kleine Judenmädchen sagen, das aus dem Haus seines Vaters verschwunden war. Dafür erhielt er ausführliche Schilderungen von den Schiffbrüchen, die Vendramins Flotte ein Ende gemacht hätten. Vendramin sei nicht nur von gestern auf heute ein armer Mann geworden, er werde, da er sich leichtsinnig Geld geliehen, in den Schuldturm geworfen werden und womöglich in den Bleikammern enden.

Es schlägt zwölf in der Nacht von Dienstag auf Mittwoch: Das Gesetz der Republik befiehlt Ruhe. Das Gesetz gehorcht in diesem Fall den Gesetzen der Kirche: Die Fastnacht ist vorüber. Das vierzigtägige Fasten hat begonnen. Dem christlichen Volk, das eben noch bacchantisch tobte, ist Ernst, Buße, Entsagung aufgetragen. Die Lichter erlöschen. Nur da und dort glost eines noch weiter. Die Fleischerbänke sind geschlossen. In den Küchen wird das Feuer erstickt. Die Tische werden abgeräumt, die leergetrunkenen Humpen, Kelche und Becher in Wasserbecken gestürzt. (Mancher findet noch eine schale Neige und schüttet sie rasch verstohlen in sich hinein.)

Die Larven sind abgelegt, die wüsten und die kostbarprächtigen Faschingsgewänder ins Eck geworfen.

Bis zum Morgengottesdienst nimmt man noch eine kleine Mütze Schlaf. Dann bimmeln die Glocken. Nun heißt es von neuem: Hinaus, hinaus mit noch unsicheren Schritten und blassen Gesichtern, Magen und Kopf in übler Verfassung. Die Kirchentüren sind schon weit geöffnet. Hinten an den Altären stehen Schwarz- und Violettgekleidete mit den Aschenkelchen: »Asche bist du, o Mensch, aus Asche bist du gekommen, zu Asche sollst du wieder werden ...«

Asche. Asche. Oder Salz und Asche.

Die salzige Meeresflut, die alles verschlingt, der brüllende Meeressturm, der die zähesten Segel zerfetzt, die stärksten Masten bricht und sie niedertaucht in Gischt und Flut. Die Klippe, die, von rollenden Wogen bedeckt, Kiele schlitzt, Wanten zertrümmert. Dann stürzt sich das salzige Wasser in die Laderäume und auf Antonio Vendramins Ballen, Fässer und Säcke. Mit Mann und Maus sinkt die Galeere, sinken sie alle.

Alles wird Asche, Asche und Salz.

Das ist die dunkle Mär und das seufzende Grumeln, das an jenem Aschermittwoch die Stadt Venedig erfüllt. Aber Antonio Vendramin hat es nicht nötig, auf das Geschwätz des Volkes zu hören. Er hat sich den Kapitän der vorgestern eingelaufenen Galeere zur Berichterstattung geholt.

Der Mann bestätigt seine Befürchtungen. Der neulich gemeldete Sturm habe entsetzlich gewütet. Ein Wunder, wenn ein Schiff auf hoher See überstanden. Selbst in den sichersten Häfen seien Havarien und andere Unfälle vorgekommen. Wenig Hoffnung also, keine Hoffnung, ausgenommen eine auf ein Wunder.

Antonio Vendramin nickt, bedankt sich und entläßt den Mann.

Er läßt sein Haus versperren, alle Lichter löschen. Nur in seinem Zimmer flackern noch Kerzen. Sie beleuchten die Dokumente, die der Hausherr ausgebreitet hat. Es sind nicht wenige Schuldverschreibungen darunter. Eine an Shylock-Schalam.

Vendramin nimmt sie zur Hand, überliest sie und bricht in Gelächter aus. Armer dummer Jude. Alter Narr, da hast du deinen Bürgen Vendramin, auf den du bautest, dem du vertrautest, der dir so sicher schien, daß ein Pfund Fleisch, aus seinem Leib geschnitten, dir Pfands genug war für dreitausend Dukaten; armer Verrückter, wie konntest du? Was hat dich so verblendet? Ich habe dich bestochen, ich, edler Vendramin, und wie leicht, wie kinderleicht wars, dich zu bestechen. Ein freundliches Gesicht, ein Händedruck, die gemeinsame Tafel, das erhobene Glas – und dein Herz schmolz dahin wie Kerzenwachs. Selbst daß ich dich mit koscherer Speise lockte, hast du bemerkt, und deine Seele zitterte vor Rührung. Wie bitter mußt du dein Leben lang gehungert haben nach den Brosamen von unseren Tischen? Und erst als ich, halb zum Spaß, bekannte, ich hätte dich gekränkt als grüner Junge und ich empfände Schuldgefühle, Schuldgefühle dir gegenüber, ja, da sah ich, wie deine Augen schwimmen wollten vor Entzücken. Armer Jude! Mir war es billig, dieses Schuldbekenntnis. Jetzt bist du, fürcht ich, deine Dreitausend los, die Salzflut hat sie, Salzflut und Schlick und Asche.

Asche ist auch dein Los, Antonio Vendramin.

Antonio, Hohlkopf, um kein Jota klüger als der Alte aus dem Ghetto. Auch du bestochen. Für Bassanio hast du gebürgt. Bassanio. Wer ist das eigentlich? *Freund* hast du den Laffen genannt, weil du doch jeden zweiten Stutzer von Venedig *Freund* nennst. Warum, da du sie doch verachtest? Weils Brauch ist. Weils erwartet wird von dem Gesockse – und weil man Freunden nichts abschlägt, abschlagen darf, wenn sie bitten. Verrückte Sitte. Und jedem Unfug Vorschub.

Bassanio. Ich wußte doch, warum er bat. Was er vorhatte mit den Dreitausend: um Portia zu werben. Um Portia! Als ob sie jemals einen Bassanio erhören würde. Die stolze Erbin, die Fürstentochter, die Schöne, Kluge, IhrerSelbstgewisse. Und ein Bassanio!

Ha! Doch eben darum sollte er um sie werben, der Schwachkopf, der Gockel. Eben darum sollte er seine Dreitausend haben, um sich für sie zu putzen wie ein Puter, nein, wie ein Pfau. Mit Pferd und Wagen sollte er anrücken vor ihrem Palast, hochgeschirrt mit Dienern in Livree und Musikanten wie ein Mohrenfürst. Die ganze Fastnachtwoche sollte er rund um sie springen, ihren Anbeter spielen, ihren Galan. – Spielen? Nur spielen? Oder – vielleicht doch mehr als nur *spielen*?

Portia, Portia. Warum bist du nicht hier, bei mir, da doch ganz Venedig dröhnt von meinem Untergang?

Es wird doch wohl nicht an Bassanio liegen?

Ja, es ist wahr: Ich hatte keine Lust, Karneval zu feiern in deinem Haus, von dem ich weiß, es wird von Leuten wimmeln, die es nicht wert sind, daß du sie empfängst. Nicht wert deines Lächelns, deiner Scherze, nicht einmal wert, dein Äffchen zu kraulen, das du im Arm zu tragen liebst.

Ich war mir zu gut dafür, an deinen Gastereien teilzunehmen...

O Portia, wüßtest du nur um deinen eigenen Wert, Geliebte, Schönste, Stern meines Himmels!

Warum bist du nicht heute in meinen Armen, da diese Arme bald nichts mehr zu umarmen haben werden als leere Luft? Warum hast du nicht anspannen lassen, sofort, als dir das erste Gerücht ans Ohr drang: Vendramin ist ein armer Mann geworden? Vor deinem Haus fließt die Brenta. Warum bist du nicht in die erste Gondel gesprungen, um zu mir zu fahren, um dich an meine Brust zu werfen, die Brust eines Bettlers? Das wäre deiner würdig gewesen – und ewige Anbetung hätte ich dir dafür gezollt.

So aber ist mir, ich ertrüge es nicht, dich jemals wiederzusehen.

So dachte Vendramin in der Nacht des Aschenkreuzes.

Er sollte Portia Belmont wiedersehen. Doch zuvor geschah noch anderes.

Am Morgen, als sich die ersten Kirchgänger dem Tor der Kirche San Marco näherten, erblickten sie an eben diesem Tor etwas Ungewöhnliches. Ein Fetzen Pergament war daran geheftet, und das Ding, woran es hing, war ein Dolch. Die Kirchengänger stutzten, und einer von ihnen, ein kräftiger Mann, versuchte den Dolch herauszuziehen. Doch die Spitze stak tief in einer Fuge des Bronzeblechs, mit dem das Tor außen beschlagen, und tiefer noch in dem dalmatinischen Eichenholz, aus dem das Tor gefertigt war. In das Bronzeblech war die Geschichte von Christi Leiden und Tod auf kunstvollste Weise getrieben.

Erst zwei Kirchendienern gelang es, den Dolch zu entfernen.

Nun nahm man auch das Pergament in näheren Augenschein. Quer über die Zierschrift, die es bedeckte, war mit schwarzer Kohle ein Wort in fremder Schrift geschrieben. Ein Kundiger versuchte es zu entziffern; es enthalte einen Fluch, sagte er, einen Fluch über das Heiligtum, an dessen Tor es gehangen, einen Fluch auch über die Stadt und Republik Venedig und seinen Dogen. In dem Dokument stand der Name eines Hebräers aus dem Venezianischen Ghetto. Da der Name stadtbekannt war, fiel es nicht schwer, den Mann aufzufinden und festzunehmen.

Man trat zusammen, um den Fall zu erörtern. Noch nie hatte sich Ähnliches am Tor von San Marco ereignet. Da er für das größte Heiligtum der Republik galt, wog der Frevel doppelt schwer. Man kam schnell überein: Der Jude sollte sterben. Dann aber hieß es: Vielleicht sei es die Tat eines Irrgewordenen gewesen; habe man doch die Tochter des Übeltäters erst vor wenigen Tagen aus dem Ghetto geraubt, verschleppt und womöglich getötet.

Nun meldete sich auch der Doge zu Wort: Er wolle, angesichts bestimmter Umstände, kein Bluturteil verhängen. Verbannung werde genügen. Der Jude habe unter Hinterlassung seines gesamten Vermögens Venedig zu verlassen, alles, was er besessen, solle zur Hälfte an das Kapitel von San Marco, zur anderen Hälfte der Wachmannschaft des Dogen zufallen.

Das Urteil war kurz vor dem Osterfest gefällt worden. Es sah keinen Aufschub vor.

Unterdessen war es nach einem milden Spätwinter vorzeitiger Frühling geworden. Die Veilchen blühten, die Mandelbäume blühten. Eine leise Brise kräuselte die Lagunen. Die Brenta, die um diese Jahreszeit zumeist braunes Wasser führte, war grün, silberhell, klar.

Im Haus Belmont wurde ein schon längst ersehnter Gast erwartet. An diesem Tag saß Portia länger als sonst vor dem Spiegel. Sie trug heute keine Perücke und keinen

Goldbrokat. Sie hatte ihr langes, dunkles Haar aus den Zöpfen gelöst, in der Mitte gescheitelt und in zwei schmale silberne Spangen gefaßt, so daß ihre etwas zu hohe und etwas zu kantige Stirn gefällig verborgen war. Sie hatte ein schlichtes schwarz-braunes Seidenkleid angezogen, dessen einzige Verzierung in einer dicht gesteppten Fältelung über dem Busen bestand. Sie streifte ihre schönsten Armreifen über ihre Gelenke und streifte sie wieder ab. Sie probierte einen goldenen Gürtel und tat ihn wieder weg. Zuletzt steckte sie einen kostbaren Ring an. Er blieb an ihrem Finger.

Jessica war noch immer bei Portia in Belmont. Portia hatte sie zu Zofendiensten heranziehen wollen. Doch da sich Jessica darin gefiel, den halben Tag zu weinen, und – mit verschwollenen Augen, rinnender Nase und zitternden Händen – unfähig war, die kleinste Nadelarbeit sauber und ordentlich auszuführen, versetzte sie sie aus ihren Privatgemächern in die Gutsküche. Dort mochte sie Wasser tragen, Späne schneiden und Körner zerstampfen. Dafür mochte sie taugen.

Wie nicht anders zu erwarten gewesen, war Lorenzo seit dem Aschermittwoch verschwunden. Jessica hatte sich am Anfang wie unsinnig gebärdet und nach ihm geschrien: Sie hielt sich doch tatsächlich für getauft und verheiratet. Jetzt verlangte sie nur noch, seinen Eltern zugeführt zu werden, um deren Segen zu empfangen. Portia hatte in den ersten Wochen versucht, Geduld zu bewahren. Doch ihr Ärger stieg. Wie lange sollte sie sich noch mit den Folgen eines Karnevalscherzes herumplagen? Mit der Zeit kam ihr auch Jessicas Unverständnis gespielt und listig aufrechterhalten vor. Portia konnte sich nicht vorstellen, daß Jessica ihre Lage nicht längst schon begriffen hatte. Immerhin scheute sie sich davor, das Mädchen vor die Tür zu setzen. Vielleicht war sie gar schwanger? Portia fühlte sich erleich-

75

tert, als Jessica diese Frage verneinte. Vorsorglich hatte Portia das goldene Kästchen an sich genommen, das sich in Jessicas Gepäck vorgefunden. Damit war es erst einmal vor Lorenzo in Sicherheit gebracht; gar zu übel sollte der Kleinen nicht mitgespielt werden! Portia schrieb sich diese Vorsicht gut. Sie hielt sich für eine gütig obsorgende Patronin.

Heute dachte Portia nicht an Jessica. Sie dachte an Antonio. Er war es, der an diesem Frühlingsabend in Belmont erwartet wurde. Die Tafel war auf der Gartenterrasse vorbereitet. Sie war ohne Prunkgeschirr, nur mit einfachem, aber edlem Porzellan besetzt. Für Fleisch und Käse waren Brettchen aus duftendem Zedernholz aufgelegt. In einer opalisierenden Karaffe stand Wein bereit. Vendramin verachtete Üppigkeiten. Er hieß *der Mönch* bei denen, die seine Gewohnheiten kannten. Portia liebte ihn und wollte nichts lieber, als ihm dieses Mönchstum abgewöhnen.

Er kam. Es ging sehr feierlich bei diesem Empfang zu. Portia erwartete ihn unter dem Portal. Er sprang vom Pferd, küßte ihr die Hand, roch an den aufgestellten Blumenkörben und betrat die Terrasse. Ein Diener entzündete die zwölf Kerzen, die auf der langen Tafel standen. Vendramin nahm Platz, als auch Portia Miene machte, Platz zu nehmen. Die Tafel war lang und schmal. Sie saßen an den Schmalseiten, einander gegenüber.

Portia hätte gern nach Antonios Schiffen gefragt, aber sie verbiß sich die Frage. Das Wichtigste wußte sie längst: Die Hiobsbotschaften, die Vendramin und – mit ihm – ganz Venedig im Karnevalssonntag aufgeregt hatten, waren weit übertrieben gewesen. Zwar waren ihm in der Tat drei Schiffe verlorengegangen, aber fünf andere waren, heil oder doch nur leicht beschädigt, dem Sturm entkommen. Sie waren an der Giudecca eingelaufen und löschten ihre Waren. Diese erzielten ihre erhofften Preise.

Vendramin war gerettet.

Portia wußte: Als armer Mann wäre er nicht zu ihr gekommen. Das hätte sein Stolz nicht zugelassen. Daß ihm die Tage des Unglücks zugesetzt hatten, war ihm anzusehen. Er war etwas abgemagert. Portia fand ihn schöner denn je.

Sie saß ihm gegenüber und verwünschte die Länge der Tafel. Sie verwünschte die Lichter, die zwischen ihnen brannten und ihre Blicke hinderten, so in die seinen zu tauchen, wie sie es gern getan hätten. Sie verwünschte das Zeremoniell des Mahles, das sie selbst eingerichtet hatte, die Diener, die auftrugen, die Flötenspieler, die in einer Nische saßen, und die alte, fast blinde, fast taube Tante, die sie dazu geladen hatte, bloß um Vendramin vorzuspielen, daß sie die Gesetze weiblicher Tugendhaftigkeit beachtete.

Die alte Frau saß abseits an einem Tischchen und wurde dort bedient.

Portia brannte darauf, sich in Antonios Arme zu werfen, und sie hoffte, daß auch er darauf brannte, in ihren Armen zu liegen.

Da sagte er: »Madame, ich hörte, Ihr habt Karneval gefeiert.«

»Wie es üblich ist«, entgegnete sie, »in unserer Stadt.«

»Ich hörte, es war ein lustiges Fest. Bassanio Cotti hat mir versprochen, das Seine beizutragen, daß es lustig werde.«

»Er hat getan, was er konnte«, antwortete Portia und fühlte etwas wie Eiseskälte ihr Herz umklammern.

»Ich habe für ihn gebürgt«, sagte Antonio, »damit er Euch erfreuen konnte.«

Portia war nahe daran aufzuspringen. Doch sie bezwang sich und antwortete: »Da hab ich Euch zu danken, Antonio. Aber warum sollte mich Bassanio Cotti erfreuen? Ich hätte es vorgezogen, Euch bei mir zu sehen.«

Antonio lächelte: »Ich hatte Trauertage. Leider fand sich niemand bei mir ein, der mich getröstet hätte. Sieben verlorene Schiffe wurden mir gemeldet. Da war mir wenig zumute nach Fastnachtslust.«

Portia biß sich auf die Lippen. Dann sagte sie: »Was sind schon sieben verlorene Schiffe, wenn eine Belmont wartet?«

»Sieben verlorene Schiffe«, versetzte Antonio, »sind immer auch tausend verlorene Matrosen.«

»Nun, und?« Portia wurde laut: »Was sollen die Tausend? Alle Häfen der Adria *wimmeln* von dem Pack, das darauf wartet, angeheuert zu werden.«

Antonio spielte mit seinem Messer. »Diese Antwort, Portia, habe ich mir von Euch nicht erwarten wollen.«

»Nicht erwarten *wollen*, aber erwartet –?« Nun bebte Portia an allen Gliedern.

»So ist es«, sagte Antonio. »Auch das ist ein Grund zu trauern.«

Portia wurde ihrer Stimme nur noch mit Mühe Herr. »Ihr seid mir zu stolz, Antonio, zu stolz und zu bereit zu trauern. Ich hasse Trauer, ich hasse sie.«

Antonio ließ das Messer fallen, es klirrte auf den Tisch. »Schade«, sagte er. Von nun an nahm er keinen Bissen mehr – und keinen Schluck.

Portia wußte auf sein kurzes *Schade* nichts mehr zu antworten. Sie war so verwirrt, daß sie noch einmal auf Bassanio zurückkam: »Und warum habt Ihr mir den geschickt? Etwa – zur Versuchung?«

»Möglicherweise.«

»Und Ihr habt geglaubt, ein Bassanio hätte mich versuchen können?«

Antonio hob die Achseln. »Ich habe gehört, es war ein sehr lustiges Fest.«

»Ah!« Jetzt trommelte Portia mit beiden Fäusten auf den Tisch. »Ihr beleidigt mich.«

»Das tut mir leid«, sagte Antonio. »Vielleicht habe ich Euch unterschätzt. Ich habe immer die Frau gesucht, die Euch geglichen hätte, der Ihr geglichen habt – für Augenblicke, freilich nur für Augenblicke. Sonst –«

Portia rang die Hände ineinander. »Wenn ich ihr aber gleichen wollte«, flüsterte sie, »immer und alle Augenblicke meines Lebens –«

Antonio erhob sich, schritt die Tafel entlang, auf Portia zu, verneigte sich vor ihr und beugte die Stirn auf ihre Hand. Sie wollte seinen Kopf umfassen und an ihre Brust ziehen, da war er schon wieder aufgerichtet und kehrte an seinen Platz zurück. Portia saß stumm.

Eilfertig trippelte ein Diener herbei, um eine neue Speise aufzutragen. Eine Handbewegung scheuchte ihn weg. Beide, Portia und Antonio, hatten ihn weggescheucht.

Es blieb eine Weile still. Dann sagte Antonio: »Man hat mir erzählt, Ihr hattet am Karneval-Sonntag eine Taufe in Euerem Haus.«

»Eine Taufe?«

»Und eine Trauung.«

Portia hatte die ganze Zeit schon gefühlt, wie stockend ihr Herz schlug. Jetzt rang sie nach Atem.

»Und Ihr, Portia, waret Täufer und Kopulant.« Und da sie nicht antwortete, mit plötzlich harter Stimme: »War es so – oder nicht?«

Portia nickte.

Nun entstand ein langes Schweigen. Die Nacht atmete ihre Düfte aus den Auen der Brenta und aus den Blütenzelten der Mandelbäume. Ein zarter Wind erhob sich und ließ die Blätter der Lorbeerbüsche ineinanderschwirren. Antonio stand nun an der Treppe der Terrasse an das eine aus Sandstein gemeißelte Geländer gelehnt. Portia trat an das andere, so standen sie beide auf der obersten Stufe und blickten in den nächtlichen Garten hinab.

»Welch eine Nacht«, sagte Antonio.

»Welch eine Nacht«, antwortete Portia. »Ich glaube: In einer Nacht wie dieser hat Giulietta ihren Romeo erwartet.«

»In einer Nacht wie dieser«, erwiderte Antonio, »hat Samson bei Dalila geschlafen.«

»In einer Nacht wie dieser«, widersprach Portia, »hat Hero ihre Lampe auf die Zinne des Turmes gestellt. Und ihr Licht –«

»– leuchtete weit«, fiel ihr Antonio ins Wort, »doch nicht weit genug, um Leander zu erreichen.«

»In einer Nacht wie dieser«, wagte Portia noch einmal zu beginnen, »hat Dido am Strand nach Aeneas gerufen –«

»In einer Nacht wie dieser«, beschied sie Antonio, »hat König Belsazar sein Gastmahl gehalten. Da erblickte er an der Wand seines Hauses eine fremde Schrift. Die konnte ihm niemand deuten als Daniel. Er las sie: Mene mene tekel u parsin, das heißt: Du bist gewogen und zu leicht gefunden.«

Portia krümmte sich. Sie streckte die bebenden Hände nach ihm aus, er aber beugte nur das Knie und ging.

Sie hörte, wie er um das Haus bog, hörte ihn nach seinem Pferd rufen, dann noch einige Worte, die er mit dem Reitknecht wechselte, und sie erstickte fast vor Empörung darüber, daß seine Stimme dabei gelassen, ja beinah fröhlich klang.

In dieser Nacht erhielt Portias Hofmeister auf Belmont den Befehl seiner Herrin, das Küchenmädchen Jessica aus dem Haus zu jagen. Er drang in ihren Dachverschlag ein, riß ihr die Decke vom Leib und zerrte sie von ihrem Lager. Sofort, ließ er sie wissen, sofort habe sie das Haus zu verlassen.

Halbnackt wie sie war, mit einem Kleiderbündel im Arm,

stolperte sie hinaus in den erst grauenden Morgen. Der Uferweg an der Brenta war naß vom Tau. Jessica schlug die Richtung ein, die rechts des Flusses abwärts führte zu der Lagune.

Zur selben Stunde irrte ein grauer, in sich gekrümmter Schatten am linken Ufer flußauf- und landeinwärts der Grenze zu.

Keins nahm das andere wahr.

Hätte sich Jessica, als sie Belmont verließ, nur einmal nach dem Haus umgeschaut, so hätte sie gesehen, wie eine dunkle Gestalt in einem der erleuchteten Fenster erschien und, mit hocherhobenem Arm, etwas Goldglänzendes warf, ihr zu-, ihr nachwarf. Doch wars zu nah oder zu weit geworfen, es beschrieb einen Bogen über dem Fluß, klatschte dort auf und versank.

Julias Schwester

Anna war sieben Jahre alt, als »ES« geschah. Da war nichts zu vergessen, in Träumen kam es wieder, Anna dachte später: Nacht für Nacht; Nacht für Nacht der Mutter Geschrei, des Vaters Wüten unten auf der Treppe, als er Fiorenza drosch, drosch und drosch – bis Fiorenza niederging und nur noch schnaufte, dann nicht mehr schnaufte. Als man sie wegtrug, zog ihr langer losgeringelter Zopf einen dicken blutigen Strich über das Pflaster des Hofes.

Anna begriff nicht, warum das mit Fiorenza geschehen mußte. Für Anna war sie gewesen, was Mütter sonst für Kinder sind – und noch etliches mehr: auch Hund und Katze, Puppe, Hutschpferd und Schlummerrolle, Fiorenza, *Julias* Amme, sagten die Leute jetzt, obwohl sie doch auch Annas Amme und Kinderfrau gewesen war; sie habe Julia verkuppelt, sagten sie, nie wäre Julia an diesen Romeo geraten, wenn ihr die Amme nicht dazu geholfen hätte, das habe sie nun büßen müssen, die Alte, und recht sei ihr geschehen. Deshalb war nun keine Fiorenza mehr da und niemand, der Anna kraulen würde, wenn Anna gekrault sein wollte, und niemand, der Anna Honigkuchen und Apfelschnittchen bringen würde, wenn Anna Lust auf Honigkuchen und Apfelschnittchen hatte; niemals würde Anna von nun an über den Hof des Capuletschen Hauses gehen können, ohne den dicken blutigen Strich zu sehen, den Fiorenzas Zopf querüber gezogen hatte.

Soviel begriff Anna doch: Die Amme trug mit Schuld

daran, daß die Mutter schrie, so fürchterlich schrie wie eine Truthenne, der der Hals langgezogen wird, und auch daran, daß des Vaters großes rotes Gesicht blaurot anlief, als wollte es platzen wie eine riesige aufgeblasene Pflaume; Schuld auch daran, daß Julia in Schande gekommen war, wie die Leute sagten, denn sie, Fiorenza, habe Julia zu nichts abgerichtet als zum Huren. *Huren?* Was war das wieder für ein Wort, dachte Anna. »Julia hat sich selbst abgestochen«, sagte der Reitknecht, »wegen des Hundsfotts von einem Montagu. Jetzt kann sie dafür in der Hölle schmoren.«

Wieso, dachte Anna, Julia in der Hölle? – Doch dann dachte sie sogleich: Ja, warum auch nicht? Sie hat mir nie ihre rosa Schnürbrust geliehen, so böse war sie.

Schon lange hatten Annas Gedanken um diese Schnürbrust gekreist. Julia hatte sie als Festtagskleidung bekommen, ein ärmelloses Leibchen aus rosa Brokat. Anna kannte kein Ding, das schöner gewesen wäre, nicht einmal Mutters Haarnetz mit den eingeknüpften Perlen. In den rosa Brokat waren silberne Fäden gewoben, und vorne waren Ösen eingesetzt, durch die goldene Schnüre eingezogen wurden mit goldenen Troddeln. Wenn die Schnüre richtig gekreuzt und gebunden waren, sah das so wunderhübsch aus, daß es Anna den Atem verschlug. Aber die Schnürbrust gehörte Julia, die hütete sie und verschloß sie in ihrer Truhe. Nur manchmal, wenn sie vergaß abzuschließen, gelang es Anna, die Schnürbrust aus der Truhe zu stibitzen, sie anzulegen und damit vor dem Spiegel herumzuspringen. Da freilich schmerzte es sie, daß ihr das Leibchen noch viel zu weit war und um ihre Schultern schlotterte.

Wenn dann Julia kam und den Diebstahl entdeckte, zeterte sie laut mit ihrer kleinen schrillen durchdringenden Stimme und drohte, sie werde Anna bei der Mutter verklagen, und die werde Anna zotteln, bis ihr Hören und Sehen verginge.

Da zitterte Anna, denn Julia ließ es selten nur bei drohenden Worten. Sie galt viel bei den Eltern und deshalb auch bei der ganzen Verwandtschaft. Man tat ihr schön und bewunderte ihr blondes Haar, ihre Lippen, ihre Zähne, ihre Gestalt, ihr Lautenspiel, während Anna nie ein Schmeichelwort hörte und sich immer nur weggeschoben und verachtet fühlte. Darum haßte sie die ältere Schwester, haßte sie auch jetzt noch und umso mehr, als auch die Schnürbrust mit ihr verschwunden war; vermutlich hatte sie sie angelegt, als sie zum *Huren* ging, wie die Leute sagten, in die Schande, in die Hölle, wie der Reitknecht immer wieder versicherte. Alles Unglück in Annas Leben kam von Julia her, auch daß der Vater Fiorenza drosch, bis ihr armer Kopf so viel Blut verlor, daß ihr Zopf einen dicken roten Strich über das Pflaster zog.

Niemand gab Anna ein Abendessen an diesem Tag, niemand fand es der Mühe wert, in ihre Kammer zu gehen, wo sie saß und bibberte.

Am nächsten Morgen erwachte Anna davon, daß ihr die Sonne ins Gesicht schien. Sie setzte sich auf und erschrak: Sie lag nicht in ihrem Bett, sie lag, wo sie noch nie gelegen hatte, in Julias Kleidertruhe. War sie denn gestern abend hineingekrochen?

Nur mit Widerwillen erinnerte sie sich des gestrigen Tages: Die Schnürbrust war weg, Fiorenza tot – und Julia briet in der Hölle.

Hastig sprang sie auf und kroch aus der Truhe. Irgendetwas riß an ihr, ein Gefühl des Unheils, das nicht nur Julia, die Amme und die Schnürbrust verschlungen hatte, sondern auch sie, Anna, betraf und verschlingen würde… und alles, was sie kannte: das ganze Haus mit dem Himmel darüber, der Erde darunter, mit Dach und Keller.

Anna hatte einmal draußen am Land einen Skorpion aus einer Sandkuhle rennen sehen und fast zugleich den gellenden Schmerzensschrei eines Hüterbuben gehört; wie ein Knäuel wälzte er sich auf dem Boden, Schaum vor dem Mund.

Jetzt, glaubte Anna, würden aus jeder Fuge des Capuletschen Hauses Skorpione kriechen, Hunderte, Tausende, würden Wände und Böden bedecken, über Tische und Stühle rennen – und nie würde etwas wieder so sein, wie es gewesen war. Aber in der Mitte der schwarzen, entsetzlichen Skorpionenflut stand der Vater, selbst ein Skorpion, er stand mit erhobenem Arm, wie er Fiorenza gedroschen hatte, bis sie zusammenfiel. Der Vater konnte das, er durfte das, er durfte dreschen, wen er wollte, Knechte, Mägde, vielleicht sogar die Mutter – und erst recht sie selbst, Anna. Sie war ja doch nur Julias kleinere jüngere Schwester, die schielte, die Dumme, die Blasse mit dem dünnen Haar und den kleinen roten Eiterfleckchen rund um den Mund.

Julia hatte das Schlimmste getan, was sie hatte tun können, sie hatte sich einem Montagu ergeben, warum nicht gleich dem Satan selbst? Anna hatte die Eltern oft von diesen Montagus reden gehört als von einer Pest, die auszurotten sei, ein Höllengesindel. Trotzdem weinte der Vater um Julia. Um sie, Anna, würde er niemals weinen.

Anna hatte Julias Kleidertruhe zugeklappt. Niemand durfte wissen, daß sie auf Julias schönen Kleidern geschlafen hatte; sie saß auf ihrer Bettkante, zog sich die Decke über den Kopf und bibberte.

Weder die Montagus noch die Capulets gehörten zu den alteingesessenen Veroneser Familien. Beide waren erst in der späteren Scaligerzeit eingewandert, beide aus dem Gebiet der Lingua franca, beide als Tuchhändler. Schon dieser

Umstand machte sie zu Konkurrenten und mochte zu ersten Zwistigkeiten geführt haben. Daß sich die Capulets eine Zeitlang auf den Seidenhandel, die Montagus auf Wollwaren und Leinwand geworfen hatten, dämpfte die alten Mißhelligkeiten nur für ganz kurze Zeit. Beide Familien erwarben Grundstücke im Vorfeld der Stadt, und obwohl ihre Güter nur an einem Zipfel aneinandergrenzten, gab es zwischen den Pächtern immer wieder Zänkereien und Handgreiflichkeiten. So kam es bald zu Prozessen zwischen den Familien. Seit einem Turnier, das eigentlich nur als harmloses Schaugefecht zur Unterhaltung der Bürgerschaft dienen sollte und bei dem ein junger Montagu einen Capulet vom Pferd stieß und dieser den Hals brach, wütete der Haß zwischen den Häusern.

Dieser Unfall hatte sich noch zur Zeit der Viscontis ereignet. Inzwischen war Verona der Venezianischen Republik einverleibt worden. Ein Statthalter der Serenissima herrschte in der Scaligerburg. Der derzeit regierende vermied es zwar, diesen Titel zu führen. Er ließ sich Regent oder gar Prinz von Verona nennen, teils aus Eitelkeit und weil er selbst von vornehmer Herkunft war, teils aus Rücksicht auf das Veroneser Patriziat, um ihm den Verlust seiner Unabhängigkeit schmackhafter zu machen. Dieser Regent hatte nun freilich wenig Freude über die fortgesetzten Feindseligkeiten innerhalb seiner Bürgerschaft. Die täglichen Reibereien störten die Geschäfte und verringerten die Einnahmen der Ämter. Vom Obersten Rat der Republik langten Anmahnungen ein, endlich für Ruhe zu sorgen. Im Volk liefen Spottlieder um, die die Kampfhähne noch anspornten, und in anderen Städten galt Verona bereits als ein Nest wüster Ausschreitungen und reihenweiser Abmurksereien.

Erst vor kurzer Zeit hatte es wieder am hellen Tag, auf offener Straße ein blutiges Geräufe gegeben.

Und eben zu diesem Zeitpunkt, kurz vorher oder danach, mußten die beiderseitigen jüngsten Erben, Romeo Montagu und Julia Capulet, in ihren Liebeshandel geraten sein.

Vorerst schien es ganz rätselhaft, wie es den beiden hatte gelingen können, miteinander bekannt zu werden. Als Patriziertochter war Julia immer wohlbehütet gewesen. Man hatte sie nie allein zur Kirche oder gar auf den Markt gehen sehen. Dann freilich erinnerte man sich: Im Hause Capulet war vor etlichen Wochen ein Tanzfest veranstaltet worden, bei dem auch Maskierte aufgetaucht waren. Aber wem wäre es eingefallen, daß ein Montagu die Dreistigkeit besessen hätte, sich da einzuschleichen? Wäre er erkannt worden, er wäre seines Lebens nicht sicher gewesen.

Im Freundeskreis der Montagu genoß Romeo keineswegs den Ruf eines Waghalsigen, im Gegenteil; er war von seinen Altersgenossen oft als Weichling und Muttersöhnchen gehänselt worden. Wenn er sich verliebte (was bei ihm nicht selten vorkam), machte er viel Getöse um seine Gefühle. Erst neulich hatte er seine Freunde damit gelangweilt, daß er sein Herz an eine Dame namens Rosalinde verloren und von ihr keinerlei Erhörung gefunden hatte.

Und nun – plötzlich – diese Wendung!

Was Julia betraf: Sie war erst vor kurzem vierzehn geworden. Da ihre Eltern keinen Sohn hatten, galt sie als künftige reiche Erbin. Schon hatten sich Bewerber angekündigt, darunter ein Graf Paris, wie Vater Capulet vor Geschäftsfreunden geprahlt hatte. Freilich habe er, Capulet, Julia noch nicht verloben wollen; er habe den Herrn um Bedenkzeit gebeten: Noch könne er sich nicht vorstellen, sein kleines Mädchen ziehen zu lassen; Julia sei doch noch fast ein Kind.

Ein Kind! Ein Kind! – Jetzt schlugen die Leute die Hände über den Köpfen zusammen: Ein sauberes Kind, das sich hinter dem Rücken der Eltern vom Erbfeind der Familie verführen und ins Ehebett schleifen ließ!

In jener ersten Stunde, als die beiden in der Capulet-schen Grabrotunde entdeckt worden waren – Romeo vergiftet, Julia verblutet –, war ganz Verona wie von einem Erdbeben aufgeschreckt. Man schrie zuerst nach Hilfe, dann etwas von Mord, obgleich jeder, der hinzukam, sehen mußte, daß sich die beiden selbst umgebracht hatten. Dieser Umstand verursachte ein womöglich noch größeres Entsetzen.

Selbst der Regent erschien in höchster Eile.

Natürlich kamen auch die Eltern der Opfer herbei. Im ersten Schrecken und Schmerz weigerten sie sich, in den entstellten Toten ihre Kinder zu erkennen; dann aber, als sie sich der Wahrheit nicht mehr verschließen konnten, geschah etwas Unerwartetes: Die schluchzenden Mütter sanken einander in die Arme, die Väter folgten: als gleicherweise Beraubte lagen sie vereint jammernd über den Leichen.

Dieser Anblick war dem Regenten ebenso überraschend wie willkommen. So gräßlich ihn der Fall anmutete, so begann er als politischer Kopf doch sofort Überlegungen anzustellen: Sollte sich das gemeinsame Unglück nicht für eine Versöhnung nutzen lassen?

Am liebsten hätte er die beiden weinenden Väter sofort in seine Arme genommen und sie gezwungen, sich hier und jetzt ewigen Frieden zuzuschwören. Eine zarte Hemmung ließ ihn davon abstehen: Zu schauderhaft schien ihm Romeos blauverfärbtes Gesicht, zu abschreckend Julias durchschnittene Kehle. Er konnte nicht mehr als einige gemurmelte Worte hervorbringen, dann verließ er die Gruft und sah nicht, was hinter seinem Rücken geschah.

Von alledem erfuhr Anna nichts.

Auch am zweiten Tag, nachdem »ES« geschehen war, blieb die Rauchküche im Haus Capulet kalt und leer. Das Gesinde hatte sich irgendwohin verkrochen, es hatte das Strafgericht an Fiorenza mitangesehen und war danach auseinandergestoben. Jeder, ob im geringsten mitschuldig oder nicht, fürchtete jetzt die Wut des Hausherrn. Niemandem fiel es ein, nach dem kleinen Mädchen zu sehen, das oben unter dem Dach in seiner Schlafkammer saß und nach draußen lauschte.

Sosehr sich Anna wünschte, daß jemand käme, so sehr fürchtete sie sich auch, und immer, wenn sie einen sich nähernden Schritt zu hören glaubte, floh sie in einen Winkel und versteckte sich.

Unten rumorte es zwischen dem Hof und dem zweiten Stockwerk, doch Stimmen waren nicht zu vernehmen, auch kein Pferdegetrappel oder das Rollen eines Wagens. Einmal ächzte das große Tor in den Angeln – und fiel dann donnernd ins Schloß.

Nun war es still, so still, daß Anna nur noch das Gurren der Tauben auf dem Dachsims vernahm und deren Flügelschläge, wenn sie im Schwarm auf- und über die nächsten Dächer flogen.

Später klirrte die kleine Aveglocke der benachbarten Kirche. Noch später hörte sie die Stadtwache zum Tor ziehen. Da lag sie auf ihrem Bett und weinte. Sie schlief weinend ein, wachte weinend auf und schlief wieder.

Als der neue Tag kam, fühlte sie sich hohl vor Hunger. Sie lief hinaus, barfuß, mit offen wehendem Haar, und rannte in Hemd und Rock die enge Wendeltreppe hinab, die sonst nur dem Gesinde diente – oder Besuchern, die heimlich kommen und gehen wollten.

Die Tür zur Rauchküche stand offen.

Anna merkte sofort: Hier war heute kein Feuer angemacht, kein Kessel und keine Pfanne aufgesetzt, nicht einmal ein Brot geschnitten worden.

Anna begann in den Laden zu stöbern und in allen Winkeln zu suchen. Endlich entdeckte sie eine flache Schüssel voll Milch, in der ein paar Brocken Weißbrot schwammen. Anna wollte sich darüber hermachen, doch ehe sie ihren Löffel eintauchen konnte, sah sie, daß die Milch von einem Dutzend Fliegenleichen schwarz gesprenkelt war. Sie begann die kleinen triefenden Kadaver herauszufischen und auf den Tisch zu werfen, doch es waren zu viele. Der Löffel zitterte in ihrer Hand, mit einem Mal stieß sie die Schüssel von sich, sprang auf und rannte hinaus. In einem Hofwinkel erbrach sie sich. Es kamen nur Wasser und bitterer Schleim.

Eine kurze Weile, nachdem der Regent die Grabrotunde der Capulets verlassen hatte, erreichte die jammernden Eltern ein neuer Donnerschlag. Ein Abgesandter des Bischofs traf ein und verlas die Forderung, die beiden Leichname sofort und ohne Aufenthalt aus der Gruft und dem Friedhof zu entfernen. Es gehe nicht an, daß sich die Leiber der Selbstmörder weiterhin auf geweihtem Boden befänden. Das Schriftstück war vom Bischof selbst unterzeichnet und trug sein Siegel.

Der Bischof war als strenger, unnachsichtiger Mann bekannt. Ihm war zuzutrauen, daß er seinem Befehl Nachdruck verleihen würde, und wirklich drängten hinter dem Boten auch schon einige bewaffnete Männer herein, in denen die aufgeschreckten Eltern Leute der bischöflichen Truppe erkannten. Mußten sie nicht glauben, diese seien gekommen, um die Toten aus ihren Armen zu reißen und auf den nächsten Schindanger zu karren? Das war zuviel für sie, die eben angefangen hatten, nach ein wenig Fassung zu ringen.

In der Gruft entfaltete sich nun eine überstürzte Geschäftigkeit. Irgendjemand hatte in einer Aufwallung von Mitleid zwei Bettlaken gebracht. Diese wurden auf den Boden gebreitet, die verkrümmten Leichname daraufgebettet und eingerollt. Vater Montagu versuchte seinen Romeo zu schultern, aber der große wohlgenährte Bursche war dem alten schwächlichen Mann zu schwer. Vater Capulet gelang es besser mit dem kleinen fragilen Körper seiner Julia. Als einer der bischöflichen Soldaten Montagu behilflich sein wollte, warf sich Romeos Mutter mit schrillen Schreien dazwischen. Capulet, der mit seiner leichteren Last bereits die ersten Stufen erstiegen hatte, die aus dem Gewölbe ins Freie führten, wandte sich um – und plötzlich flammte der alte Haß in ihm wieder auf, er reckte die Faust gegen die Montagus und schrie ihnen über die Schulter eine wilde Verfluchung zu. Dann rappelte er sich aus der Pforte und rannte, so schnell er konnte, mit seiner Bürde davon.

Eine Minute später war es soweit, daß auch Vater und Mutter Montagu aus der Gruft taumelten. Zu zweit schleiften sie mehr als sie trugen ihre Last über die Schwelle. Als ihnen jemand aus der versammelten Menge zurief, in welche Richtung sich die Capulets begeben hatten, schlugen sie – schwankend und stolpernd – die umgekehrte Richtung ein.

Unterdessen war der Regent in seinen Amtssitz, die alte Scaligerburg am Adige, zurückgekehrt und hatte seinen Sekretär in den großen Saal bestellt, wo er zu arbeiten und zu diktieren pflegte.

Obwohl er die Grabrotunde im ersten Schock fast überstürzt verlassen hatte, hatte er seine gewöhnliche Fassung wiedererlangt. Der Gedanke an eine Versöhnung der verfeindeten Familien stimmte ihn jetzt sogar fast hoffnungsvoll heiter. Er wollte den Augenblick nutzen und sein Ziel verfolgen. Schon stand der Sekretär hinter dem Schreibpult bereit und wartete, die gespitzte Feder in der Hand.

Der Regent begann, leise vor sich hinpfeifend, auf und ab zu schreiten. Dann wandte er sich an den Schreiber: Er habe vor, zwei Briefe abzusenden, den einen an die Capulets, den anderen an die Montagus, beide desselben Inhalts bis auf den I-Punkt. Sie seien nach dem Diktat, nach Rein- und Unterschrift, noch heute zuzustellen. »Hast du verstanden?« – Der Sekretär nickte, wiederholte den Auftrag und tauchte den Kiel in das Tintenfaß:

Er, der Regent von Verona, habe sich stets für Frieden und Eintracht der Bürger untereinander ausgesprochen und, wo es daran gefehlt, Versöhnung angemahnt. Nicht immer habe sein Bemühen Erfolge gezeitigt. Die letzten schrecklichen Ereignisse bewiesen, zu welch bösen Folgen Zwietracht führe. Nun aber, da dieses Unglück einmal geschehen und beide Familien ihrer Erben beraubt seien, sei er, als Regent und wohlwollender Vater der Stadt, willens und bereit, den Hinterbliebenen zu Hilfe zu kommen. Er forderte sie auf, die Liebenden und Ehelichverbundenen gemeinsam zu bestatten. Da sie einander und der Welt das rührende Zeugnis ihrer Treue gegeben hatten, sollten sie – trotz ihrer schweren Schuld – nicht damit bestraft werden, daß ihre Leiber zu ewiger Trennung verurteilt würden. Er selbst, Prinz und Regent, würde keinen Anstoß daran nehmen, einer solchen Bestattung beizuwohnen.

Der Sekretär warf einen erstaunten Blick auf seinen Herrn. Doch seine Feder kratzte weiter über das Papier.

Der Regent verbarg ein rasches Lächeln. Dann fuhr er, auf den Fußspitzen wippend, fort: Da die Gesetze der Heiligen Kirche verhinderten, daß Menschen, die Hand an sich gelegt, in geweihter Erde bestattet würden, biete er, der Regent, aus Rücksicht auf den außerordentlichen Fall, eine würdige Begräbnisstätte in seinen eigenen Gärten an.

93

Nun verstummte er. Er hatte bemerkt, daß der Sekretär erschrocken innegehalten und gleichsam nach Luft geschnappt hatte. Der Regent stutzte nun selbst. Er begriff, was den treuen Mann irritierte. Hier, so mochte dieser finden, ging er, der Regent, zu weit. Das Volk würde seine Milde übertrieben finden. Selbstmörder in Ehren zu begraben galt als schwere Sünde. Die Frommen würden murren, schelten. Trotzdem: In dem Regenten regte sich eigensinniger Stolz. Er wollte sein Ziel erreichen: Die Versöhnung der Familien schien ihm jedes Ärgernis wert.

Doch während noch der Schreiber die beiden Briefe ins reine übertrug, traf eine neue Nachricht ein. Der Bischof habe eingegriffen; er habe verfügt, die Leichen sofort aus der Grabrotunde, aus dem geweihten Bezirk des Friedhofs überhaupt zu entfernen. Sogar die Eltern der Selbstmörder seien mit Drohungen hinausgetrieben worden. Der Regent erschrak. Solche Härte hatte er nicht erwartet. Mit finsterer Miene hörte er die Berichte an. Die Serenissima hatte ihn angewiesen, sich mit dem Bischof auf jeden Fall zu vertragen. Sein Plan, die Familien in seinen eigenen Gärten bei einer gemeinsamen Bestattungsfeier zu vereinen, schien ihm plötzlich selbst zu gewagt. Er ließ sich das Konzept der Briefe und die halbfertige Reinschrift reichen. Er las sie durch, Satz für Satz. Dann stampfte er mit dem Fuß auf, knüllte sie zusammen und warf sie hinter sich.

So geschah, was nach Maßgabe der Dinge nicht anders geschehen konnte: In Eile, bei Nacht und Nebel, wurden die beiden Leichen der Erde übergeben: Romeo weit draußen vor der Stadt in den Weinbergen der Montagus, Julia auf einem nahen Gut der Capulets. Außer den Männern, die die Gruben ausgehoben hatten, zwei Fackelträgern und den nächsten Anverwandten war niemand zugegen. Auch Anna fehlte.

Unterdessen war der gutmütige alte Pater, der die beiden

Liebenden heimlich getraut hatte, ausfindig gemacht und von seinen geistlichen Oberen in einer Zelle seines Klosters festgesetzt worden. Dort erwartete er, wegen gröblicher Überschreitung seiner Amtsvollmachten, seine Verurteilung nach Kirchenrecht.

Am dritten Tag nach dem *Ereignis* kehrten die Capulets in ihr Stadthaus zurück. Sie taten sehr erstaunt, daß sie Anna hier vorfanden, halb verhungert, in üblem, fast verwildertem Zustand: Sie hätten doch angenommen, das Kind sei bei einer Verwandten untergekrochen, und sie behaupteten, Anna bei Julias Grab vermißt zu haben. Als Anna sagte, sie habe die drei Tage nichts zum Essen gefunden außer eine Schüssel Milch voll Fliegen, begannen die Eltern sie auszuschelten: Sie wisse doch, wo die Schlüssel zu den Speisekammern lägen, und da hätte es doch alles in Mengen gegeben: Käse, Rauchfleisch, eingemachte Früchte, das reinste Schlaraffenland – worauf Anna sich zu Boden warf und zu schreien begann; steif lag sie da und schrie, schrie eine Stunde und zwei, hoch, spitz und so laut und ohne aufzuhören, daß niemand, der hinzulief, verstand, woher sie die Kräfte nahm, so zu schreien. Nun waren die Eltern bestürzt. Sie nahmen sie in die Arme, streichelten, küßten und schüttelten sie. Aber Anna schrie weiter.

Sie schrie bis nach Mitternacht, erzählte man ihr später, und kein Mittel habe gefruchtet, sie zu beruhigen, weder kalte noch heiße Wassergüsse, noch daß man ihr Essig in den Mund zu träufeln versuchte. Erst gegen Morgen hörte sie zeitweise auf, und als es Tag war, schlief sie ein und schlief dann unerwecklich zwei Tage lang.

Anna konnte sich nicht mehr daran erinnern und sie glaubte auch nicht, was man ihr davon erzählte, sie merkte nur, daß ihr Gesicht jetzt manchmal zuckte, was früher nicht der Fall gewesen war. Doch das Zucken tat nicht weh, es war eher, wie wenn ein Grashalm an ihre Lider gestreift oder ein Falter ihre Wangen im Flug berührt hätte. Es fühlte sich fast lustig an, es unterhielt sie, sodaß sie beinahe froh war, wenn sie häufig zuckte, und daß sie es vermißte, wenn es ausblieb.

Das Leben im Hause Capulet hatte sich seit dem *Ereignis* sehr verändert. Früher hatten sich die Besucher reihenweise hereingedrängt, jetzt wollte der Vater nicht einmal seine besten Freunde empfangen. Er vermied jeden Ausgang, seine Geschäfte überließ er dem Kontorhalter. Auch die Mutter hatte offenbar nicht mehr die geringste Lust, eine der Frauen – Tanten, Basen, Nichten – zu sehen, die doch früher unaufhörlich bei ihr ein und aus gegangen waren. Nur kleine verängstigte Mönche sah man dann und wann über die Dienertreppe huschen, sie kamen aus Klöstern, mit denen der Bischof in Streit lag, und boten den Eltern Capulet an, trotz des Verbots heimliche Messen für Julias Seele zu lesen – gegen erhöhte Spolien natürlich, denn das Wagnis war groß.

Was die Eltern mit diesen Mönchen vereinbarten, erfuhr Anna nicht.

Früher waren die Capulets am Sonntag mit ihren beiden Töchtern zum Hochamt in den Dom gegangen. Dann waren sie entweder auf ihre Güter gefahren oder sie hatten an einer dem Veroneser Patriziat gewidmeten Lustbarkeit teilgenommen, Reiterspielen in der Arena zum Beispiel, und einmal auch an einer Schiffsreise auf dem Adige. Solche Erlebnisse hatte Anna im Gedächtnis behalten wie bunte tanzende Punkte. Sie würden wohl nie mehr wiederkehren. Vor allem die Mutter schien ihnen für ewig abgeschworen zu haben. Sie ertrug es nicht einmal, sich in den Zimmern aufzuhalten, die der Straße zu lagen, weil sie sich vor neugierigen Blicken fürchtete, vielleicht auch weil sie erwartete, irgendwelche Spottlieder zu hören. Sie ließ sogar die Loggia im Innenhof mit Tüchern verhängen, sodaß sie auch für die Mitbewohner des Hauses, für das Gesinde und den Kontorhalter unsichtbar blieb.

Jedesmal, wenn Anna zur Mutter gerufen wurde, brach diese in Tränen aus, als könnte ihr Annas Anblick nichts als Schmerz bereiten. Das hatte zur Folge, daß sich Anna davor scheute, die Zimmer der Mutter zu betreten. Sie gewöhnte sich daran, nur Umgang mit dem Mädchen zu haben, das zu ihrer Bedienung befohlen war, einer halbblöden kindischen Person, die nur immer dieselben Hexen- und Gespenstergeschichten daherzuplappern wußte.

Umso überraschender war es für sie, als ihr die Eltern zwei oder drei Monate nach dem *Ereignis* mitteilten, sie habe sich darauf vorzubereiten, demnächst in großer Gesellschaft zu erscheinen. Der Regent von Verona habe das Haus Capulet wissen lassen, er erwarte – zusammen mit der Familie Montagu –, zu einem gemeinsamen Gastmahl geladen zu werden.

Was das bedeutete, war nur allzu klar. Der Regent hatte zwar seine ersten, in überschwänglicher Stimmung gefaßten Absichten aufgegeben. Dennoch stand es für ihn fest: Das alte Ärgernis mußte ein Ende haben. Er hatte die Verfeindeten in der Stunde des Unglücks gemeinsam trauern und klagen und einander in den Armen liegen sehen. Diesen Augenblick der Erschütterung wollte er wieder heraufrufen, koste es, was es wolle, und sei es das Gewicht seiner, des Regenten, Autorität. So müßte es endlich gelingen, die beiden Familien zu verbinden und ihnen dauernde Eintracht zur Pflicht zu machen.

Freilich: Der Einfall des Regenten rief in beiden Häusern nichts als Wut und Abwehr hervor. Es konnte zwar keine Rede davon sein, daß man den Vorschlag des Mächtigen ablehnte; man fügte sich zähneknirschend. Die angeforderte Einladung an den Regenten wurde in heuchle-

97

risch ehrfurchtsvollen Worten abgefaßt, die an die Montagus in Wendungen, die gerade noch den mindesten Formen der Höflichkeit entsprachen. Dennoch waren sich die Capulets sicher: Die Verhaßten würden trotzdem kommen.

Wie aber sollte man sie empfangen?

In einer Anwandlung rasenden Trotzes beschloß man, die Gelegenheit zu nutzen, um mit Prunk und Luxus aufzutrumpfen.

So verwandelte sich das Trauerhaus in eine Stätte hektischer Betriebsamkeit. Der große Saal im ersten Stockwerk wurde gereinigt, die wappengeschmückte Decke starkfarbig nachgemalt, die Wände mit gestickten Teppichen behängt. Von den eigenen Landgütern wurde das Beste herbeigekarrt, bei Gewürzhändlern, Kuchenbäckern und Wachsziehern das Teuerste bestellt. Signora Capulet ließ ihre prachtvollste Robe auffrischen, auch Signor Capulet sorgte für einen würdigen Anzug. Sogar bei Anna erschien eine Schneiderin und paßte ihr eins von Julias guten Kleidern an. (Die rosa Schnürbrust war es freilich nicht.)

Am Tag vor dem Gastmahl wurde Anna zu den Eltern gerufen. Sie nahm an, daß sie sich ihnen in ihrem neuen Putz präsentieren sollte, und fürchtete schon, die Mutter werde bei ihrem Anblick – wie gewöhnlich – gleich zu schluchzen beginnen. Doch weder Mutter noch Vater schienen heute an Julia zu denken. Sie nahmen Anna in den Festsaal mit, wo die schon halbgedeckte Tafel bereitstand.

»Hier«, sagte der Vater, »auf diesem Stuhl wirst du morgen sitzen, zwischen uns beiden, mir und der Mutter. An der anderen Seite der Tafel werden andere Leute Platz nehmen. Du wirst sie weder ansehen noch einem von ihnen Antwort geben, falls sie dich ansprechen sollten. Du wirst, wenn ihnen zugetrunken wird, den Becher ergreifen und an den Mund führen, aber keinen Tropfen nehmen. Dort, auf jenem Sessel, wird der Regent sitzen. Vor ihm wirst du dich verneigen. Ihm wirst du auch zutrinken, wenn auf ihn getrunken wird. Aber auch ihm wirst du keine Antwort geben, wenn er das Wort an dich richten sollte. Wir beide werden für dich antworten. Hast du verstanden?«

»Ja«, sagte Anna, »ich habe verstanden.«

Das Gastmahl fand statt. Die Montagus trafen zusammen mit dem Regenten ein. So erfolgte die Begrüßung in Formen, die zwar kaum steifer und kälter hätten gedacht werden können, die aber eben noch patrizialem Anstand entsprachen. Bei Tisch führte der Regent das große Wort. Sowohl die Montagus als auch die Capulets antworteten mit einem kärglichen »Ja« – oder »Nein« oder »Gewiß, Euer Gnaden«, nur um dem Regenten die Möglichkeit zu geben fortzufahren, denn solange er sprach, konnten sie schweigen. Er sprach eifrig, laut und fließend, manchmal flocht er Anekdoten und Schnurren ein, dann lächelten alle, die an der Tafel saßen, indem sie die Lippen von den Zähnen zogen und mit den Köpfen nickten.

Das Mahl war glänzend. Es umfaßte viele Gänge. Wenn eine mit besonderer Kunst arrangierte Platte hereingebracht wurde, zog ein künstlich gedehntes »Oh!« rund um den Tisch. Der Regent überschüttete die Hausfrau mit Schmeichelworten, doch ehe sich diese mit artigen Worten bedanken konnte, fügte er hinzu, daß die Gastgeber von heute demnächst die Gastfreundschaft der anderen genießen würden, und er, der Regent, würde ebenfalls dabei sein und entscheiden, wer die geschickteren Köche gemietet habe.

Diesem Satz folgte etliche Atemzüge lang betretene Stille. Sowohl rechts als auch links der Tafel starrten erblaßte Gesichter, und eiskalte Hände verkrampften sich um Messer und Becher. Endlich stieß Vater Capulet den Stuhl hinter sich zurück und brachte einen Hochruf auf den Regenten aus.

Alle hoben die Becher und riefen stehend ihr »Vivat«. Auch Anna war aufgestanden. Zum erstenmal blickte sie von ihrem Teller auf und die Reihe der Montagus entlang. Es waren neun oder zehn Personen, Männer und Frauen; auch sie waren – wie die Capulets – aufgedonnert herausgeputzt, sonst aber sahen sie wie alle anderen Leute aus, weder schön noch häßlich, einige hager, andere dicklich, etliche jung, etliche alt. Anna dachte: Höllengesindel – wieso? Wieso sagen die Eltern: Ausgerottet gehören sie?

In diesem Augenblick hörte sie – mit fast tödlichem Erschrecken – ihren Namen genannt.

Der Vater hatte ihn ausgesprochen und sie zugleich am Nacken gefaßt, so schob er sie von ihrem Platz dem Regenten entgegen.

Was war geschehen?

Der Regent hatte sich plötzlich entschlossen, eine Tat zu setzen, die – wie er in einer Aufwallung hoffte – nicht mehr rückgängig gemacht werden konnte. Jetzt und hier sollten die feindlichen Häuser miteinander verbunden werden.

Gebe es nicht, fragte er mit schallender Stimme, hier im Hause eine zweite Tochter, nachdem sich die erste aus Liebe zu einem Montagu aus dem Leben gemacht? Und gebe es nicht unter den Montagus junge Männer, unvermählte, nachdem der erste rechtliche Erbe aus Liebe zu einer Capulet gestorben sei? Er, der Regent, fordere sie auf, vor ihn zu treten.

Wieder herrschte sekundenlang tödliche Stille. Dann erhoben sich zwei Burschen von der unteren Tischseite der Montagu, ungeschlachte Kerle, erst noch widerborstig zögernd, dann schon gehorsam, und stolperten die Tafel entlang.

Nun konnte auch Capulet nicht anders, er mußte Anna vor den Regenten schieben. Anna starrte den Mächtigen an, als sähe sie eine große Schlange. Sie erkannte in seinem Gesicht etwas wie Enttäuschung.

»*Du* also bist Julias Schwester?« sagte er, und seine Hand, die sich bereits erhoben hatte, ihre Wange zu tätscheln, zuckte zurück. Doch sogleich überspielte er seine Überraschung. »Giulietta die Zweite«, rief er lachend, mit dröhnender Stimme. »Noch ein bißchen klein, zu klein – und mager wie ein Stengel!« Und er drehte Anna gegen die Gesellschaft, als müßte er dieser erst zeigen, wie klein und unansehnlich sie war. »Nun«, fuhr er fort, »das wird sich geben. Du wirst wachsen und mannbar werden –«, und jetzt klopfte er ihr wirklich auf die Wange, »und wenn du mannbar geworden bist, wirst du einen dieser beiden jungen Männer zum Gatten nehmen. Sieh sie dir an – und wähle!«

Anna drehte den Kopf so weit, daß sie die Hosenbünde und Wämser der beiden vor Augen hatte. Sie schienen ihr furchtbar groß und elefantenhaft furchterregend, und beide, das glaubte sie zu fühlen, fanden sie abstoßend häßlich. Da hob sie die Arme über den Kopf, als fürchtete sie, geschlagen zu werden. Dabei merkte sie, daß ihr Gesicht so heftig zuckte wie noch nie.

Nun brach die ganze Gesellschaft in schallendes Gelächter aus.

Der Vater packte Anna am Arm und zog sie auf ihren Platz zurück.

Auch die beiden Montagus polterten wieder zu ihren Stühlen.

Der Regent rief ihnen nach: »Merkt euch, was ich gesagt habe. Einer von euch wird diese Capulet heiraten.«

Bald darauf wurde die Tafel aufgehoben. Der Regent verließ das Haus, unmittelbar danach auch die Montagus. Die Lichter wurden gelöscht, das Gesinde stürzte sich über die Reste des Festmahls. Die Eltern Capulet verschwanden in ihren Gemächern. Anna floh in ihre Kammer.

Die Zeit, die nun folgte, war für Anna eine böse Zeit. Jeder Tag wurde ihr wie hundert Tage – und das Jahr zu einer Ewigkeit. Sie lag auf ihrem Bett und sog an den Zipfeln ihres Schnupftuchs, sie biß ihre Nägel, bis sie bluteten. Dann und wann saß sie in der Fensterlaibung und warf Hölzchen oder Steinchen oder den von den Ziegeln abgekratzten Taubenmist in die Gasse hinab und, wie sie hoffte, auf die Köpfe derer, die vorübergingen. Manchmal schlich sie auch in die Ställe, die sich hinter dem Haus Capulet gegen die Stadtmauer hinzogen. Dort lehnte sie stundenlang an den Schranken und betrachtete die Tiere, Pferde, Schweine, Hühner, tat ihnen Heu in die Krippen oder streute Körner und Brotkrumen; das war dann schon ein guter Tag für sie gewesen.

Zu Julias Lebzeiten waren allerlei Leute ins Haus gekommen, die die Töchter unterrichten sollten; doch zumeist hatten sie sich nur um Julia gekümmert. Sie lernte lesen und schreiben, singen und die Laute schlagen. Eine verarmte entfernte Verwandte, die allwöchentlich zweimal erschien, brachte ihr andere Fertigkeiten bei, die man von einer Dame aus gutem Haus erwartete: mit Seidenfäden sticken, häkeln, flechten. Dann hatte auch Anna mit Garn und Bast herumspielen dürfen.

Alle diese Leute, die arme Verwandte, der Musik- und Tanzlehrer und auch das schreibkundige Mönchlein, ließen sich seit Julias Tod nicht mehr blicken. Anna wußte nicht, ob sie sich über das gräßliche Ende ihrer Schülerin so erschreckt hatten, daß sie das Haus des Unheils nicht mehr betreten wollten – oder ob ihnen von den Eltern bedeutet worden war, sie würden nicht mehr gebraucht, denn die übriggebliebene Tochter sei ohnehin keiner Bemühung wert. Anna schien das letztere weit wahrscheinlicher, und als sich die arme Base doch noch einmal einstellte, um Anna zu unterrichten, benahm sie sich so widerspenstig, daß sich das alte Mädchen seufzend entfernte und die Eltern wissen ließ: An diesem Kind sei in der Tat Hopfen und Malz verloren.

Drei Jahre später konnte Anna eines Nachts nicht schlafen. Sie hatte Bauchschmerzen. Sie dachte nach, was sie denn gegessen haben könnte, was jetzt in ihrem Leib so zog und brannte. Am Morgen fand sie ihre Schenkel braunrot verschmiert und einen großen roten Fleck im Laken. Sie starrte voll Entsetzen, nicht anders, als wären diese Spuren die Spuren einer Untat. Aber das Mädchen, das sie bediente, kicherte nur und sagte: »Das ist der Lauf der Welt.«

Anna stürzte auf die Magd zu und flehte sie an, nichts zu verraten. Sie solle ein Becken bringen mit Wasser, darin werde sich Anna waschen, auch das Laken, das Hemd, alles ringsum. Aber das Mädchen kicherte nur noch mehr und sagte: »Wozu waschen? Da kommt noch allerhand nach.« Und wirklich sah Anna neue Blutstropfen auf den Estrich fallen.

Eine Stunde später kam die Mutter vorbeigerannt, sah die Bescherung und lief mit den Worten: »Erst elf und schon Weib!« aus der Kammer.

Gegen Mittag wurde Anna zu Vater und Mutter in den Eßsaal gerufen. Sie saßen dort in düsterer Stimmung, wie Richter, dachte Anna verstört. Was habe ich nur verbrochen? – Und geknickt, voll Schuldgefühl, blieb sie weitab stehen.

Die Eltern blickten zu ihr hin, seufzten und wandten ihre Augen weg. Anna begann zu zittern. Dann hörte sie es: Sie müsse fort, fort aus Verona, wo jedermann alles von jedermann wisse, fort aus dieser Stadt, in der nur Unheil sei und wo Julia –

Julia. Julia. Dieser Name lag noch immer in der Luft wie ein Stück Holz, ein Balken, ein Schwergewicht, das sich nicht wegatmen ließ. Er war im Traum da, er langte aus jedem Winkel, stand in jedem Gesicht zu lesen, dem Anna auf der Straße begegnete: »Eh, du da, Julias Schwester!« Nicht einmal in der Kirche hörte das auf, es zischelte aus den hinteren Bänken, schoß Blicke von rechts, von links und selbst vom Altar, wenn sich der Priester dem Volk zuwandte mit seinem »Dominus vobiscum«, dann glaubte sie, Anna, seinen strengen Blick auf sich gerichtet in blitzschnell zustechender Verachtung: »Julias Schwester.«

Nun sollte sie wegen Julia fort, fort, aber wohin?

Endlich begann die Mutter zu reden: »Gutes Kind«, sagte sie, »armes Kind. Schuld trifft dich keine. Wir haben es ja gewußt, der Vater und ich, das mußte eines Tages kommen. Wir dachten nur: Noch hat es Zeit damit. Jahre. Nun aber – so früh! Warum so früh? Julia war vierzehn.«

Vierzehn, dachte Anna, o Gott, warum hast du mich nicht auch vierzehn werden lassen?

»Wir müssen dich verstecken«, fuhr die Mutter fort. »Du weißt ja, der Regent. Der Regent will dich an einen dieser Hundsfötter verkuppeln, an einen Montagu.« Die letzten Worte schrie die Mutter: »Willst du denn eine Montagu werden?«

»Nein!« klapperte Anna mit den Zähnen. »Nein. Nein.«

»Wir haben schon in allen Klöstern herumgefragt –«, jetzt sprach die Mutter mit leiser erbitterter Stimme – »wohin wir dich bringen könnten, wenn es soweit ist mit dir. In allen Klöstern haben wir herumgebettelt, ob sie dich nehmen und verstecken können. Aber kein Kloster wollte dich haben. – Eine Capulet, nein, eine Capulet nehmen wir nicht, wir können sie nicht nehmen, eine, der dieser Ruf anhängt... Sie haben wohl auch Angst vor dem Regenten. Nur Zia Sophia vom Sasso ferro hat sich herbeigelassen... Sie wird dich hüten, bis – bis es soweit ist, daß wir einen Mann für dich finden, irgendeinen, nur keinen Veronesen, keinen Montagu.«

»Nur keinen Montagu«, bestätigte der Vater.

Zia Sophia. Wer war das nur? Anna konnte sich nicht erinnern, sie je gesehen und Näheres über sie gehört zu haben, als daß sie eine Fern-Angeschwägerte sei, sehr fromm, sehr streng, »ein Drachen!« hatte der Vater einmal gesagt und lachend hinzugefügt, »ein Wunder nur, daß sie nicht Feuer speit«.

Jetzt wurde Anna zu dieser Frau gebracht.

Die Reise dauerte drei Tage. Vater und Mutter reisten mit. Auf dieser Fahrt ließen sie Anna nicht aus den Augen. Anna begriff nicht, warum sie plötzlich nicht mehr allein bleiben durfte, wo sie doch zu Hause so viel, fast immer allein geblieben war. Jetzt saß sie bei den Mahlzeiten in den Gasthäusern zwischen den Eltern, jetzt schlief sie mit ihnen in derselben Kammer. Niemanden sollte sie ansehen auf dieser Reise, mit niemandem reden. Selbst als sie bei den eingespannten Pferden stehenblieb und ihre Schnauzen streicheln wollte, wurde sie gerufen: »Laß das, komm her!« Anna wunderte sich. Dann dachte sie: Das ist bloß deshalb, weil ich Weib geworden bin – und in ihr stieg etwas wie Haß auf – gegen ihren eigenen Körper, gegen ihre Eltern, gegen alles, was das Menschengeschlecht ausmacht.

Endlich kamen sie an. Beim Aussteigen aus dem finsteren dumpfen Wagen dachte Anna: Ach, wie schön! Denn vor ihr lag ein großes Wasser, ein langer und breiter See, und über dem See standen weiße Berge unter einer Kette weißer Wolken wie unter einem Kranz schwimmender weißer Rosen.

Sie hielten in einer Bucht vor einer Ringmauer, hinter der – wie eine vorgeschobene Nase des Gebirges – eine Halbinsel aufstieg. Ein Tor wurde ihnen aufgetan, einige Schritte weiter oben ein zweites. Der Weg stieg zu einem schloßartigen Gebäude hinan, das – hinter einer dritten Mauer – die oberste Kuppe der Halbinsel einnahm. Unter einem aufgezogenen, mit eisernen Spitzen besetzten Lattengatter stand Zia Sophia und empfing die Gäste.

Was Anna von weitem für ein Schloß gehalten hatte, erwies sich aus der Nähe als ein einziger, mit Steinplatten gedeckter, aus Steinplatten geschichteter Turm, an den sich eine Kapelle und einige niedrige Nebengebäude anschlossen. Diese waren leer und ziemlich verfallen. Zia Sophia wohnte allein mit drei alten Mägden in ihrem Turm in einigen übereinander liegenden Stuben. Die Räume waren kalt und düster. Es gab in jedem Stockwerk nur zwei enge Luken, durch die das Tageslicht einfiel. Lediglich im letzten, höchsten Geschoß waren einige breite Bogenfenster ausgebrochen. Von ihnen ging ein weiter Blick über den See.

Die Eltern Capulet blieben nur zwei Tage, um sich von der Reise zu erholen.

Zu viert saßen sie am letzten Abend beisammen. Vater Capulet hatte Annas Handgelenk gepackt und preßte es auf die Tischplatte, als hätte er es da annageln wollen. »Höre!« sagte er in beschwörendem Ton. »Höre, was ich dir sage, Tochter! Du heißt von nun an Maddalena di Nervi, aus dem Abruzzendorf Ponte nero. Den Namen Capulet hast du noch nie gehört. Dein Vater bin nicht ich, sondern Silvio di Nervi. Und, vor allem, du bist keine Veroneserin, bist nie in Verona gewesen, hast nie eine Schwester gehabt, die Julia hieß. – Der einzige Mensch hier, der weiß, wer du bist, ist Zia Sophia.«

»Und Padre Vittorio«, warf diese ein. »Er ist mein Beichtvater, er wird auch Annas Beichtvater sein. Ihn darf sie nicht belügen.«

Vater Capulet ließ Annas Handgelenk los und seine Faust auf den Tisch fallen. »Wozu das? Wer weiß, der plappert. Ich traue keinem über den Weg. Ganz Italien schwatzt, ganz Italien singt unser Lied, das Lottervolk auf der Straße ist heiß darauf; Bänkelsänger, Scharlatane machen ihr Geld mit unserem Unglück. Ich weiß wohl, ein Pfaffe soll schweigen, muß verschweigen, was ihm anvertraut worden ist. Aber Schweigen ist schwer in einem solchen Fall.«

Zia Sophia krümmte verächtlich die Lippen. »Was glaubst du von mir, Vetter Capulet? Ich halte mir keinen Pater Lorenzo wie du, keinen Schwachkopf, dem das Herz übergeht und die Zunge davonläuft. Bei Pater Vittorio ist unser Geheimnis so sicher wie in einem Grab.«

Vater Capulet tauschte einen Blick mit seiner Frau. Dann saß er da mit kauenden Kiefern, seine Faust rieb auf der Tischplatte.

Nun nahm die Mutter das Wort: »Du wirst es ja wissen, Sophia, ob du diesem Pater trauen darfst, wie du auch weißt, daß wir in deiner Hand sind. Wer nimmt uns das Kind schon ab? Doch ehe es an einen Montagu verheiratet wird, wollen wir uns alle drei lieber im Adige ertränken. – Und nun«, wandte sie sich an Anna, »sag auf, was dir dein Vater vorgesagt hat: ›Ich heiße Maddalena di Nervi, mein Vater heißt Silvio. In Verona war ich nie – und nie habe ich eine Schwester gehabt, die Julia hieß.‹«

Dreimal mußte Anna die Sätze wiederholen. Dann standen die Eltern auf und suchten ihr Lager auf. Am anderen Morgen reisten sie ab, und Anna blieb allein bei Zia Sophia.

Zia Sophia war eine große, sehr hagere Frau, grauhaarig

unter der schwarzen Witwenhaube. Auch ihre Kleidung war schwarz bis auf ein gefälteltes weißes Leinenstreifchen, das ihren Hals umschloß. Vor ihrer Brust hing ein großes silbernes Kreuz und an ihrem Gürtel ein gewaltiger Schlüsselbund. Der gab ihr das Ansehen einer mächtigen Gutsherrin.

Das Leben freilich, das sie führte, glich eher dem entsagungsreichen Dasein einer Bettelmönchin der strengsten Observanz. Ihr Tageslauf war auf das genaueste eingeteilt, und vom ersten Augenblick an stand fest, daß Anna an ihm teilnehmen würde: gleich nach dem Hellwerden die Messe in der Kapelle, danach das Frühstück, gewässerte Milch mit Schwarzbrot. Dann Arbeit in Haus und Garten. Vor dem Mittagsmahl: Lesung und Gebet; das Mahl selbst: gekochter Fisch oder Hafermus. Nachher Weben, Sticken, Spinnen. Zur Vesper einen Apfel oder zwei, am Sonntag ein Honigbrot. Dann läutete das Glöckchen zur Abendandacht. Diese dauerte bis in die Dunkelheit. Vor dem Schlafengehen noch ein Krüglein Wasser und ein Fladenbrot. Gleich darauf: alle Lichter gelöscht. Zia Sophia lag auf einem harten Strohsack, Annas Bett daneben war ein mit Fell bezogenes Brett.

Die einzigen Menschen, die Zia Sophia in ihrer Nähe duldete, waren drei alte Mägde, zahnlos und krummgezogen von Gicht. Sonst war nichts Lebendes im Haus, weder Katzen noch Hunde. Nur widerwillig duldete Zia Sophia die Vögel, die unter dem Dach und unter dem Söller nisteten. Was an Vieh zu ihrem Gut gehörte, ein paar Schafe und Ziegen, zwei Kühe, ein Pferd, hatten Stall und Weide im untersten Mauerring. Dort hausten auch die Knechte. Über der zweiten Mauer zogen ein paar Rebstöcke magere Lauben und mischten sich mit Nuß- und Apfelbäumen, die den Hügel rundum bewuchsen. Im dritten und obersten Ring, unter dem Turm, war ein kleiner Garten angelegt für Gemüse, Heilpflanzen und etliche Beerensträucher. Keine Blumen. Im Hof unter einem Schutzdach aus Stein ging ein Brunnenschacht so tief in den Felsen hinab, daß, wer einen Stein hinunterwarf, drei Atemzüge lang warten mußte, bis er ihn unten aufklatschen hörte.

Das ganze Gelände lag auf alt-ivreischem Boden, jetzt war es unter die Vorherrschaft von Mailand und der Visconti gekommen. Verona war weit.

Anna verstand: Man hatte sie hierher gebracht, um den Regenten vergessen zu machen, daß es sie, Anna Capulet, gab. Vielleicht vergaß er mit ihr auch seinen Plan, die verfeindeten Familien zu versöhnen. Dann durften sie in ihrem Haß beharren, der ihnen offenkundig unentbehrlich geworden war.

Darum also, begriff Anna, der falsche Name, der andere Geburtsort, die Verleugnung der Heimat, die Verleugnung all dessen, was sie war und je gewesen. Alle Morgen mußte sie vor Zia Sophia das Sprüchlein aufsagen: »Ich heiße Maddalena di Nervi...«

Allerdings: Je strenger Anna dazu angehalten wurde, ihre Herkunft zu verleugnen, desto weniger brachte es Zia Sophia zuwege, eben davon zu schweigen. Sobald sie allein und die Türen hinter ihnen geschlossen waren, begann sie: »Anna, hörst du, Anna?! Ich habe dich heute während der Messe im Auge behalten. Du warst zerstreut. Du hast gegähnt. Ich habe dir doch gesagt: Du mußt andächtig beten – für deine Eltern, Anna, für ihre Seelen, sie haben es nötig, ich darf nicht daran denken, wie nötig; welche Schuld sie auf sich geladen haben... ja, Schuld! Denn daß es so kam mit deiner Schwester, daß es so endete mit Julia, das war kein Zufall, o nein, das lag an ihnen, auch an ihnen, bei Gott. Nur einmal war ich in euerem Haus in Verona, fünfzehn Jahre mögens her sein oder mehr, da hab ichs doch miterlebt, was sie mit Julia trieben: Verwöhnung

109

wars, was sag ich: Verwöhnung? Vergötterung wars, törichte. Da war keine Zucht, keine Ordnung, nur Schmeichelei: ›Was bist du für ein süßes Püppchen, du! Zeig deine Zähnchen, deine Händchen, deine Zöpfchen.‹ Was die Kleine wollte, das kriegte sie, und wenns ihr einfiel, über den Tisch zu kriechen und in die Schüsseln zu patschen, so gabs nichts als Gelächter. Immer hatte sie den Mund voll Leckereien und am Hals ein goldnes Kettchen wie eine Braut; von früh bis spät in Samt und Seide, so war sie schon mit drei ein Fratz voll Eitelkeit und Faxen. Schon damals dacht ich: Mit diesem Kind kann es nicht gutgehen, mit diesem nimmt es ein böses Ende, und wenn ich dann sagte: ›Lieber Schwager, liebe Base! gebt nur acht, daß ihr nicht noch Kummer erleben werdet an euerem Kind‹, da glurte mich deine Mutter an mit giftigen Augen und sagte: ›Du redest nur deshalb so, weil du selbst keines hast.‹ Haha. Ich und Kinder! – Gott hat mir diese Plage erlassen, und ich danke ihm täglich auf den Knien dafür.

Da gibt es Leute, die sagen: ›Kinder sind eine Gottesgabe und kein rechtes Glück auf Erden ohne sie.‹ Dummes Gerede, Anna, dummes Gerede. Denn wozu führt das Kinderkriegen? Eine Versuchung ists, nichts als das. Die Versuchung, das Herz an das Ding zu hängen, das man geboren hat, ans eigene Fleisch und Blut, ans eigene Spiegelbild, den eigenen Wiedergänger, statt eingedenk zu sein des Sündenelends, mit dem man Gott beleidigt alle Tage. – Nun ja, ich weiß, Gott hat es mal so eingerichtet auf der Welt, daß das Menschengeschlecht fortlebt bis zum Jüngsten Tag. Doch was, meinst du, schulden die Eltern ihren Kindern am allermeisten? – Essen und Trinken, Milch und Brot? Jaja, das auch; und ein Dach überm Kopf und einen ehrlichen Namen. Doch was sie ihnen am allermeisten schulden, Anna, das ist Zucht und Ordnung und daß die Kinder wissen, was Gottes Gebot ist. So aber, wie deine

Schwester aufwuchs, da kannte sie nichts als ihren eigenen Kopf und eigenen Willen, ihr eigenes maßloses Herz. So kam es, daß sie diesem Romeo zuflog, kaum daß sie ihn einmal gesehen hatte. Aus Liebe? Hoho, aus Liebe. Wenn ich das höre ... was ist denn Liebe? Nichts als teuflische List.

›Verheiratet‹ seien sie gewesen, sagst du, Julia mit dem Burschen, dem Montagu. Jaja. Das hat dieser Pater Lorenzo behauptet, dieser Schwachkopf, Gott verzeih mir das harte Wort. Zu Eheleuten habe er sie gemacht durch seinen Segen? Was nicht gar! Wo ist Segen ohne Segen der Eltern? Wo, wenn getraut wird ohne Recht und Sitte? Sie wußten doch beide recht gut, wie es um ihre Familien stand – und daß sie nie die Erlaubnis erhalten hätten – nie! –, einander zu haben. Aber eben *weil* sie das wußten, wollten sie eben dies – nichts als dies, aus Trotz, aus Tollheit, aus sündhaftem Hochmut.

Da wars dann kein Wunder, daß sie auch das Letzte taten, die Wahnsinnigen. Satan stand ihnen bei, daß sie es vermochten und umso sicherer in seinen Rachen stürzten. –

Was ist mit dir, Anna, was ist? Du sitzt und starrst mich an. Tu weiter, tu weiter! Hat man dich nichts gelehrt zu Hause in Verona? Du kannst weder spinnen noch sticken, noch sonst etwas. Wie du die Nadel hältst, als wäre sie ein Besenstiel – und die Spindel, als wäre sie eine Heugabel. Ach, Anna, du bist doch wie eine Nessel aufgewachsen auf brachem Feld.«

In diesem ersten Winter, den Anna unter dem Sasso ferro, dem Eisenfels, verbringen mußte, hatte sie oft seltsame Gedanken. Was ihr im Vaterhaus in Verona noch nicht eingefallen war, jetzt grübelte sie darüber nach, wie es wohl zugegangen war dort in der Capuletschen Gruft, bei Julias

Ende. Mit einem Messer, Romeos Dolch, hatte sie sich zu Tode gebracht, doch wie? Hatte sie sich ins Herz gestochen oder die Schneide unter der Kehle durchgezogen, daß alles Blut aus ihr rann? Anna konnte sich das von der Schwester nicht vorstellen. Hatte Julia nicht immer schon lauthals gezetert, wenn sie sich an einem Dorn geritzt? War sie nicht heulend zur Mutter gelaufen nur wegen eines eingezogenen Spans? Julia hatte nie Blut sehen können, am wenigsten das eigene. Und dann –?

In diesem Winter, in den langen kalten Tagen und den noch kälteren, im Frost durchschauerten Nächten, brachte Anna den Gedanken an Romeos Dolch nicht los. Sobald sie allein war, sah sie sich nach etwas Scharfem und Spitzigem um, nach einer Schere, einem Messer, einer Feile. Die hielt sie dann an ihre Handgelenke, dort, wo das Geflecht der Adern hervortrat, oder an ihren Hals, wo der Puls klopfte; manchmal tat sie sogar das weiße Tuch aus ihrem Ausschnitt und drückte das Eisen in ihre Brust. Sie hätte sich gern dabei gesehen, doch in Zia Sophias Haus gab es keine Spiegel.

Anna haßte sich selbst dafür, daß sie gezwungen war, hier zu leben, hungernd, frierend und bei jedem ihrer Schritte bewacht. Hätte nicht ein einziger mutiger Stoß mit einem Messer, ein einziger stark gezielter Schnitt mit einer Schere diesem Leben ein Ende machen können? Doch Anna wußte: Sie würde es nicht tun, nicht zuwege bringen, was Julia getan hatte; *die* hatte die Kraft dazu gehabt, warum nur? Woher?

Was hatte sie dazu gebracht, sich das furchtbare Eisen in den Leib zu stoßen? Liebe, sagten die Leute, Liebe! Aber was war das? – Was hatte dieser Wildfremde, dieser Romeo Montagu, mit der Schwester getan, daß sie nicht mehr leben wollte, nur weil er selbst nicht mehr am Leben war?

112

Anna hatte niemanden, den sie fragen konnte. Vor Zia Sophia war es unmöglich, das Wort Liebe in den Mund zu nehmen. Und vor den Mägden, die mit ihnen im Turm hausten, war es fast ebenso unmöglich, wenn auch aus anderen Gründen.

Obwohl es ihr Zia Sophia verboten hatte, mehr als nur das Notwendigste mit den Dienstboten zu reden (»Schlechte Weiber sind sie, faul und diebisch«), nutzte Anna jeden unbewachten Augenblick, um zu den dreien in die Küche, in den Keller, in den Garten hinauszuschlüpfen. Sie waren Schwestern, schon angegraut und eine häßlicher als die andere. Was Anna zu ihnen zog, war ihre unentwegte lachlustige Vergnügtheit. Sie nannten Anna *das Fräulein* und gurrten dabei ein halb spöttisches, halb gutmütiges Gelächter hervor, und gurrten noch viel mehr, als ihnen Anna anbot, sie einfach Maddalena zu nennen.

Sobald sie Zia Sophia aus ihrer Hör- und Sehweite glaubten, warfen sie Besen und Wischtuch beiseite, verließen ihre Waschzuber oder Hackstöcke und machten es sich so bequem wie möglich. Am liebsten flackten sie sich unter die Gartenbüsche und trieben dort ihren Schabernack. Wenn sich dann die Schritte der Herrin vom Turmsöller vernehmen ließen oder ihre Stimme von oben rief, sprangen sie an ihre Plätze und wedelten mit ihren Besen und Waschbrettern, als hätten sie die ganze Zeit fleißig gewerkelt. Nicht immer ließ sich Zia Sophia täuschen. Mit strenger Miene verglich sie die getane Arbeit mit der, die getan hätte werden können oder sollen. Sogleich begannen die drei im Chor von unvermuteten Hindernissen, Unfällen, Schwierigkeiten zu plappern und lauthals zu beschwören, welchen Plagen sie unterdessen ausgesetzt gewesen seien: freche Lügen allesamt, über deren Unverschämtheit Anna nur staunen konnte. Seltsamerweise ließ sich Zia

Sophia nicht darauf ein, den Mägden zu erwidern oder gar mit ihnen zu streiten. Mit einem verächtlichen Achselzucken wandte sie sich ab. Anna winkte sie mit strengem Blick und hieß sie ihr folgen.

Schon bald nach Annas Ankunft unter dem Sasso ferro hatte sie von den drei Alten die Lebensgeschichte der Zia erfahren:

Diese sei – arm wie eine Kirchenmaus – in irgendeinem verlotterten Nest im Tessinischen aufgewachsen und war dort eines Tages vom Herrn di Sasso ferro aufgelesen und geehelicht worden. Der Arme! – er mochte bald gemerkt haben, in welchen sauren Apfel er gebissen, denn schon drei oder vier Wochen nach der Hochzeit habe er Reißaus genommen und sich davongemacht, angeblich, weil ihn sein Lehensherr berufen und zur Bekämpfung einer Räuberbande ausgeschickt habe. Das aber sei dem Jungen noch übler bekommen, denn er sei dabei in einen Hinterhalt geraten und in einer hölzernen Hütte eingeschlossen und bei lebendigem Leib gebraten worden.

Da er keine Geschwister gehabt habe, sei das ganze Gut samt Turm und Vorwerken an seine junge Witwe gefallen. Zuerst habe sie, wie es sich gehöre, großmächtig um ihren Mann und Bettschatz geheult; aber kurz darauf sei sie hinter die Frömmigkeit geraten – und seither sei sie unerträglich und das größte Rabenvieh weit und breit.

»Wieso das?« wagte Anna leise zu fragen.

Ja, wieso? – Die drei Hexen schüttelten sich vor Gekicher. Irgend ein Pfaffe habe ihr wohl geflüstert, sie könnte eine Heilige werden, eine von denen, die auf Altären verehrt und angebetet würden. Das sei der Zia wohl in die Krone gefahren und habe sie um den Verstand gebracht. Seither vergönne sie sich nicht das geringste Vergnügen, esse nur Gras und Trockenbrot, und wenn sie sich einmal im Jahr einen saftigen Braten vergönne, rutsche sie dann tagelang auf den Knien und bitte Gott um Vergebung ob ihrer sündigen Fleischeslust.

Nun, das sei ihre, der Sophia Sache, sie könne schließlich tun mit ihrem elenden Corpus, was ihr beliebe. Aber das Schlimme und wahrhaft Rabenviehhafte an ihr sei, daß sie glaube, alle in ihrer Umgebung müßten sich genauso kasteien: darum die elende Kost hier im Hause, darum der Geiz mit Brennholz und Feuer, darum das ewige Messehören und Psalmodieren in der Kapelle.

Anna blickte zweifelnd von einer zur anderen: Sie schienen ihr so übel nicht ernährt; unter ihren Kitteln hüpften rundliche Bäuche.

Die drei errieten Annas Gedanken und brachen in neues Gelächter aus. Ei freilich, erklärten sie, so dumm seien sie nicht geboren, daß sie sich nicht zu helfen wüßten. Die Knechte und die Hirten, die im untersten Burgring wohnten, bei Kühen, Schafen, Hühnern ... die lebten nicht übel, und mit ihnen ... hihi ... haha ... sei manches Geschäftchen zu machen, wovon die Sophia nichts zu wissen brauche, auch Fräulein Maddalena nicht, das arme Kind, das zu beweinen sei, weil es hier eingeschlossen sei bei der Gestrengen, wie ein Vogel zwischen den Käfigstäben ...

Und in zudringlicher Vertraulichkeit tätschelten sie Annas Wangen und Arme und versuchten sogar, ihre Münder an Annas Mund zu bringen. Aber dagegen wehrte sich etwas in ihr, und sie machte sich davon.

So verging eine längere Zeit, und schließlich waren drei Jahre verflossen, seit Signor Capulet seine Tochter an den Langensee gebracht hatte. Inzwischen hatten sich in Verona große Veränderungen ergeben.

Der Regent war abgesetzt und nach einem kurzen Verfahren auf eine Burg in den Euganäischen Hügeln verbannt worden.

Es war einer seiner Neffen gewesen, der ihn bei der Signoria angeschwärzt hatte: Er habe die Interessen Venedigs in Stadt und Umland von Verona nicht ernstlich genug wahrgenommen und seine Amtsgeschäfte vielfach versäumt. Nun war der Neffe mit diesen Geschäften betraut. Mit großem Gefolge und unter pomphaftem Getöse zog er in die Scaligerburg ein.

Endlich hatten die beiden Familien Capulet und Montagu gute Gründe, sich über ein und dieselbe Sache zu freuen: War es doch kaum anzunehmen, daß der Neffe die Ziele seines verbannten Oheims weiter verfolgen und ihnen mit Versöhnungsversuchen lästig werden würde.

Und so war es auch. Der neue Statthalter hatte anderes im Sinn, als sich um die Zwistigkeiten seiner Bürger zu kümmern. Die inneren Angelegenheiten der Stadt scherten ihn wenig. Statt dessen suchte er sich anderweitig Ruhm zu erwerben. Er begann allerlei Streitigkeiten mit den Nachbarn, bedrängte den Bischof von Trient mit willkürlich erdachten Ansprüchen, kaperte fremde Lastschiffe auf dem Adige und überfiel sogar einige Gemeinden am Lago di Garda. Solange seine Unternehmungen vom Glück begünstigt waren, ließ ihn die Signoria gewähren. Erst als sich das Blatt wendete und der junge Hitzkopf eine Schlappe nach der anderen erlitt, mahnte sie ab. Doch er war viel zu kampflustig, um pflichtgemäß zu gehorchen.

Nach einer weiteren Niederlage berief ihn der Doge zurück. Noch einmal trotzte er, noch einmal erhielt er Schläge. Diesmal hatte er gleich mehrere Hundertschaften seiner Mannschaft und, was noch schwerer wog, eine Menge teueres Gerät verloren. Nun lief das Faß über. Der mißglückte Kriegsheld wurde vom Rat der Hundert abgesetzt und verurteilt. Mit Mühe entging er dem Block. Man verfrachtete ihn auf ein Schiff, das soeben gegen die Türken aus dem Hafen lief. Damit war sein Schicksal besiegelt.

Nach diesen üblen Erfahrungen fand man sich in der Serenissima bereit, das Ruder herumzuwerfen, den alten Regenten zu rehabilitieren und ihm seine alte Statthalterstellung in Verona anzubieten. Der Regent spielte vorerst den Gekränkten und zierte sich.

Seinem stolzen und empfindlichen Charakter gemäß, hatte er sich schon während seines Prozesses nur lässig verteidigt, wie um seinen Richtern zu zeigen, daß er es unter seiner Würde halte, plumpen Verleumdungen entgegenzutreten; hatten ihm doch seine venezianischen Freunde, deren er noch immer viele besaß, versichert, er habe auch im Fall seiner Verurteilung mit einer nur milden Haft zu rechnen. So war es auch gewesen; sein Verbannungsort war ein lieblich gelegener Platz in den Euganäischen Hügeln. Dort konnte er sich ungestört seinen Liebhabereien, dem Fischfang, dem Gartenbau und der Lektüre alter Autoren, widmen. Wenn er Briefe schrieb – und er führte eine ausgedehnte Korrespondenz –, vermied er jedes Wort der Klage und unterließ es selten, sich mit den antiken Philosophen der Stoa zu vergleichen: sei er doch einer der glücklichsten Klausner Italiens.

Das unglückliche Ende, das sein Neffe nahm, mußte ihn mit Genugtuung erfüllen. Doch es gelang ihm, diese ebenso geschickt zu verbergen wie zuvor seine Erbitterung; und als ihm die Serenissima ankündigte, daß sie ihn in seine alte Stellung als Statthalter von Verona versetzen wolle, war er nur nach längeren Verhandlungen dazu bereit, in die Burg der Scaliger zurückzukehren.

Der Tag, an dem er unter der Fahne des Markuslöwen zum anderenmal seinen Einzug über den Adige hielt, wurde in den Häusern Montagu und Capulet als schwarzer Tag des Unheils verwünscht. Nun war er wieder da, der alte Feind, der ihnen mit erzwungener Versöhnung drohte. Signor Capulet legte sich mit einem schweren Fieberanfall zu Bett. Montagu wagte es nicht, der kommunalen Feierlichkeit fernzubleiben, doch er versteckte sich in den hintersten Reihen und suchte sein Gesicht unter der Krempe seines Hutes zu verbergen. Freilich ließ der Regent nur einen flüchtigen Blick über die Menge schweifen. Auch seine Ansprache war nur kurz und gleichsam über die Köpfe hinweggesprochen, wie überhaupt sein ganzes Verhalten darauf eingestellt schien, den Veronesern zu zeigen, daß er nur aus Gnade zu ihnen zurückgekehrt sei: hätten sie sich doch in der Zwischenzeit seiner väterlichen Obsorge unwürdig erwiesen! In der Tat: Viele von ihnen hatten dem Vorgänger geschmeichelt und dessen kriegerische Auftritte, wenigstens anfangs, begrüßt.

Kaum aber hatte der Regent seinen Amtssitz bezogen, zeigte er sich tatkräftiger denn je. Dies war auch umso nötiger, als er das ganze öffentliche Leben zerrüttet und verkommen vorfand: die Kassen waren leer, die Versorgung der Märkte stockte, in den Vierteln der Armen gärte es. Der Regent griff zu, wie um aller Welt und vor allem seinen Oberen in Venedig zu beweisen, welch einen tüchtigen Mann sie vorher abgehalftert und verurteilt hatten.

Um die Versöhnung verfeindeter Familien kümmerte er sich vorerst nicht.

Schon wollten die Betroffenen hoffen, daß der Regent auf sie vergessen hätte, schon regten sie sich freier, schon wagten sie, einander wieder mit Sticheleien zuzusetzen, und freuten sich, wenn ihre Dienerschaft mit dem Troß der anderen in Schlägereien geriet; da traf – fast ein Jahr nach der Rückkehr des Regenten – die gefürchtete Vorladung ein: Die Häupter der Familien hätten sich an dem und dem Tag, zu der und der Stunde in die Scaligerburg vor den Regenten zu verfügen.

Zähneknirschend unterwarfen sich die Capulets dem

Befehl. Auch Montagu kam, er allein. Seine Frau war vor Jahresfrist gestorben. Kurz nacheinander betraten sie den Saal, in dem der Regent jetzt zu amtshandeln pflegte. Früher hatte er die Parteien in einem kleineren wohnlichen Raum empfangen, wo alle neben ihm Platz nehmen konnten. Jetzt ging es feierlicher zu. Der Markuslöwe über dem erhöhten Sessel zeigte ein grimmiges Gesicht. Zwei Bewaffnete flankierten das Pult, auf dem die Amtspapiere lagen. Das alles war darauf berechnet, Einschüchterung zu erzeugen. Der Regent ließ auf sich warten. Die drei Geladenen standen von einander so weit entfernt wie möglich. Mit stumpfen Blicken stierten sie aneinander vorbei.

Der Mächtige trat ein. Die Verbeugungen beachtete er nicht. Er kam sofort zur Sache: Wie doch wohl erinnerlich, begann er, zum Schein in den Papieren blätternd, habe er seinerzeit eine junge Capulet mit einem Angehörigen der Montagus verlobt. Er wolle nun hören, was aus der Verbindung geworden sei.

Die Vorgeladenen schwiegen.

»Nun?« Die erhobene Stimme des Regenten drückte Ungeduld aus. »Ich erwarte eine Antwort.«

Weiter verstocktes Schweigen. Endlich räusperte sich Montagu und sagte: Nichts sei aus dieser Verbindung geworden, rein gar nichts, denn die beiden Jungen, seine Verwandten, seien inzwischen in den Kriegszügen des Herrn Neffen eines jähen Todes abgefahren.

Der Regent runzelte die Brauen. Er ließ sich nicht gern an seinen Vorgänger erinnern. – Aber die kleine Ragazza, die Tochter Capulet, sei doch wohl noch vorhanden?

»Allerdings«, gab Vater Capulet widerwillig zu. »Aber –«, raffte sich die Mutter zu einer verzweifelten Lüge auf, »sie ist unterdessen Nonne geworden.«

»Nein, nicht geworden!« fiel ihr der Gatte, entsetzt

119

über ihre Frechheit, ins Wort, das Mädchen habe nur den Wunsch geäußert, Nonne zu werden.

Der Regent brauste auf: Das werde nicht geschehen, er verbiete es, er als Statthalter habe das Recht zu bestimmen, was hier in der Stadt geschehe –

»Hier, in der Stadt!?« meckerte jetzt Montagu. – Soviel er wisse, sei diese Ragazza Capulet schon längst nicht mehr in Verona; sie sei irgendwo in den Bergen, am Langensee, von ihren Eltern versteckt wie ein Furunkel oder eine Krätze.

»Welche Infamie!« schrie nun Capulet, seine Fäuste schüttelnd. – Nie habe er Anna versteckt, aus welchem Grund auch? Sie sei nur einer hochachtbaren Dame zur Erziehung übergeben. – Und der gewichtige Capulet machte Miene, auf den schmächtigen Montagu loszugehen.

Der Regent sprang auf. Was sei denn das? – rief er aufs höchste empört. – Wie wagten die Untertanen in seiner, des Statthalters Gegenwart einander ins Gesicht zu schimpfieren, zu drohen, gar zu schlagen? Damit sei es jetzt aus und zu Ende. Aus und zu Ende müsse diese elende und idiotische Feindschaft sein, die schon viel zu lange die Luft der Stadt verpeste. »Du, Montagu«, schrie er, »schaffst mir einen Verwandten herbei, gleich wie er aussieht und welches Alter er hat, er wird die Anna Capulet heiraten, darauf schwör ich dir. – Und du, Capulet, wirst deine Tochter holen – und müßtest du sie an den Haaren herschleifen vom Langensee. Und sollte der Fratz schon irgendwelche Gelübde abgelegt haben, sie gelten nicht, ich befehle es. – Ihr werdet euch endlich vertragen.« Und damit stieß er mit der Spitze des Stockes gegen den Boden, daß der Estrich dröhnte.

Nach diesen Worten glaubten sich die drei entlassen. Hastig stolperten sie auf die Saaltür zu. Doch da hörte Montagu noch einmal seinen Namen gerufen. Wankend vor Entsetzen kehrte er zurück. Der Regent kam auf ihn zu. »Du!« sagte er und fuhr mit dem Zeigefinger gegen dessen Brust. »Bist du nicht verwitwet? Wenn es dir nicht gelingen sollte, einen jungen ledigen Verwandten ausfindig zu machen, dann werde ich dafür sorgen, daß du die Ragazza nimmst.«

Noch nie hatte der Haß zwischen den beiden Häusern heftiger gelodert als nach dieser Unterredung. Das Ansinnen des Regenten machte sie rasend. – Wie? Was? Ihr einziges edles Kind Anna sollte diesem scheußlichen Montagu ausgeliefert werden, diesem alten Giftzwerg, diesem morschen Zaunpfahl? In den Eltern Capulet tobte Empörung, und obgleich sie sich seit Jahr und Tag um ihre Tochter nicht gekümmert, ja sie nahezu vergessen hatten, glaubten sie jetzt, sie zärtlich zu lieben und um sie besorgt zu sein.

In Montagu gingen ähnliche Empfindungen um. Keinesfalls und um keinen Schatz der Welt wollte er etwas von dieser Anna wissen. Er hatte zwar schon längst daran gedacht, sich wieder zu verheiraten, und hatte auch in aller Stille bereits nach einer reichen Erbin Ausschau gehalten, doch er fühlte sich wie vernichtet von der Vorstellung, eine Capulet heimführen zu sollen, da er doch die gesamte Sippschaft tausendmal öffentlich eine verpestete Bande und ein ehrloses Raubgesindel genannt hatte.

So lag die Drohung des Regenten wie eine Last auf ihnen. Wenn sie seinen Befehlen zu trotzen wagten, konnte er sie zugrunde richten. Er konnte ihre Verkaufsgewölbe schließen, ihre Vermögen überprüfen und unter irgendwelchen Vorwänden einziehen lassen.

In die Enge getrieben, trauten sie dem Regenten jede Maßnahme, auch die ungesetzlichste, zu. Sie haßten ihn jetzt ebensosehr, wie sie einander haßten.

In dieser Lage trat eine Wendung ein. Der Bischof hatte von den Plänen des Regenten gehört und zögerte nicht, sein Wort in die Waagschale zu werfen.

Seit jeher standen die beiden einander mit Mißtrauen gegenüber. Der Regent hielt den Bischof für einen machtgierigen Mann, der die Signoria und damit auch ihn, deren Statthalter, zu schädigen versuchte. Der Bischof vermutete im Regenten einen halben Ketzer mit heidnischen Neigungen. Beide hatten mit ihren Vermutungen nicht ganz unrecht. Trotzdem war es zwischen ihnen nie zu offenen Zwistigkeiten gekommen. Sie vermieden, einander zu begegnen, außer wenn solche Begegnungen ganz offiziell und unvermeidlich waren. Dann hielten sie sich an die strengen Formen, die ihnen ihre hohen Ämter vorschrieben. Doch jedermann wußte, wie es zwischen ihnen stand.

Natürlicherweise gab es Leute, die sich als Ohrenbläser und Zwischenträger betätigten. Von den gewaltsamen Versöhnungsplänen des Regenten unterrichtet, glaubte der Bischof den Augenblick gekommen, dem anderen eine zwar sanfte, doch eindrückliche Lektion verpassen zu müssen. Er ließ sich in ein Haus einladen, in dem der Regent zu verkehren pflegte. Es war eine prächtige Villa in ländlicher Gegend. Ein Fest sollte gefeiert werden; so trafen die Herren aufeinander.

Zur Verwunderung des Regenten – und aller Anwesenden – verwickelte ihn der Bischof sofort in ein Gespräch. Fast unvermerkt führte ihn dieser aus dem Gedränge in der Sala terrena die Freitreppe hinab in den Garten hinaus. Auf einen Wink des Gastgebers wurden die Türen geschlossen: Niemand sollte ihnen folgen, ungestört sollten die beiden ihre Gespräche führen.

Der Bischof begann damit, sein Bedauern zu äußern, daß der Signore Statthalter die Unbill ungerechter Verurteilung habe ertragen müssen. Dann kam er auf das wilde Treiben des Neffen zu sprechen: Auch die Kirche habe darunter zu leiden gehabt.

Ach ja, nickte der Regent und seufzte, dieser Neffe, ein Schwestersohn, habe schon seit früher Jugend nicht gut getan. Keine Ermahnung habe gefruchtet, so sei er seinem Ehrgeiz und Leichtsinn zum Opfer gefallen.

Ehrgeiz und Leichtsinn, entgegnete der Bischof, sehe man der Jugend schon einmal nach. Doch der Herr Neffe habe Schlimmeres getrieben, denn wer Nächstverwandte verleumde und verderben wolle, sei wohl ein rechter Judas. Doch, Gott seis gedankt – der Bischof brachte eine kleine gönnerhafte Verbeugung an –, die Wahrheit habe sich durchgesetzt, der Regent sei als rechtmäßiges Oberhaupt in die Stadt zurückgekehrt, so seien Frieden, Ordnung und Rechtlichkeit wiederhergestellt.

Der Regent wunderte sich über des Bischofs schmeichelhafte Worte und spitzte die Ohren. Was war ihr Hintersinn? Und schon hakte der andere nach: Frieden und Ordnung seien zwar hohe Güter, kein Gemeinwesen könne auf sie verzichten; doch seien nicht alle Mittel gleich gut, sie zu erreichen. »Gewiß nicht«, murmelte der Regent und machte sich auf einen harten Vorstoß gefaßt. – Indessen ließ sich der Bischof noch Zeit. Er wies auf eine nahe, von einer blühenden Laube umrankte Bank und fragte den Regenten, ob er nicht Lust habe, Platz zu nehmen. Dann erging er sich in lobenden Bemerkungen über den idyllischen Ort und die Gartenkunst des Hausherrn. Der Regent stimmte zu, aufmerksam und zerstreut zugleich. Da sei doch, hob der Bischof an, irgendein Gerücht im Umlauf, daß zwei – leider schon seit langem – verfeindete Familien unbedingt miteinander verschwägert und verbunden werden sollten. Von einer Heirat werde gemunkelt ...

Nun weiß ich, was du willst, dachte der Regent und fiel

123

dem anderen lebhaft ins Wort: Ganz recht, eine Heirat! Weil eine Heirat das einzige Mittel sei, die alte Feindschaft zu beenden. – Was solle denn das Gezänk und Geräufe seit hundert Jahren? Was die gegenseitigen Ehrabschneidungen und sinnlosen Prozesse? Was sogar Mord und Totschlag um nichts und wieder nichts? – »Es ist genug Blut geflossen!« schloß der Regent leidenschaftlich. »Ich dulde es nicht mehr!«

Der Bischof holte mit einem tiefen Atemzug zu einer Entgegnung aus, doch der Regent kam ihm zuvor: »Blickt doch einmal in die Welt! Was gibt es da für Kriege und Hader zwischen Ländern und Reichen, Verwüstung wird gesät, Brandschatzung, Ausmordung, bis – ja bis man eines Tages in den Staatskanzleien auf den Gedanken kommt, dem ein Ende zu machen – wodurch? Durch eine Heirat. Ein Prinz wird mit einer Prinzessin verlobt, ein Fürst mit einer Fürstentochter – und siehe, damit ist Frieden gestiftet, ein Bund geschlossen, wenn nicht für immer, so doch für Jahre. Erst neulich, in Spanien …«

»Spanien! Spanien!« rief jetzt der Bischof mit dröhnender Stimme. »Ist denn Verona Spanien? Ist eine Stadt wie die unsere ein Reich oder auch nur ein Fürstentum? Seit wann, mein verehrter Regent, haben die *principia* der Könige Geltung auch für Krämer, Tuch- und Leinwandhändler? – Zugegeben: Die Vereinigung zweier Dynastien gilt für wünschenswert, da sie den Untertanen *connubium* und *commercium*, also *fructum pacis* schafft. In solchen Fällen nimmt die Heilige Kirche in Kauf, was sie nicht verhindern kann, daß nämlich das Sakrament der Ehe zu einem Werkzeug der Politik und – leider! – oft auch nur zu einer frevlerischen Scheingebärde herabgewürdigt wird. Mit blutendem Herzen habe ich selbst als junger Diakon solchen Zeremonien beigewohnt. Doch ich habe mir damals geschworen, mich niemals zum Helfershelfer eines solchen Handels zu machen. – Und nun –«, fuhr der Bischof leiser fort und legte seine Hände gleichsam beschwörend auf des Regenten Arm, »und nun sieht es so aus, als sollte mir – oder einem meiner untergebenen Priester – zugemutet werden, einen so geklitterten Bund einzusegnen. – Das könnt Ihr nicht wollen, Ihr nicht –!«

Der Regent schwieg; er war betroffen. Solchen Widerstand hatte er nicht erwartet. Überdies mußte er sich zugeben: Er hatte diesen Gesichtspunkt noch nie in Erwägung gezogen.

Durch des Regenten Schweigen befeuert, sprach der Bischof weiter: »Und dazu: Bedenkt, ich bitte Euch, welch ein Paar Ihr da kuppeln wollt: diesen Montagu, alt und häßlich – wie alt und wie häßlich, brauch ich Euch nicht zu beschreiben! Die junge Capulet – ein Kind von vierzehn oder fünfzehn Jahren! Wie, glaubt Ihr, werden die beiden einander ihr Jawort geben? Sie wird ihn hassen und ihn betrügen wollen von der ersten Stunde! Und er – er wird sie zu demütigen versuchen und alle Tage fühlen lassen, daß er sie widerwillig, nur gezwungen, zur Frau genommen hat. Meint Ihr, das sei ein gutes Fundament für den Frieden? Der Zwist wird weiterschwelen schlimmer als bisher. Der alte Haß ist nicht zu bändigen, wo er einmal die Seelen verwüstet und die Herzen versteinert hat.«

Auch jetzt fand der Regent nicht sogleich eine Antwort. Er saß gesenkten Hauptes, die schönen schlanken Hände ineinander geschlungen. In ihm arbeiteten viele Gedanken. »Herr Bischof«, begann er endlich, »Ihr sprecht von verwüsteten Seelen und versteinerten Herzen und mögt Euch dabei auf die Erfahrungen berufen, die die Kirche seit Jahrhunderten mit den Menschen gemacht hat. Es mögen vor allem bittere Erfahrungen gewesen sein. Doch ich fühle mich als Sohn dieses Jahrhunderts und auch als Regent dieser Stadt verpflichtet zu glauben, daß Vernunft und Einsicht möglich sind. Wie Haß und Feindschaft wachsen und wüten, so können sie auch ermatten und sich überleben. Herr Bischof –«, der Regent schöpfte tief Atem, als setzte er zu einem Geständnis an, »Herr Bischof, Ihr habt nicht gesehen, was ich gesehen habe: Jahre sinds her, doch der Anblick steht vor meinen Augen, als wäre es gestern gewesen: Damals in der Grabrotunde der Capulets ...«

Der Bischof räusperte sich. »Sprecht weiter!«

»Da lagen sie, die beiden Kinder, tot, zwei Menschenblüten, geknickt, im schönsten Lebensfrühling ausgelöscht. Ein grausiger Anblick. Da kamen auch die Eltern herbei, aufgeschreckt durch die entsetzliche Nachricht, sie kamen und wolltens nicht glauben und weigerten sich, in den entseelten Körpern ihre Kinder zu erkennen. ›Das ist nicht Julia ...!‹ ›Das ist nicht Romeo ...!‹ Sie schrien gegen den Augenschein, gegen die Wahrheit. Doch dann: ›Das ist doch Julias Ring.‹ – ›Das ist doch Romeos Wams.‹ Und unter dem Gewimmer der Frauen, unter dem dumpfen Schmerzgebrüll der Männer fielen sie einander in die Arme. Da war kein Haß mehr, keine Versteinerung. Zu viert lagen sie jammernd über den Toten, die Montagus, die Capulets, versöhnt ...«

»Versöhnt?« fragte der Bischof.

»Oder zur Versöhnung bereit. – Wollte Gott, ich hätte den Augenblick genutzt und hätte sie gezwungen, Frieden zu schließen, hier und jetzt und unter heiligen Schwüren. Aber, ich gestehe es, ich war zu schwach, zu gräßlich schien mir der Anblick. Ich ging – ich machte mich davon – und überließ sie dem, was nachher kam.«

»Dem alten Haß, der eingefressenen Feindschaft.«

Der Regent machte Miene aufzustehen. Der Bischof hielt ihn zurück und ließ erkennen, daß er dem, was der Regent gesagt hatte, gewichtige Argumente entgegenzusetzen hatte. »Ihr habt von dem jungen Mann und seiner

Amantin geredet, als wären sie durch einen Unfall oder durch eine Krankheit gestorben. Von Menschenblüten habt Ihr gesprochen, im schönsten Lebensfrühling ausgelöscht! Ach, wäre es so gewesen! Ja, wären sie sogar durch Mörderhand gefallen, wir dürften für ihre Seelen beten. So aber... Herr Regent, ich hoffe, ich muß Euch nicht daran erinnern, daß Selbstmord zu den schlimmsten Sünden zählt, ja, jene Sünde ist, die nicht vergeben werden kann, da sie ihrer Natur nach Vergebung ausschließt. Ich weiß wohl, daß es Mode geworden ist, solche Taten zu entschuldigen, vorab, wenn sie aus vorgeblicher Liebe geschahen. Das ist heidnisch und Rückfall in antike Barbarei. Wenn sie einander schon liebten und begehrten, warum waren ihre Herzen zu träge, nach einem anderen Ausweg zu suchen? Hätten sie sich mir oder Euch, Herr Regent, zu Füßen geworfen und uns um Hilfe angefleht, ich bin sicher, sie wäre ihnen gewährt worden. Aber sie zogen es vor, einander in die ewige Verdammnis zu zerren. – Und was ihre Eltern betrifft – dort in der Gruft, als sie einander halb von Sinnen vor Schreck und Schmerz in die Arme sanken, wie Ihr sagt –, mein Bester, glaubt mir, ich kenne das. Wenn das Schicksal mit geballter Faust getroffen hat, wie schnell ist eins bereit zu vergeben, zu entsagen, sich zu bessern. Die größten Sünder sind zerknirscht, die geilsten Weiber schwören ewige Tugend. Sogar der Geizhals denkt daran, seine Dukaten zu verfluchen. Doch laßt eine kleine Weile vergehen, nur eine ganz kleine Weile, dann regen sich die alten Triebe wieder, die eingewurzelten Neigungen quellen empor als das Grundwasser der Seele. Die schnellen Bekehrungen, Herr Regent, taugen wenig; von tausenden vielleicht eine, *vielleicht* eine!«

Der Bischof war unversehens in den Ton verfallen, in dem er allsonntäglich in seiner Kathedrale von der Kanzel zu sprechen pflegte, laut dröhnend, mit ausladenden Gebärden. Nun hielt er inne, weil er merkte, daß er hier damit an den Falschen geraten war und eher Widerstand herausforderte, als daß er zu überzeugen vermochte. Und so klang auch die Erwiderung des Regenten eher spöttisch gereizt als kleinlaut betroffen: »Wenn man Euch zuhört, Hochwürdiger, so scheint Ihr der menschlichen Rasse nicht viel Gutes zuzutrauen. Was wäre nun Euer Rat in unserer Sache? Sollen die Verfeindeten fortfahren wie bisher? Sollen unsere Gerichte weiterhin mit sinnlosen Prozessen belästigt werden? Sollen wir weiterhin dulden, daß Montagu und Capulet am hellen Tage, unter unseren Fenstern, ihre Bedienten gegeneinander hetzen, daß Blut fließt und Knochen brechen? Ist das Euer Rat?«

»Keineswegs!!« rief der Bischof, nun selbst in Verlegenheit, doch gleich wieder obenauf. »Keineswegs. Wie sollte ich so etwas raten? Die Kampfhähne müssen bestraft werden, sie haben Strafe verdient. Wer aber hat die Macht dazu? Ihr, Herr Regent, nur Ihr! – Warum schlagt Ihr die Prozesse nicht einfach nieder? Warum sperrt Ihr nicht die Gewölbe, in denen sie ihre Waren verkaufen? Entzieht ihnen Privilegien und Patente! Dann können sie am Bettelstab wandern. – Im übrigen!« Der Bischof lachte auf und begann sich die Hände zu reiben. »Im übrigen sollten wir uns um diese Familien keine besonderen Sorgen machen. Haben sie sich nicht selbst zugrunde gerichtet? Zwei Geschlechter – wie morsche Bäume, die ihre Äste gegeneinander recken, fast abgestorben und fruchtlos. Der nächste Sturm wird sie knicken.«

Der einzige Mensch, dem Zia Sophia Vertrauen und sogar etwas wie Freundschaft zu schenken schien, war ein alter Mann in der schwarz-weißen Kutte eines Zisterziensermönchs; das heißt: Seine Kutte war weder schwarz noch weiß, denn das Schwarze daran war längst grau verschabt

und das Weiße vergilbt und mit bräunlichen Flecken über-
sät. Der Pater war – ähnlich wie Zia Sophia – groß und hager, und sein Gesicht hatte den Ausdruck eines alten, mü-
den, traurigen Pferdes. Dann und wann streifte er Anna
mit einem matt lächelnden Blick. Sonst kümmerte er sich
nicht um sie.

Auch als Anna – auf der Zia Befehl – bei ihm zur Beichte
ging, hörte er nicht auf, in seinem Buch zu lesen; sie kniete
neben ihm auf dem Schemelchen des Beichtstuhls und
hatte ihre Verfehlungen zu Ende geflüstert. Nun wartete
sie auf seine Fragen, seine Ermahnungen und auf die Ertei-
lung der Buße. Doch er fragte nicht, ermahnte nicht und
erteilte ihr keine Buße. Erst als Anna nach längerem Still-
schweigen auf ihrem Schemelchen leise zu seufzen begann,
hob er die Rechte zum Kreuzeszeichen der Lossprechung.
Dann konnte sie gehen. Sie ging verwundert, erleichtert
und ratlos zugleich.

Pater Vittorio wohnte seeabwärts in der Nähe der Klausnerei von Santa Catarina und wurde täglich schon am frühen Morgen von einem Fischer in die Bucht von Sasso
ferro gebracht. Im Castell las er die Messe und nahm auch
dreimal in der Woche das Mittagsmahl ein. Dann gab es
jeweils eine bessere Suppe oder ein abgeschmelztes Mus –
es lag eine Handvoll Nüsse neben dem Tiegel oder – in der
Kirschen- und Beerenzeit – ein Häufchen Früchte auf
einem frischen Kohlblatt. Auf diese Zukost freute sich
Anna von einem zum anderenmal.

Pater Vittorio sprach das Tischgebet. Dann nahm er sein
Essen schweigend ein. Selbstverständlich schwiegen auch
Zia Sophia und ihr Zögling. Nach dem zweiten Tischgebet
verwickelte die Hausherrin den Gast in ein Gespräch, um
ihn um Rat zu fragen oder um ihm dieses oder jenes Vor-
kommnis auf ihren Gütern mitzuteilen. Meist schickte sie
Anna vorher aus der Stube.

Eines Tages fiel es Anna auf, daß Pater Vittorio die geschälten Nußkerne unberührt ließ und daß er die in die Suppe geschnittenen Speckstreifchen herausfischte und beiseite tat; daß er überhaupt weniger und weniger aß.

Wenn es auch Anna selten wagte, sich der von ihm liegengelassenen Reste zu bemächtigen, so begann sie zu fürchten, die Zia werde die leckeren Zugaben abschaffen, wenn Vittorio sie verschmähte.

Aber die Zia schaffte sie nicht ab, im Gegenteil, sie versuchte die Speisen noch zu verbessern, ganz offenkundig, um des Paters darniederliegendem Appetit aufzuhelfen. Das ging eine Zeitlang so, bis sich seine Augen gelb zu verfärben begannen. Er wurde noch magerer, sein Gang langsamer, sogar ein wenig schwankend. Beim Tischgebet sprach er noch leiser als sonst, und eines Tages brach er mitten drin ab und forderte Anna auf, es zu Ende zu sprechen.

Das war das einzige Mal, daß er sie anredete.

Zia Sophia zeigte sich über Pater Vittorios Zustand sehr aufgeregt; sie weinte, blätterte in alten Büchern nach Ratschlägen gegen Leberschäden und ließ sich sogar mit den drei Mägden in Gespräche ein, um sie nach Hilfsmitteln auszufragen. Doch offenkundig half nichts, was sie auch versuchte. Vittorios Schwäche und Elend nahmen zu. Schließlich weinte auch Anna, von Sophias Kummer angesteckt, obgleich sie nicht genau wußte, warum sie weinte: ob sie um das Leben des alten Mannes oder nur um die wöchentlich drei besseren Mahlzeiten bangte, die ja doch nur für ihn und ihm zu Ehren aufgetischt worden waren.

Die Kapelle, in der Pater Vittorio in gesunden Tagen fast täglich, besonders an Hohen Feiertagen, die Gottesdienste abgehalten hatte, war ein altertümlicher, aus Schieferplatten und Bachsteinen aufgeschichteter Bau, innen mit einigen Gewölberippen versehen und mit Kalk beworfen. Wer genau hinsah, konnte in und neben der Apsis eine Reihe verblaßter Bilder erkennen. Zia Sophia behauptete, daß der Zyklus das Leben und selige Ende des heiligen Vittorio schilderte und daß der Pater nur aus diesem Grunde ihr Hauspriester geworden sei.

Es war im Juni, am Hohen Pfingstfest – nach einer Reihe heißer schwüler Wochen. Pater Vittorio war schon seit längerer Zeit nicht mehr auf dem Castell erschienen. Nun hatte er sich wieder angesagt. Anna erschrak, als er die Kapelle betrat, so gelb und braun war er im Gesicht geworden, auch seine Hände hatten dieselbe Farbe. Anna mußte an altgewordene Hühnerdotter denken. Er trug, wie es Vorschrift war, Chorhemd und Casula, aber sie schlappten an ihm herab, als hätte er sie von einem viel größeren, dickeren Mann geliehen. Auch konnte er sich kaum allein bewegen. Die zwei Knaben, die ihm als Ministranten dienten, mußten ihm helfen, die drei Stufen zum Altar zu ersteigen. Sie blieben auch während der Messe neben ihm stehen.

Anna fand den Anblick so erbarmungswürdig, daß sie leise zu schluchzen begann. Zia Sophia zischte ihr zu, sich zu beherrschen. Dabei schien sie selbst mit den Tränen zu kämpfen.

Anna schniefte und wischte sich die Augen. Das Wandlungsglöcklein ertönte. Pater Vittorio hielt die konsekrierte Hostie mühsam empor; dann den Kelch. Dieser schwankte in seinen Händen. Nach dem Paternoster stand er eine Weile stumm an den Altar gelehnt. Seine Lider klappten auf und zu. Endlich sprach er das Agnus Dei.

Nach der Kommunion geschah es dann: Anna hatte nicht hingesehen, aber ein greller Schrei durchriß die Stille. Zia Sophia hatte geschrien, aber auch die Meßdiener, auch die Mägde, die hinten knieten, alle, die in der Kapelle waren. Pater Vittorio lag mit dem Oberkörper auf dem Altar, er erbrach sich. Aus seinem Mund schoß erst ein dünner Strahl: Brot und Wein, gleich darauf – ein breiter Schwall Blut und wieder Blut. Alles zusammen bildete vor dem Altar eine schwärzliche, mit wenigen weißlichen Brocken durchmischte Pfütze.

Zia Sophia stürzte hin, warf sich davor auf die Knie und breitete die Arme schützend darüber aus. Anna begriff sofort, was sie beschützte: Es war die auf den Boden gespieene Eucharistie.

Die Meßdiener hatten unterdessen Pater Vittorio unter den Achseln gepackt und in die Sakristei geschleppt. Anna, die Mägde und wer sonst noch in der Kapelle war, rannten schreiend und verwirrt durcheinander.

Zia Sophia schien sich als erste gefaßt zu haben. Sie rief, man möge zwei brennende Kerzen auf die Altarstufen stellen. Dann: Man möge Feuer in einem Becken bringen.

»Feuer? Wozu Feuer?« Das Gesinde stolperte ratlos durcheinander.

»Ja, ja! Feuer!« rief Zia Sophia mit sich überschlagender Stimme. »Glut und Späne und Scheiter!« Sie hielt die Arme noch immer über die Pfütze gebreitet. Nach Pater Vittorio fragte sie nicht.

Anna verstand: Zia Sophia war nur um das entehrte Sakrament besorgt. Das Feuer sollte es verzehren, denn die Vorschrift lautete: War ein eucharistisches Mahl entehrt oder sonst ungenießbar geworden, mußte es der reinigenden Flamme übergeben und damit entwest werden.

Eine kleine Weile später loderte in der Tat ein Feuerchen über der besudelten Stelle. Zia Sophia nährte es mit Spänen und dürrem Reisig. Ein beißender Rauch schlich durch den Raum, Zia Sophia hielt dabei aus, sie rang nach Luft und zitterte an allen Gliedern. Schließlich waren nur noch Glut und Asche übrig. Der Fuß des Altars war rußgeschwärzt, und auch über die Wandbilder in der Apsis zogen sich bräunliche Streifen. Von San Vittorios Leben und Martyrium war nicht mehr viel zu sehen.

Der alte Pater starb in derselben Nacht, ohne noch einmal zu klarem Bewußtsein gekommen zu sein.

Sophia betrauerte ihn unter bitteren Tränen. Immer wieder forderte sie Anna auf, für seine Seele zu beten und daß ihm beim letzten Gericht die Verunehrung des Meßmahls nicht angerechnet werde. Anna dachte: Was soll das? Er war doch krank, als er spie, dem Tode nah. Was soll ihm da erst lang vergeben werden? – Doch Zia Sophia beharrte auf ihrer Idee. Sie ließ von nun an immer ein Wachslicht auf den Altarstufen brennen und verbot allen, die sich in die Kapelle begaben, einen Fuß auf die Stelle zu setzen.

Inzwischen war es Hochsommer geworden. Es waren keine vier Wochen seit Vittorios Bestattung vergangen, als sich ein junger Geistlicher bei Zia Sophia anmelden ließ. Auch er trug das Ordenskleid der Zisterzienser, aber es war neu, von gutem Schnitt, in fleckenlosem Weiß und Schwarz. Seine Tonsur schien frisch rasiert und wie mit dem Zirkel aus seinem dunklen dichten Haar herausgeschnitten. Seine Füße steckten in ebenfalls neuen, mit silbernen Spangen besetzten Sandalen. Er stellte sich als Pater Vittorios Neffe mit Klostername Alfonso vor.

Zia Sophia stand eine Weile stumm, erstaunt. Jaja, ließ sie sich dann zögernd vernehmen, von einem Alfonso habe sie Pater Vittorio einmal sprechen gehört.

»Und nun bin ich da«, antwortete er rasch und lebhaft, »und ich weiß, daß es meines Oheims sehnlichster Wunsch war, daß ich in Euere Dienste trete.«

»Wieso denn das?« fragte Zia Sophia immer noch zögernd.

»Er schätzte Euch hoch, Contessa, er meinte, ich könnte keine würdigere Patronin finden.« Zia Sophia errötete.

»Nein, wahrlich keine würdigere«, fuhr er fort, »keine frömmere, tugendhaftere, weisere – und keine gütigere.« Dabei lächelte er die alte Frau strahlend und vertraulich an.

Zia Sophia errötete noch tiefer. »Oh«, sagte sie, und ihre Augen wurden feucht. »Ich wußte nicht, daß er eine so günstige Meinung von mir hatte.«

Was das betreffe, rief der junge Pater und trat noch einen Schritt näher, im ganzen Land stehe sie in ehrfürchtigem Ansehen. Und darum habe auch sein Oheim gehofft, ihm, Alfonso, werde das Glück zuteil werden, bei der Contessa zu dienen.

Zia Sophia bat den Fremden, Platz zu nehmen. – Sie werde, sagte sie nach einiger Überlegung, mit dem zuständigen Pfarrherrn von Laveno sprechen; er müsse doch wohl erst befragt werden ...

»Warum denn das?« fiel ihr der Gast ins Wort. »Wem sind denn Euer Gnaden Rechenschaft schuldig? Als reichsunmittelbare Gräfin seid Ihr doch samt Euern Gütern exempt.«

Sophia war das Wort *exempt* unbekannt. Auch war sie nicht gewöhnt, als Contessa angesprochen zu werden; noch weniger hatte sie je etwas von Reichsunmittelbarkeit gehört. Unsicher und stockend gab sie das zu.

»O Madonna!« rief der junge Mann, jetzt beinahe aufgeregt. »Welche Unkenntnis!« – Wisse sie denn nicht, daß der römische König Federico mit dem roten Bart auf seinem Kreuzzug in das Heilige Land das linke Ufer des Langensees hinabgezogen und mit großen Privilegien ausgestattet habe? – Und eben das Castell unter dem Sasso ferro sei als allzeit getreues Bollwerk des Reiches mit Reichsfreiheiten aller Grade ausgestattet worden.

Zia Sophia blickte vor Staunen starr vor sich nieder. »Und warum«, sagte sie dann, »warum habe ich das noch nicht erfahren?«

In ihren Kopf schoß ein Verdacht ein: Wenn es sich wirklich so verhielt, wie der junge Padre sagte, mußte man es ihr mit Absicht verschwiegen und vorenthalten haben, und niemand anderer konnte der Verschweiger und Vorenthalter gewesen sein als ihr eigener, längst verstorbener Gatte. Hätte er sie nicht über ihre Rechte und Güter aufklären müssen, ehe er in die Fehde gegen das Raubgesindel davonzog und sich umbringen ließ?

Eine würgende Bitterkeit stieg in Sophia hoch. Nie hatte sie es dem Toten ganz vergeben können, daß er sie fast sofort nach der Hochzeit verlassen hatte. Lebhaft hatte er ihr beteuert, er müsse der Gehorsamspflicht gegen seinen Lehensherrn genügen, doch sie, Sophia, hatte dieser Begründung immer mißtraut. Nun aber erfuhr sie: Er war sogar ein Reichsunmittelbarer gewesen – und damit keinerlei Gehorsamspflicht unterlegen außer vielleicht dem Kaiser selbst; doch wo war *der*? – So hatte er sie belogen und betrogen, nur um sein wildes Leben fortzusetzen, weit, weit von ihr. – Wie schändlich, wie schändlich! Und der alte, längst für überwunden gehaltene Groll gegen den toten Gatten stieg von neuem in ihr hoch.

Der Padre konnte nicht erraten, was in der Frau vorging, aber er spürte, daß sie von Augenblick zu Augenblick geneigter war, seinem Vorschlag zu folgen und ihn auf ihrem Gut aufzunehmen, ohne jemanden um Rat zu fragen oder eine Erlaubnis einzuholen.

Seine Unterbringung freilich bereitete noch einiges Kopfzerbrechen und Aufregungen.

Es konnte keine Rede davon sein, daß der Padre auf dem Castell einzog. Zia Sophia sprach zuerst davon, daß er vielleicht die Klause des Verstorbenen bei Santa Catarina erhalten könnte; dann würde ihn ein Fischer tagtäglich in die Bucht von Laveno bringen. Aber der junge Padre zögerte. Er wolle doch lieber in der Nähe des Gotteshauses wohnen, wo er die Messe lesen werde. Er habe, sagte er leise, unten am Ufer, halb im Gebüsch versteckt, eine Behausung gesehen; sie scheine unbewohnt. Vielleicht dürfte er da ...

Wie? sagte Sophia, in dieser schlechten Hütte wolle er bleiben? Nein, nimmermehr! Das könne sie nicht gestatten.

Aber Padre Alfonso gab so schnell nicht nach. Wie die Contessa gewiß im Bilde sei: sein, Padre Alfonsos Orden habe es seit jeher so gehalten, in der Tiefe zu siedeln, in feuchten Tälern und Sümpfen, bei Fröschen und Kröten – und in den allerdürftigsten Unterkünften. So wolle er es nicht besser haben als die Väter. Er werde auch – wie diese – mit dem Bescheidensten auskommen und sich selbst versorgen. Wenn die Contessa die Gnade habe, ihm eine Reuse und einen Spaten zur Verfügung zu stellen, mit dem Spaten könne er nach eßbaren Wurzeln graben – und Gott werde sicher so barmherzig sein, ihm hie und da ein Fischlein ins Netz zu schicken ... »Freilich –«, fügte er mit einem kleinen verschmitzten Lächeln hinzu, »wenn ich dann und wann auch an Euer Gnaden Tisch ein Häppchen bekäme, würde ich mich überglücklich schätzen.«

Solche Worte der Bescheidenheit hörte Zia Sophia gern.

Obwohl sie ihren Turm kaum je verließ, wollte sie nun doch die Unterkunft des Gastes in Augenschein nehmen – und war entsetzt über deren Zustand: Das Dach war leck, und unter dem Gebälk und den deckenden Schieferplatten hatten sich Scharen von wilden Tauben und anderen Vögeln eingenistet. An den Borden hingen die Fledermäuse in schwarzen Klumpen. Sofort ließ Zia Sophia den Unrat hinauswerfen, die Dielen säubern, eine kleine Feuerstelle aufmauern und die feuchten Wände mit einer Täfelung bedecken. Dann ließ sie auch einigen Hausrat herbeischaffen, ein Bett, einen Tisch und eine Sitzbank, dazu einen Betstuhl. Während aller dieser Zurichtungen hörte Sophia nicht auf, sich bei dem jungen Padre zu entschuldigen, daß sie ihm nichts Besseres zu bieten habe, worauf er ihr versicherte, daß ihm die Wohnung ausnehmend gefiele.

So zog er ein und breitete seine wenigen Habseligkeiten aus: Sie bestanden vor allem aus einigen Büchern und einem Schreibzeug. Auf Sophias Frage, was er damit vorhabe, erzählte er ihr, sein Kloster habe ihm den Auftrag gegeben, etliche heilige Texte zu kopieren. Ein lobenswertes Tun, bemerkte Sophia. Auch sie habe einige solcher Schriften und besäße gern die eine oder andere Abschrift, worauf er ihr versprach, solche anzufertigen.

Obwohl Padre Alfonso vor seinem Einzug wortreich versichert hatte, er werde sich selbst – wenn auch nur mit dem Nötigsten – versorgen, so machte es sich gleichsam von selbst, daß er dann doch sehr oft und bald fast täglich an Zia Sophias Tisch erschien; und sogleich trat eine deutliche Änderung im Speisezettel ein. Statt der mageren Milchsuppen und des faden Haferbreis wurden dicke Bohnensuppen aufgetragen und mit gebratenen Speckwürfelchen übergossen. Der weiße fettlose Ziegenkäse machte fettreichem von Kuhmilch Platz, und am Sonntag wurde sogar ein Huhn oder eine Ente an den Spieß gesteckt. Dann zog der ungewohnte Duft durch alle Räume des Turmes bis in die oberste Kammer hinauf.

Selbstverständlich waren die Mägde und war auch Anna von diesen Mahlzeiten ausgeschlossen. Trotzdem kamen sie auch ihnen zugute. Wohlgelaunt kratzten sie die leckeren Reste aus Töpfen und Pfannen und tauschten kichernd anzügliche Vermutungen über die Gründe aus, die ihnen die Zukost bescherten.

So verflossen etliche Wochen, bis Zia Sophia eines Tages Anna ankündigte, sie dürfe am nächsten Tag mit bei Tische sitzen. Freilich überschüttete sie das Mädchen gleich mit strengen Anweisungen: Padre Alfonso, sagte sie, sei ein sehr feiner und gelehrter Herr. Es wäre in seiner Gegenwart höchst unpassend, in den Speisen zu stochern, zu gähnen oder gar in die Schüssel zu niesen. Ganz unerlaubt sei es, Knöchlein und Knorpel in die Hand zu spucken. »Verlange nicht zum zweitenmal, er könnte dich für unmäßig halten. Behalte deine Füße unter dir, du könntest ihn anstoßen und ihm lästig werden. Starre ihm nicht ins Gesicht, sondern halte die Augen gesenkt, und vor allem, sprich ihn nicht an, es sei denn, er richtete selbst das Wort an dich. Dann antworte mit Ja oder Nein. Aber schwatze nicht das Blaue vom Himmel.«

Anna hörte sich diese Ermahnungen an und erwiderte nichts. Aber in ihr selbst ging Entgegnung um: Oh, liebe Zia, wann hätte ich je Knorpel und Knöchlein in die Hand gespuckt, da ich doch bei dir fast nie ein Faserchen Fleisch erhalten habe? Wann hätte ich ein zweitesmal verlangt, da nichts da war, wonach ich hätte verlangen können? Und wenn du mich ermahnst, ich solle das Wort nicht an ihn wenden und das Blaue vom Himmel schwatzen: Wann hätte ich je gewagt, vor einem Fremden zu reden, da du mir Tag und Nacht vorgesagt hast, daß ich ein Nichts bin, eine Nichtswürdigkeit aus dem Abgrund der Sünde.

Die Mahlzeit verlief dann anders als vorgesehen.

Anna sprach zwar, ungefragt, kein Wort und hielt die Augen gesenkt, dennoch konnte sie nicht umhin zu bemerken, daß Padre Alfonso, der ihr gegenüber saß, für einen Mann ungewöhnlich kleine hübsche weiche Hände hatte. Sie fühlte seine Blicke durch ihre gesenkten Lider. Schließlich richtete er auch das Wort an sie.

»Das Fräulein kommt aus Verona. Hab ich recht?«

Anna erschrak. Was konnte, was durfte sie sagen? Sie war froh, daß Zia Sophia an ihrer Stelle antwortete: »Wer hat Euch denn das erzählt? Meine Nichte –«

Doch der junge Padre fiel ihr geläufig ins Wort: »Verona, eine herrliche Stadt! Die vielen Kirchen, die stolze Burg, die prächtige Brücke über den Adige... Da ließe es sich schon leben. Freilich –«, fügte er leiser hinzu, und ein hintersinniges Lächeln vertiefte seine geschwungenen Mundwinkel, »freilich gibt es auch böse Dinge...«

Anna sah, daß in Zia Sophias Augen ein ängstliches Flackern trat. »Böse Dinge«, sagte sie rasch, »gibt es wohl in jeder Stadt.« Überall nehme die Sittenlosigkeit zu, leider...

»Ja, leider!« nickte Padre Alfonso, »und deshalb sind auch jene glücklich zu preisen, die auf dem Lande leben, in Stille und Ehrbarkeit – wie hier auf dem Castell Euer Gnaden.«

Zia Sophia runzelte die Brauen, als fühlte sie sich irgendwie verspottet. Auch hier, murmelte sie, sei nicht der Himmel auf Erden.

»Aber beinahe, beinahe!« rief der Padre und klopfte mit seinem Löffel auf den Tisch. Wenn er die himmlisch reine Luft über dem Langensee mit dem Gewühl und dem Dunst in den Gassen – etwa Veronas – vergleiche und wenn man bedenke, welch böse Intrigen rund um die Scaligerburg getrieben würden, ganz Italien rede von allerlei Vorkommnissen in der Bürgerschaft, höchst seltsamen und rührenden.

Anna stockte der Atem.

Doch Zia Sophia fuhr hastig dazwischen: »Seltsam und rührend, sagt Ihr, Padre. Auch hier, in diesem abgelegenen Winkel, haben sich seltsame und rührende Geschichten begeben, die vielleicht erbaulicher sind als... Oh, ich könnte Euch erzählen!« Und mit fliegenden Fingern tastete sie die Kette entlang, an der das Kreuz vor ihrer Brust hing.

»Nun, so erzählt, gnädige Gräfin! Erzählt!«

Zia Sophia suchte nach Worten. »Da war – war doch ein Klausner in Santa Catarina – kaum eine Reitstunde von hier entfernt; er war ein sehr frommer Mann, und manche Leute hielten ihn für gottselig. Er hatte vor seiner Höhle einen Rosenstrauch gepflanzt, den er liebte und pflegte. Aber da geschah es eines Jahres, daß in kalter Winterszeit der Strauch zu blühen begann.« Wieder stockte ihre Rede, als machte es ihr Mühe, sich ihrer Geschichte zu erinnern.

»... zu blühen begann...?« wiederholte der junge Padre, in seinen Stuhl gelehnt.

Zia Sophia fuhr fort: »Die Kunde davon verbreitete sich, und viele kamen herbei, um das Mirakel zu sehen. Auch eine Gräfin von Lomago. Sie war eine sehr stolze und eigensinnige Frau, und so befahl sie ihren Dienern, den Rosenstrauch auszugraben und auf ihr Gut zu bringen. Dort ließ sie ihn unter ihren Fenstern einsetzen. – Doch in der Heiligen Weihnacht verdorrte er, und aus seinen Dornen tropfte Blut.«

Zia Sophia schwieg und reckte ihr Kinn gegen den Gast, als erwartete sie seine Bestätigung, daß auch er ihre Geschichte rührend und erbaulich fände.

Aber Padre Alfonso schien noch mehr zu erwarten. »Und dann?« fragte er. »Was weiter?« Er hatte einen Granatapfel aus der Schüssel vor ihm genommen und ließ ihn, bequem zurückgelehnt, spielerisch aus seiner Rechten in seine Linke wandern. »Was weiter?« fragte er noch einmal.

Zia Sophia schwieg.

Nun beugte er sich vor und stieß sein Messerchen in die Frucht. »Ihr habt, gnädigste Gräfin, die Geschichte nur halb erzählt. – Nicht am Heiligen Weihnachtstag, sondern am Tag der Unschuldigen Kinder ist der Rosenbusch verdorrt. Denn die Dame trug ein Kindlein in ihrem Schoß, sie hatte es nicht gern empfangen, denn sie liebte ihren Gatten nicht und hätte lieber einen anderen gehabt, der ihr

Rosen brachte im Sommer und Winter. Da aber nun der dem Klausner entwendete Rosenstock verdorrte, geriet sie außer sich und stürzte sich in seine Dornen. Und einer dieser Dornen bohrte sich wie ein Dolch in ihren Schoß und tötete das Kind.«

Padre Alfonso hatte seine Geschichte lächelnd erzählt. Anna sah, daß Zia Sophias Mund starr und starrer wurde; da zuckte ihr Ellenbogen und stieß an einen Tiegel, der Tiegel kippte über den Tischrand und zersprang auf dem Pflaster. Er hatte eine Mostrichtunke enthalten. Zia Sophias Rock war gelb beschmutzt.

Sophia schrie: »Was tust du denn, du Fratz?«

Anna sprang auf. Glühend vor Scham über ihr Ungeschick wollte sie die Scherben auflesen, die Tunke aufwischen, die Kleckse vom Rock der Zia wischen, alles zugleich – und vor Verwirrung stolpernd.

»Laß doch, laß!« schrie die Zia über ihr – und dann zum Padre: »Ich habs doch gewußt, man kann die Ragazza nicht an den Tisch nehmen, sie verdirbt alles.« Und Annas Hände von sich stoßend: »Geh in die Küche zu den Mägden, dort gehörst du hin.«

Seither vermied es Anna, dem Padre zu begegnen. Selbst während der Messe wollte sie ihm am liebsten nicht unter die Augen kommen. Bis dahin war sie immer neben der Zia im vordersten Betstuhl gekniet. Jetzt suchte sie sich hinter dem einzigen Pfeiler, der das Gewölbe stützte, zu verstecken. Wenn der Padre das Evangelium verlas oder sich zum Segen umwandte, verbarg sie ihr Gesicht in den Händen. Dennoch gewahrte sie, daß seine Blicke suchend über die Reihen irrten. Dann krümmte sie sich zusammen und wünschte unsichtbar zu sein.

Der Sommer war, bis tief in den Herbst hinein, sehr heiß und schwül. Zia Sophia schien darunter zu leiden. Wenn der Padre den Turm verlassen hatte, zog sie sich in ihre Schlafkammer zurück, um zu beten, wie sie behauptete. Ihre Hausgenossen glaubten es besser zu wissen: Die Padrona hielt Siesta, eine oder manchmal auch zwei Stunden lang.

Sobald die Tür oben zuklappte, verließen die Mägde ihre Spinnrocken und Waschzuber und verkrümelten sich unter die Büsche des Gartens. Anna nutzte die Zeit, um rings um den Castellberg zu schlendern, um den Wein- und Nußbaumgarten zu durchstreifen, der hier angelegt und halb verwildert war. Es gefiel ihr, auf den See hinaus- und in seine Buchten hinunterzuspähen, ohne, wie sie annahm, selbst gesehen zu werden.

Noch waren die Trauben klein und sauer, aber die Nüsse hatten schon zu fallen begonnen, manche noch in den grünen und schwarzfleckigen Häuten, manche schon, dieser ledig, goldfarben und weithin leuchtend. Diese ließ Anna liegen. Aber nach den im tiefen Gras versteckten tastete sie mit ihren Füßen und freute sich, wenn sie unter ihren Sohlen knackten. Dann pulte sie die Kerne aus den angebrochenen Schalen. Sie schmeckten herrlich würzig und fett.

So kam sie unter den großen alten Nußbaum, den größten und ältesten von allen, und wollte sich soeben in seinem lichten Sprenkelschatten niederlassen, da schrak sie zusammen und erstarrte: In die Rinde des Stammes war tief und überdeutlich ein Buchstabe eingeschnitten und rund um den Buchstaben eine Linie, oben eingebogen, unten zugespitzt, also ein Herz, und der Buchstabe, den die Herzlinie umfaßte, war ein großes A.

Der Schnitt war frisch, holzhell leuchtend, schamlos sichtbar. Anna wußte sofort, was das Zeichen bedeutete, und obwohl sie noch nicht zu denken wagte, wer hier am

Werk gewesen, so wußte sie auch das, und es war wie ein Guß brennenden Pechs, der ihr den Rücken hinablief und sie in siedende Hitze tauchte. Das Gefühl etwas Frevlerischen, Ganz-Unerlaubten überschwemmte sie – und damit auch das Gefühl unmittelbarer Gefahr. Sie hatte sich eben noch allein geglaubt in der Stille, in Wärme und Licht, in der mildlauen Herbstluft, im mildblauen Widerschein des Sees. Sie war gedankenlos ruhig und beinah glücklich gewesen. Jetzt war das Glück vernichtet. Sie fühlte sich nicht mehr allein, aus jedem Astloch schienen Blicke zu spähen, in jedem Dickicht Nähe zu rascheln. Anna stürzte auf den Baum zu, um das Mal zu verdecken, es war nicht zu verdecken, es war weithin sichtbar eingekerbt, weithin abzulesen, und es würde da sein, unauslöschlich, unverkennbar, solange der Baum stand, ein Jahr, zehn Jahre, hundert vielleicht, und wer es sah, würde wissen ...

»Nein, nein«, schrie Anna und schlug mit den Fäusten dagegen. Dann rannte sie, als würde sie verfolgt, bergauf aus dem Mauerring.

In der Nacht darauf lag sie schwitzend vor Angst auf ihrem Brett, den Buchstaben vor Augen wie ein in sie eingestempeltes Brandmal. Sie zweifelte nicht, daß es entdeckt werden würde, und wenn es entdeckt war: Es würde ihr Ende sein.

Tief unter dem Turm war ein Kellergewölbe, eine sechseckige Höhle, in den Felsen gehauen. Kein Tageslicht drang dort hinein, Ratten und Asseln liefen darin umher. Zia Sophia hatte zwar selten damit gedroht, Anna in den Keller zu sperren, doch Anna war überzeugt, sie würde es tun, wenn sie eine Arbeit schlimmer als sonst verdarb, wenn sie mehr als sonst vom Honig naschte oder sonst eine ärgere Sünde beging. Anna fürchtete sich vor der schwarzen Höhle als einer letzten schrecklichen Möglichkeit. Dann würde sie dort auf dem nassen kalten Felsen liegen, hungern, dursten und schließlich sterben müssen. Wenn Zia Sophia schon kleinere Vergehen so schwer bestrafen wollte, wie würde sie erst bestrafen, wenn sie erfuhr, was in den Nußbaum eingeschnitten war, das freche Herz und das noch frechere A, das ja nichts anderes bedeuten konnte als Anna, Anna Capulet, Julias Schwester.

Gegen Morgen faßte sie den Entschluß: Sie würde das stärkste und schärfste Messer an sich nehmen und das Zeichen auskratzen, austilgen, daß es niemand mehr entdecken und verraten konnte.

Sie nahm das Messer und versteckte es unter ihrem Rock, doch sie mußte bis über die Mittagsstunde warten, ehe sie damit hinabschleichen konnte in den unteren Ring.

Sie hatte eben begonnen, den ersten Span abzuspellen, als eine nahe Stimme sprach: »Anna!«

Sie fuhr zusammen und herum und preßte sich mit dem Rücken gegen den Stamm. Das Messer hielt sie hinter sich. Ihr Herz tobte.

Da sprach die Stimme wieder: »Anna, willst du nicht mit mir reden?«

Die Stimme kam unter der Mauer hervor, die hier rund um den Berg, unter dem Nußbaum vorbeilief. Der aus Steinen geschichtete Wall war an dieser Stelle, von einem Rinnsal unterspült, zur Hälfte eingesunken. Die Ranken von Brombeergebüsch und Waldrebe hatten ihn übersponnen, Disteln wuchsen aus ihm hervor. Anna sah, daß sich Zweige und Blätter auf ihm bewegten, als suchte jemand von unten heraufzusteigen und griffe nach Halt zwischen den Steinen. Padre Alfonsos Stimme rief: »Hilf mir doch, Anna! So hilf mir doch!« Und schon erschien sein zwar erhitztes, doch wohlgelauntes Gesicht zwischen den Disteln, er schwang sich herauf, klopfte Blätter und Distelsamen von seiner Kutte und rief: »Da bist du ja. Ich hab es doch gewußt, daß

du heut wiederkommen würdest.« Und dann, an sie heran-
gekommen, ihre Mitte umfassend: »Ach, Anna ...«

Sie starrte ihn mit finsterer Miene an, in ihr ballte sich
Widerstand gegen die Leichtfertigkeit seiner guten Laune,
gegen die dreiste Selbstverständlichkeit, mit der er sie an
sich zog. Sie preßte sich noch näher an den Baum und
sagte: »Ich heiße nicht Anna.«

»Nicht Anna? Wie dann? – Nun, sag es schon, sag mir
dein Sprüchlein!«

Und Anna, weil sie es unter Zia Sophias Aufsicht hun-
dertemale aufgesagt hatte, stotterte: »Maddalena, Maddalena di Nervi.«

»Tochter des Silvio aus Ponte Nero«, fuhr er – immer
noch mehr lachend – fort, »und du warst nie in Verona, nie
eine Capulet – und eine Schwester hast du nie gehabt.«

»Nie gehabt«, murmelte sie.

»Ach du!« rief der Mann und ließ sie los, um sie gleich
darauf noch fester in die Arme zu schließen. »Wie du lügst!
Du lügst doch immer: Wenn du in der Kapelle hinter dem
Pfeiler kniest und tust, als wärest du ein frommes Kind;
wenn du hinter dieser Zia herläufst wie ein Hündchen und
wenn du jetzt die Erschrockene spielst, weil ich zu dir über
die Mauer gestiegen bin, immer lügst du. Aber du lügst
schlecht. Ich sehe in deinen Kopf hinein, ganz hinten in
deinen Kopf, kleine Anna, Julias Schwester.«

Bei diesem Namen zuckte Anna zusammen.

»Du mußt mir von ihr erzählen.«

Anna erstarrte.

»Ja, erzählen, ich möchte alles von ihr wissen. Alles. Du
siehst ihr doch ähnlich, wie? – Nein?«

»Nein. Sie war schön.«

»Und du – bist du etwa nicht schön?«

»Und sie war böse zu mir.«

»Böse? Das glaub ich nicht. Wer kann zu einem Kind

wie dir böse sein!« Da sah er das Messer, das ihr hinter dem Rücken entfallen war, und ehe sie ihm zuvorkommen konnte, hatte er es schon aufgehoben.

»Was ist das? Was willst du damit? – Ihr Töchter Capulet habt es wohl immer mit Messern?!« Und er holte aus und schleuderte es über die Mauer hinter sich.

Anna schrie auf und wollte ihm nach, sie konnte sich nicht vorstellen, ohne das Messer in den Turm zurückzukehren.

Doch der Mann hatte schon begriffen, was sie damit gewollt hatte, und wohlgelaunt fing er sie wieder ein. »Ach, dazu! Um mein Werk zu zerstören ... das schöne Herz, das prächtige Initial. Gefällts dir denn nicht? Hab ichs nicht fein in den Baum geschnitzt? Stunden hab ich mich geplagt – und mir dabei fast den Daumen abgeschnitten.« Und ihr den Ballen seiner Rechten hinhaltend: »So hab ich schon mein Blut für dich vergossen, du, Anna Capulet.«

Anna beugte sich über seine Hand, doch sie konnte an ihr nichts wahrnehmen als ein winziges Rißchen. Etwas wie Zorn stieg in ihr auf. »Was Ihr nicht redet, Padre Alfonso! Wenn jemand kommt und sieht –«, sie schluckte, »und sieht –, was glaubt Ihr, wird geschehen?« *Mir* geschehen, wollte sie sagen, aber sie brachte das Wort nicht hervor, als dürfte sie nicht zu erkennen geben, daß sie wußte, wen Herz und Initiale meinten.

Aber Alfonso ließ ihre Furcht nicht gelten. »Ei was? Ei was! Wer wird schon kommen und bemerken? Die Knechte unten, die Mägde oben – keins kann auch nur *einen* Buchstaben lesen. Und käme sie selbst, deine Zia – aber sie sitzt ja immer in ihrem Fuchsbau –, meinst du, ich könnt es ihr nicht erklären? ›Oh, gnädigste Gräfin‹, würde ich sagen, ›beste Herrin, ist es Euerem Alfonso nicht erlaubt, sich in einen Euerer Bäume einzuschnitzen? Und sich ein Herz zu träumen, das besser und frömmer ist als das seine?‹ – So würde ich zu ihr reden, und – ich schwöre dir – sie würde mir glauben, die alte Närrin.«

Anna blickte den Padre finster an. Sie hatte noch niemanden Zia Sophia eine alte Närrin nennen gehört, nicht einmal die Mägde, die sie doch haßten, hatten sie so genannt. In Annas Kopf kreuzten sich viele Gedanken: mit welchem Eifer die Zia Alfonsos Unterkunft verbessert, mit welchen Leckerbissen sie ihn verwöhnt hatte. Wäre sie nur ein Zehntel so gut zu mir gewesen, dachte Anna, ich würde nicht so von ihr reden.

Der Mann wußte nicht, was Annas Miene verdüstert hatte. Er merkte nur, er hatte sich in ihr geirrt, er hatte geglaubt, leichtes Spiel mit ihr zu haben, und nun –

Er ließ sie los, trat zurück und näherte sich wieder der Mauerbresche, über die er vorhin heraufgeklettert war.

Da sagte Anna: »Padre Alfonso.«

»Nun?«

»Woher habt Ihr die Legende gekannt von dem blutigen Rosenstrauch?« – Und als er nicht antwortete: »Und von der Gräfin von Lomago?«

»Ach«, sagte er gedehnt. »Von *der?*«

»Ja, von *der!* Wer hat Euch von ihr erzählt?«

Alfonso lachte schon wieder. »Niemand, mein Mädchen, niemand.«

»So habt Ihr von ihr wo gelesen?«

»Auch nicht gelesen.« Und Anna von neuem umfassend: »So etwas wie diese Geschichte denkt sich doch ganz von selber aus.«

Anna starrte ihn an. Sie hatte die ganze Zeit nachgegrübelt, woher Alfonso von dem Kindlein der Gräfin gewußt haben konnte – und von ihrem Widerwillen, es zu gebären. – Sie stemmte beide Hände gegen Alfonsos Brust und sagte: »Habt Ihr Euch das auch nur ausgedacht, daß ich Julias Schwester wäre?«

»O nein, o nein doch!« Er rief es laut. »Das weiß doch jedermann in der Gegend. Und wenn sie dich ›Maddalena‹ und ›di Nervi‹ nennen, so tun sie das der Zia zu Gefallen – oder aus Lust an euerem Spiel. In Verona pfeifen es die Spatzen von den Dächern, wohin dich deine Eltern brachten, so war es nicht schwer, dich aufzufinden.«

Anna schwieg. Sie biß auf ihre Unterlippe. Dann sagte sie: »Mich aufzufinden – und warum?«

»Das magst du fragen? – Ganz Italien schallt von Julia und ihrem Romeo und ihrer herrlichen treuen und tödlichen Liebe. Auf allen Märkten werden sie besungen, in allen Wirtsstuben wird über sie berichtet, selbst in den Klöstern murmelt man über sie mit Schaudern, Neid und mit stiller Gier. Da soll es seltsam sein, daß man die Schwester aufsucht, Julias kleinere Schwester, die doch alles miterlebt hat und berichten kann, wie es zuging in dieser Liebe, von der die ganze Welt so Wunderbares munkelt?«

Anna stand mit geballten Fäusten. »Ich weiß von nichts.«

»Von nichts? Wer soll dir das glauben? So klein bist du nicht gewesen, damals, als es geschah. Du mußt dich doch erinnern.«

»Ich erinnere mich nicht.«

»Weil du dich nicht erinnern willst! Du sagtest vorhin: Julia sei schön gewesen – *wie* schön? War sie groß oder klein? War ihre Haut blaß oder rosig, ihr Haar, von dem es heißt, es war blond, war es gelb wie Weizen oder hell wie Flachs? Hatte sie deinen Mund, deine Augen? Deine Augen, die mich so zornig ansehen, weiß Gott, warum.«

Anna stand stumm.

»Ich will es wissen, rede doch!«

»Ich habe Euch schon gesagt«, stieß Anna hervor, »daß sie böse war.«

»Ach nein, warum böse?«

Anna dachte an die rosa Schnürbrust, die ihr immer verweigert worden war. Aber sie schämte sich, von dem troddelbesetzten Fetzen zu reden, der gewiß mit Julia in deren Sarg schon längst vermodert war.

»Und Romeo? Wie sah er aus?«

»Ich habe ihn nie gesehen.«

»Nie gesehen? So groß war doch Verona nicht, daß du ihm nicht einmal begegnet bist. Hat ihn dir Julia nie gezeigt: ›Dort drüben, der Montagu, ist er nicht hübsch?‹«

»Nein, nie.« – Doch auf einmal war es da: ein fernes Bild, klein, aber deutlich, gestochen scharf. Es war an einem Feiertag; die Piazza leer; keine Buden, keine Pferde, Ochsen, Wagen. Vor einer roten Ziegelwand drei Männer mit ihren Hunden. Sie schlenderten dahin, schwangen ihre Peitschen und pfiffen ihren Tieren. Der mittlere der drei, schwarz-weiß gekleidet (wie Alfonso), bartlos, mit dunklem dichtem Haar (wie Alfonso); an seiner linken Hüfte hängt ein Degen (wie an Alfonsos Hüfte Knotenstrick und Kreuz). Er rollt die Schultern und wiegt sich in den Lenden, selbstsicher und behaglich. So lockt er den Hund, der ihn umspringt und – schlank und schweifwedelnd – nach seinen Händen schnappt, während er, der Mann, ihm die Spitze seiner Peitsche über der Schnauze tanzen läßt. ›Siehst du ihn dort‹, flüstert eine Stimme neben Annas Ohr. ›Das ist er, Romeo, ist er nicht hübsch?‹ – Und Anna glaubt sich zu erinnern: Die da flüsterte, war Fiorenza.

Anna war plötzlich dunkelrot geworden. So jäh und erschreckend war ihr das Bild eingeschossen, wieso, woher, das konnte sie nicht denken. Aber Alfonso spürte, daß etwas in ihr vorging, was sie ihm annäherte, so stellte er seine Frage noch einmal: »Wie sah er denn aus, dieser Romeo?« Und plötzlich, laut triumphierend: »Etwa – wie ich?« Als sie flüsterte: »Ich glaube«, war er zufrieden. »Das wollt ich hören.« Und er packte sie mit beiden Armen und schwenkte sie herum.

Aber der Boden unter dem Nußbaum war zu abschüssig, kahlgescheuertes Erdreich zwischen den Wurzelarmen. Alfonsos Sandalen glitten ab, und beide stürzten.

Anna schrie leise auf. Sie war mit dem Ellenbogen des rechten Armes aufgeprallt und blutete. Hastig zog sie den Ärmel herunter und deckte Schenkel und Knie mit ihren Röcken zu. Der Sturz hatte auch den Mann ernüchtert. Eine Weile saßen sie schweigend nebeneinander. Dann begann Alfonso wieder von Julia zu sprechen: Nie habe er jemals geglaubt, daß es dies gebe: Liebe bis zum Tod. Nie habe er gedacht, daß ein Mädchen sterben wolle, nur weil ihr Liebster gestorben ist. Er habe immer nur von Weiberlist und -tollheit gehört ... Dann aber habe man ihm erzählt ... er wollte es nicht glauben. Er lachte den Erzähler aus. Doch nachts, als er in seinem Bett lag und nicht schlafen konnte, da habe er plötzlich gefühlt, daß er weinte. Die Tränen liefen wie Bäche aus seinen Augen. Da wußte er, er müsse nach Verona wandern und am Grab der Liebenden knien.

»Das Grab gibt es nicht«, murmelte Anna. »Sie liegen nicht beisammen.«

»Das habe ich erfahren«, antwortete Alfonso mit bewegter Stimme. »Und da wurde mir so weh ums Herz, so weh, daß ich dachte, die ganze Welt habe ihren Sinn verloren, und ich klagte zu den Sternen, daß sie dies nicht verhindert hätten. Da aber gab mir der Himmel ein Zeichen.«

Anna blickte ihn ungläubig an. Mit ihrer linken Hand versuchte sie, die Wunde an ihrem Ellenbogen zuzudrücken, doch sie spürte, wie Tropfen auf Tropfen von ihr niederlief. »Und was war dieses Zeichen?« fragte sie

Alfonso zog sie wieder an sich. »Es war Nacht«, sagte er, »ich saß auf der Brücke über den Adige, da sah ich quer über das Firmament von Norden nach Süden gezogen eine leuchtende Spur, sie war weiß und rötlich und dunkelblau. Da wußte ich, ich war erwählt.«

»Wozu erwählt?« fragte Anna.

»Du kannst das vielleicht nicht ganz verstehen, Anna«, sagte er und drückte seinen Mund in ihr Haar, »ich war erwählt, ihrer Geschichte nachzuforschen – um zu begreifen, daß Menschen sterben wollen, nur weil sie lieben, und daß sich für sie Liebe und Tod in eins verwandeln.«

»Und –?« erwiderte Anna, »was haben sie jetzt davon? In die Hölle haben sie einander gebracht, dort müssen sie brennen ...«

»Was redest du?« Alfonso sprang auf. »Das sind doch nur Ammenmärchen.«

Anna senkte den Kopf. Sie dachte: Darf er so reden in seiner Kutte? – Und eigensinnig fragte sie: »Wo sind sie dann, wenn nicht in der Hölle?«

Alfonso breitete die Arme aus. Er blickte zum Himmel. »Im Lied«, antwortete er verzückt, »im Lied, und dort werden sie leben immer und allezeit.«

In diesem Augenblick ertönte ein Ruf von oben, aus dem dritten Ring des Castells. »Anna, Anna!« Es war Sophias Stimme, die rief, und nach ein paar Sekunden noch schärfer, noch schriller: »Anna, wo bleibst du denn?«

Die beiden unter dem Nußbaum fuhren zusammen. Das Mädchen sprang auf und lief schon bergwärts, da kehrte sie noch einmal um, bleich, schweratmend: »Das Messer, das Messer!« Doch als die Stimme noch einmal rief, gab sie es auf; mit einer Gebärde der Verzweiflung setzte sie ihren Weg nach oben fort.

Der Mann war ihr drei Schritte weit gefolgt. Er hatte sich schon wieder gefaßt. »Komm morgen wieder!« rief er ihr nach. »Hierher. Ich warte.«

Alfonso konnte vergeblich warten. Anna kam nicht wieder, nicht in den Weingarten, nicht unter den Nußbaum und zu der unter Brombeerranken und Disteln eingestürzten Mauer. Anna hatte die beiden Nachmittage im blaugoldenen Herbstlicht bitter zu büßen. Nicht, daß Zia Sophia etwas davon erfuhr, wen sie dort im Grünen getroffen, geschweige denn etwas von dem verräterischen Initial. Den blutigen Ärmel konnte ihr Anna mit einem Sturz auf das Hofpflaster erklären; nicht einmal das Verschwinden des Messers wurde sogleich bemerkt und, als es bemerkt wurde, eher den Mägden als Anna angelastet. Zia Sophia schalt mit den dreien, sie hätten das Messer sicherlich mit anderem Unrat zusammen in die Abtrittgrube geworfen.

Dennoch blieb Zia Sophia nicht ganz verborgen, was mit Anna geschehen war. Sie bemerkte an ihrem Schützling etwas ungewohnt Neues: ein Flattern des Blickes, ein Sirren der Stimme, eine Unrast, wie sie Verängstigte oder Erwartungsvolle zeigen. Worauf lauschte Anna, wenn sich im Hof oder auf dem Castellweg ein Schritt vernehmen ließ? Warum hob sie dann den Kopf so jäh von ihrer Stickarbeit? Warum fitzte die Seide zwischen ihren Fingern, als hätte sie die Geduld verloren, den Faden sorgsam vom Knäuel zu wickeln? War das Mädchen nicht schon seit längerer Zeit verändert? Es war nicht nur gewachsen, die Wangen rundeten sich, und unter dem steifen schwarzbraunen Wollstoff ihres Kleides wölbten sich ihre Brüste. Sogar ihre Lippen schweiften sich anders als zuvor, sie schweiften sich wie Rosenblätter knapp vor dem Erblühen.

In Zia Sophia stieg Argwohn auf: Woher konnte die Veränderung an Anna rühren? Soviel Zia Sophia wußte, hatte das Mädchen mit niemandem Umgang außer mit ihr und den Mägden; allenfalls konnte sie den Knechten im untersten Ring des Castells begegnen, doch diese waren alt, häßlich und verkrüppelt. Sie kamen doch wohl nicht in Frage? – Den einzigen Mann aber, der auf dem Castell ein und aus ging – und der keineswegs alt, verkrüppelt und häßlich war –, ihn schloß Sophia von jeder Verdächtigung aus.

So kam sie endlich zu dem Schluß, daß es wohl allein an Annas Natur läge, an dem ihr eingeborenen Capuletschen Wesen, wenn sie sich nun – nach Jahren der Unscheinbarkeit – in einer Weise veränderte, die ihr, Zia Sophia, nicht geheuer war; es mußte wohl etwas von Julia in dem Mädchen stecken, von dieser unseligen Schwester, ein Element der Sünde, der Lockung, damit der Gefahr? In Zia Sophia stieg schmerzliche Wut auf: Jahrelang, dachte sie, habe ich mich um sie bemüht, um das Unkraut auszujäten, das in ihr wurzelt – und nun sprießt es doch! Das Verderben wächst unter meinen Augen! – Trotzdem, so beschloß sie, will ich nicht nachgeben in meiner Aufmerksamkeit und Strenge. Von nun an wollte sie Anna nicht aus den Augen lassen. Sie gab ihre nachmittägigen Ruhestunden auf und überwachte jeden ihrer Schritte.

So fand das Mädchen keine Gelegenheit mehr, in den Wein- und Nußgarten zu entwischen. Doch sie sah Padre Alfonso täglich bei der Messe und sah seine dunklen Augen, wenn auch nur einen halben Atemzug lang, auf sich gerichtet, und jedes einzige Mal verwirrte es sie aufs neue.

Gleich nach Allerheiligen bedeckte sich der See mit einer dichten Nebeldecke. Nur zu Mittag lichtete sie so weit auf, daß die Sonne bleich und kalt wie eine kleine Silbermünze aus dem Graudunst blinkte. An einem solchen Tag erschien Padre Alfonso zu ungewohnter Stunde und teilte Zia Sophia mit, daß er für einige Zeit in sein Kloster zurückkehren müsse. Die Contessa kenne ja die Regeln der Zisterzienser, die jedem Ordensmitglied vorschrieben, sich von Zeit zu Zeit in seiner Gemeinschaft einzufinden und sich bestimmten Exerzitien zu unterziehen.

Zia Sophia war bestürzt: »Davon habt Ihr mir aber noch nie gesprochen.«

»Nein? Wirklich nicht?« Padre Alfonso lächelte demütig. Das sei allerdings ein schwerer Fehler gewesen; er bitte um Vergebung. Doch die Regeln seines Ordens müsse er befolgen.

Zia Sophia saß wortlos und blaß. Gegen die frommen Verpflichtungen des jungen Padre wagte sie keine Einwände zu erheben; er habe die Regeln gewiß beschworen und sich ihnen mit heiligen Eiden verbunden. Aber sie konnte nicht verbergen, daß ihr Alfonsos Eröffnung eine höchst unliebsame Überraschung war.

»Ich komme ja wieder«, tröstete er sie. »Spätestens zu Lichtmeß bin ich wieder da.«

Starren Blicks zwang sie sich zu einem kärglichen Nicken. »Zu Lichtmeß also«, sagte sie. »Ich verlasse mich auf Euer Wort.« Und so entließ sie ihn.

Doch kaum war er verschwunden, bemächtigte sich ihrer eine merkwürdige Unruhe. Sie erlaubte sich zwar keinen Zweifel an dem, was er ihr von Ordensregeln und pflichtgemäßen Exerzitien erzählt hatte, doch sie begann nun auch andere Gründe in Betracht zu ziehen, die ihn zur Abreise veranlaßt haben könnten. War – zum Beispiel – die Hütte, die sie ihm als Wohnung überlassen, nicht doch eine gar zu elende Bleibe? Hätte sie ihn nicht mit mehr und besserem Hausrat ausstatten sollen? Sie machte sich auf den Weg, um seine Unterkunft in Augenschein zu nehmen – und fand sie weit mangelhafter als gedacht. Sie entdeckte Schäden da und dort, unzumutbare. Das Dach war schlecht ausgeflickt, die feuchten Wände hauchten Modergeruch, die Feuerstelle war zu klein gemauert. Sophias Zorn wandte sich gegen die Knechte, die den Auftrag gehabt hatten, den Bau zu verbessern: Die Burschen hatten schlechte Arbeit geleistet, faul und nachlässig waren sie gewesen! Sophia überfiel sie mit heftiger Schelte; sie merkte nicht, wie grell dabei ihre Stimme, wie übertrieben ihre Vorwürfe waren. Innerlich verfluchte sie ihren eigenen Geiz; sie hätte Alfonso besser einrichten, freundlicher halten, sie hätte ihn mit großzügigeren Gaben an sich binden sollen. – Wie, wenn er anderswo eine bessere Stellung fand oder wenn er es vorzog, in seinem Kloster zu bleiben? Hatte er nicht von dessen schöner Lage, von der prächtigen Kirche, von den reichen Schätzen der Bibliothek gesprochen? Wohl wahr: Der Orden pflegte sich stets in flachen und sumpfigen Geländen anzusiedeln, doch schon nach kurzer Zeit stellte er ansehnliche Gebäude in die Unwirtlichkeit und erwarb Ruhm durch seine Gründungen. Was konnte sie, Sophia, einem Padre aus solchen Gemeinschaften bieten? – sie, eine kleine Gutsherrin in rauher Gebirgsgegend, an diesem verfluchten See, der mehr als die Hälfte des Jahres nur Nebel und Kälte hauchte?

Sogar vor Anna ließ sich Zia Sophia herbei, ihre Besorgnisse auszusprechen. Anna schwieg dazu. Die andere sah das Mädchen böse an. »Und du sagst nichts dazu?« Anna hob die Achseln. »Ich glaube gar, du bist froh, daß er fort ist!«

Anna lächelte ein wenig. »*Froh* bin ich nicht –«

»Aber –?«

»Er kommt ja wieder.«

»Gott gebs. Gott gebs. – Denn wer liest uns sonst die Messe? Wer gibt uns den Segen? Wer kämpft gegen den Teufel in uns selbst? – O Anna, er hat sich mir geoffenbart. Er ist ein heiligmäßiger Mann.«

Kaum war Alfonso abgereist, fiel ein für diese Gegend und Jahreszeit ungewöhnlich scharfer Frost ein. Die Ufer des Sees bedeckten sich mit Eis, zuerst mit einer dünnen silbrigen Kruste, die aber bald in die Buchten hinauswuchs und nach kurzer Zeit eine feste stumpfgraue Tafel bildete. Nur in der Mitte des Sees hielt das unsichtbare Gerinne eine schmale Bahn offen. Enten und Schwäne, die erst vor kurzem munter hin- und hergekreuzt waren, froren fest, und ihre jämmerlichen Todesschreie durchschnitten die Nebelluft.

Dann klarte es auf, und der Frost verschärfte sich noch einmal. Das Gebirge jenseits des Sees war tief verschneit und glänzte wie eine im Aufbrausen erstarrte Wasserwoge, ein Kamm von weißem und grünem Gischt.

Anna fror, wie sie noch nie gefroren hatte. Sie zitterte in ihren steifgewalkten Wollkleidern, die zu weit und zu hart waren, um sich ihrem Körper anzuschmiegen. Verzweifelt krümmte sie die Zehen in den dünnen ungefütterten Schuhen, die die Eiseskälte der Bodenplatten nicht nur einzulassen, sondern anzusaugen schienen. An ihren Füßen und Fingern bildeten sich kleine schmerzhafte Beulen, sie juckten und näßten und ließen Anna nachts nicht schlafen. Sehnsüchtig wartete sie jeden Vormittag darauf, daß in der Küche Feuer angemacht wurde. Doch kaum war die dünne Suppe über den Flammen gekocht oder der geräucherte Fisch gargesotten, wurde nicht mehr nachgeschürt. Das letzte kleine Glutnest wurde mit Asche gedämpft und zugedeckt. So wollte es Zia Sophia, obwohl es doch an Holz nicht fehlte; rund um den Turm häuften sich ganze Wälle aus gesägten und gekliebten Scheitern, ein Vorrat seit Jahren, der immer noch Nachschub erhielt, denn die Knechte brachten neue Fuhren. Aber die Zia sparte, obwohl auch sie fror, obwohl auch an ihren Händen und Füßen die Frostbeulen anschwollen; sie sparte, als ob nach diesem Winter kein Frühling mehr zu erwarten sei – und als müßten die aufgehäuften Stapel noch einen Eiszeitwinter und einen zweiten und dritten vorhalten.

Obwohl Zia Sophia in ihrer Sparsamkeit an ihren alten

eingefleischten Gewohnheiten festhielt, glaubte Anna doch eine Veränderung an ihr wahrzunehmen. Sie schalt nicht mehr so heftig wie früher, wenn eine Arbeit nicht ganz nach Vorschrift ausgeführt worden war. Sie vergaß dann und wann, was sie vorher befohlen hatte, als wären ihre Gedanken weit weg bei anderen Dingen. Sie saß manchmal in sich versunken da und schreckte auf, wenn man sie ansprach.

Neben ihrem Bett war ein kleiner Lochkalender angebracht, und jeden Morgen ließ sie das Hölzchen, das den Tag bezeichnete, um ein Stückchen weiterwandern. Anna dachte: Warum zählt sie jetzt die Tage, das hat sie doch früher nie getan? Sie zählt bis Lichtmeß, Alfonsos Wiederkehr.

Aber Lichtmeß kam heran, und Alfonso ließ sich nicht blicken. Ein Tag nach dem anderen verging, der See taute auf, nachdem er sich bis weit hinaus mit grauen wäßrigen Flecken bedeckt hatte. Die Berge standen noch immer wie Wogen weißen Gischts, aber den ganzen Castellberg hinauf und hinab erscholl das Zwitschern und werbende Flöten der Vögel. Anna wußte, welche Gedanken den Kopf der Zia erfüllten, und sie wußte, daß sie den ihren ähnlich waren. Mit derselben Inständigkeit, mit der sie in den vergangenen Jahren – hungrig wie sie war – an die nächste Mahlzeit gedacht und sie herbeigewünscht hatte, mit derselben bohrenden Unentwegtheit dachte sie jetzt an den jungen Padre. Wenn sie morgens erwachte, glaubte sie von ihm geträumt zu haben, und wenn sie abends dem Schlaf entgegenglitt, wünschte sie nichts anderes, als ihm im Traum zu begegnen, und schließlich schien ihr die Hoffnung auf seine Rückkehr das einzige, was ihr das Leben zu ertragen half.

Da eines Tages, kurz vor Palmarum, hörte sie Zia Sophias aufgeregte Stimme vom Söller rufen: »Er ist da, er ist wieder da!«, und in der Tat, der Langerwartete stand unten im Hof und verabschiedete soeben den Eseltreiber, dessen Tier seinen schweren Ranzen getragen hatte. Sophia und Anna stürzten nebeneinander die steile Spindeltreppe hinab, um dann unten, beide zugleich, vor der Schwelle zu erstarren. Anna wich, wie gebrannt, in einen Winkel zurück, während sich die Ältere an Kragen und Haube griff, tief Atem schöpfte und den Kopf in den Nacken warf. So – ganz eisiger Vorwurf – trat sie aus der Pforte: »Spät kommt Ihr, Padre, sehr spät. Warum?«

Was Alfonso zu seiner Entschuldigung vorbrachte, konnte Anna nicht verstehen. Er aß mit Zia Sophia zur Nacht. Danach geleitete sie ihn selbst zu seiner Behausung hinab. Als sie von dort zurückkehrte, brannten zwei runde rote Flecken auf ihren Wangen.

Anna fand erst am anderen Morgen Gelegenheit, ihn zu begrüßen. Diese Begegnung verlief anders, als sie die ganze Zeit her erwartet hatte. Sein Blick irrte zerstreut über sie hin, sein Händedruck war flüchtig und kalt. Anna fühlte sich vor Enttäuschung erstarren. Er war wie immer in seine Kutte gekleidet, sein Gesicht war glatt rasiert und die Tonsur frisch und wie gezirkelt aus seinem Haar geschnitten. Aber als Anna an ihm hinabblickte, erschrak sie: Sein Habit, auf dessen Glätte und Reinlichkeit er immer gehalten hatte, war zerknittert und trüb verfleckt, als habe er monatelang zu einem Bündel gerollt in einem feuchten Winkel gelegen.

»Ihr müßt uns erzählen«, hörte Anna die Stimme der Zia neben sich, »erzählen, wie es in Euerem Kloster gewesen ist, welchen Übungen Ihr Euch unterworfen und welchen geistlichen Nutzen Ihr daraus gezogen habt.«

Padre Alfonso erzählte dann auch. Aber seine Worte,

die ihm doch sonst so geläufig von der Zunge gelaufen, klangen Anna diesmal so seltsam zögernd und stockend, als müßte er sich jeden Satz von weitem erst herholen. Was er erzählt, schoß es Anna durch den Kopf, ist ausgedacht, alles ist ausgedacht... Er war nicht in seinem Kloster. Er war – er war – aber wo?

In ihr brauste ein fremdes Gefühl auf: Verdacht – und Eifersucht. Sie haßte plötzlich den Ort, woher Alfonso gekommen, obwohl sie sich gar nicht vorstellen konnte, was das für ein Ort gewesen sei. Sie haßte alles an ihm, was sie nicht kannte – und sie kannte fast nichts an ihm. Sie fühlte sich wie mit Stricken zu ihm hingezogen – und wollte ihm doch nicht begegnen. Dutzendemal war sie in den nächsten Tagen versucht, ihm entgegenzulaufen, wenn er im Castell zu erwarten war. Dann aber versteckte sie sich nur in irgendeinem Winkel, um seinen Schatten vorbeistreifen zu sehen.

Dabei geriet sie in einen hölzernen Zubau, der, zwischen Kapelle und Gartenzaun eingezwängt, leer und nutzlos dastand. Er sollte, hatte Anna die Mägde sagen hören, früher als Hundezwinger gedient haben. Durch seine astige Bretterwand konnte man den Hof überschauen. Von hier spähte Anna durch die Fugen und erwartete den Augenblick, da Alfonso unter dem Torbogen erschien. Hatte er sich verspätet, wischte er rasch vorbei. Glaubte er aber beizeiten zu sein, blieb er neben dem Brunnen stehen, ließ den Eimer an der Kette schaukeln und seine Augen schweifen. Wonach blickt er? dachte Anna, nach mir? – Und ihr Herz schlug heftig.

Einmal glaubte sie sich von ihm in ihrem Spähwinkel entdeckt. Er kam auf den Zwinger zu und drehte erst eine Armlänge vor ihm ab. Anna meinte, einen Ausruf von seinen Lippen gehört zu haben. Ihr Stolz bäumte sich auf. Sie glühte vor Scham und Wut.

159

In einem Anfall von Tollkühnheit beschloß sie, ihn noch am selben Nachmittag zu stellen, ihn zu fragen, noch wußte sie nicht genau was, aber sie wollte endlich erfahren, woher er gekommen war, wollte das Geheimnis lüften, das ihn umgab, und das sie – nur sie allein – zu wittern glaubte.

Sie wurde von Zia Sophia am Stickrahmen erwartet, es kümmerte sie heute nicht, geschehe, was geschehe! Gebückt lief sie durch die Gartenwildnis, schon sproßten die Fliederbüsche, und durch das verrottete graubraune Vorjahrsgras spannen sich dicht an der Erde die Netze der Veilchen. Hatte Alfonso sie vom Ufer aus erblickt? Schon auf halbem Weg kam er ihr entgegen. Wie auf Verabredung flohen sie beide sofort unter die tiefhängenden Äste einer Schirmtanne, dort waren sie verborgen, und der Mann nahm das Mädchen auch sogleich in seine Arme und begann ihr Gesicht zu küssen. Erbebend hörte sie an ihrem Ohr seine summende Stimme: »Anna, Anna, wie sehr hab ich auf dich gewartet.«

Obwohl sie nichts so sehr wünschte, als von ihm noch enger umschlungen und – bis zum Vergehen – an seine Brust gepreßt zu werden, konnte sie doch nicht anders, als zu bemerken, daß seine Kutte immer noch zerdrückt und fleckig von seinen Schultern hing; ein fremder widriger Geruch stieg aus dem Stoff in ihre Nase, und so – zwischen Begierde und Widerwillen schwankend – murmelte sie: »Auch ich habe gewartet.«

»Ja, hast du –? Mein gutes Mädchen, mein gutes Kind. – Du hast also doch an mich gedacht?«

Seine Frage verletzte sie. Woran sonst hätte sie wohl denken sollen? – Und es verletzte sie auch, daß er sie jetzt erst ganz ins Auge faßte: »Du bist gewachsen. Ja, gewachsen. Ich glaube gar, du bist jetzt schon eine richtige Frau.« Und auflachend zog er sie von neuem an sich. »O Anna, wie ich dich liebe!« Und da sie Miene machte, ihn von sich zu schieben. »Wie –? Oder glaubst du mir nicht?«

»Nein«, sagte sie, sie erschrak dabei über ihre eigenen Worte, trotzdem fuhr sie fort: »Ihr habt mir einmal gesagt, dort unter dem Nußbaum, daß ich immer lüge. Ihr lügt doch auch.« Und – nach einem schweren Atemzug: »Ihr waret doch gar nicht in Euerem Kloster.«

Der Mann ließ sie los. Er trat, erblaßt, einen Schritt zurück. »Wer hat dir das gesagt?« Und als Anna den Kopf schüttelte, faßte er sie an den Schultern und rüttelte sie. »Mit wem hast du über mich geredet?«

»Geredet?«

»Jaja, geredet?!«

Anna suchte nach einer Antwort. Schließlich sagte sie: »Die Zia – die Zia hat manchmal von Euch gesprochen.«

»Ach *die*!« Er stampfte auf. »Die meine ich doch nicht. Und niemanden vom Castell. Aber sonst? – sonst?«

Anna stieß einen kleinen zornigen Lacher aus. Mit welchem Fremden hätte sie unter Sophias unerbittlicher Aufsicht nur ein Sterbenswort zu wechseln – und wem gegenüber hätte sie, Anna, Alfonsos Namen nur zu nennen gewagt? – Nein, nein, er wußte nichts von ihr, von ihrem Leben, von ihrer Gefangenschaft – und nichts von dem brennenden Siegel, mit dem Scheu und Scham ihren Mund verschlossen. Er kannte sie nicht, er war ihr so fern, so fremd wie ein Stein, ein Fels, eine wandernde Wolke.

Doch seine Blicke irrten weiterhin mißtrauisch flackernd über ihr Gesicht. – Er hat Angst, dachte Anna, seine Augen sind ganz schwarz vor Angst. Was habe ich nur gesagt, daß er jetzt solche Angst hat?

Eine Weile standen sie stumm voreinander. Alfonso, noch immer bleich, nagte an seiner Unterlippe. Er begriff, daß er sich verraten hatte – und konnte doch nicht abschätzen, wie weit; so versuchte er noch einmal, das Mädchen von seinem Erschrecken abzulenken. Seine Worte überstürzten sich: »Und wenn, ich sage, *wenn* es wirklich wäre, wie du sagst, und ich wäre nicht in meinem Kloster gewesen, ich hätte diesmal keine Lust gehabt, dorthin zu gehen, das kommt doch vor, was wäre schon Schlimmes daran? Die haben doch Patres genug, die brauchen mich nicht... Auch unsereiner hat Eltern, Geschwister, Vettern, Basen; auch unsereiner hat Familie. Vielleicht hatte ich Sehnsucht nach ihnen. Vielleicht ist meine Mutter im Sterben gelegen, vielleicht –«, jetzt lachte er auf, »habe ich meinem Vater geholfen, seine Kühe zu hüten, seine Felder zu ackern. Und vielleicht –«, damit zog er Anna wieder an sich, »habe ich ihnen versprochen, bald zu ihnen zurückzukommen.«

Anna zuckte zusammen. »Bald? – Wieso?«

Alfonsos Miene veränderte sich – und das in seiner Stimme schwebende Gelächter schlug plötzlich in einen Ton des Jammers um.

»O ja, das könnte wohl sein – könnte sein, daß ich von hier wegmuß. Ja, es könnte so manches geschehen, so manches, Anna, was du nicht denken kannst, nicht denken darfst.« – Nun schluchzte er in ihre Hand. »Du gutes Kind.« Und plötzlich, beinah schreiend: »Wie arm ist doch der Hund, der keinen Herren hat!«

Gleich darauf, als wäre er selbst über seinen Ausbruch erschrocken: »Geh jetzt, Anna. Du darfst nicht warten, bis du gerufen wirst. Geh – und sag es niemandem, daß du mich hier getroffen hast.«

Wenige Tage darauf ereignete sich auf dem Castell del Sasso ferro etwas in der Tat Unerhörtes.

Eine Rotte bewaffneter Männer verlangte Einlaß, und als die Hirten und Stallburschen, die im untersten Ring hausten und für die Öffnung des Tores verantwortlich waren, zögerten, den Riegel zu lösen, hoben die Fremden das Gitter eigenmächtig aus den Angeln und warfen es daneben ins Gras. Gleich hinter den Bewaffneten kam, von zwei Hellebardieren begleitet, ein weißbärtiger Herr in vornehmer Kleidung, der – oben im Hof angelangt – mit höflichen Worten nach Sophia verlangte. Sie erschien und begrüßte den Gast mit allen Zeichen des Erstaunens, aber auch der Ehrerbietung. Dann führte sie ihn ins Haus und schloß sich mit ihm für ein längeres Gespräch ein.

Seine Leute lagerten im Hof. Auf Fragen antworteten sie nicht. Das Gespräch drinnen im Turm dauerte lange. Einmal hörte man Sophias grell schluchzende Stimme, doch was sie sagte, war nicht zu verstehen. Schließlich trat der fremde vornehme Herr wieder zu seiner Mannschaft; er gab ihnen ein Zeichen, da stürmten sie los. Sie schrien, wie Jäger schreien, die ein Wild aus seinem Versteck scheuchen wollen. So rannten sie gegen die Bucht hinab, in der Padre Alfonsos Hütte stand. Danach wurde es für eine Weile stiller. Noch einmal hörte man ihre rauhen Rufe bald hier, bald dort aus den unteren Gehölzen. Endlich kehrten sie mit der Meldung zurück, sie hätten das Nest schon leer gefunden, der Gesuchte müsse bereits vor längerer Zeit über den See entflohen sein. Das einzige Fahrzeug, das sich – laut Aussage der Knechte – am Ufer befunden, sei verschwunden, und auf dem See lasse sich nichts mehr ausmachen.

Der weißbärtige Herr nahm die Meldung achselzuckend hin; er befahl den Abmarsch und verließ selbst das Castell.

Als Anna es wagte, sich zu der Hütte hinabzuschleichen, fand sie die Tür eingetreten, als habe man sie von innen verschlossen gefunden; Stuhl, Bänke und Knieschemel waren in Stücke geschlagen, der Strohsack vom Bett gerissen und aufgeschlitzt. Sonst war nichts mehr da von den

Habseligkeiten, kein Buch, sogar das Tintenfaß fehlte. Nur ein schartiges Messer lag in einem Winkel, Anna hob es auf und dachte: Damit hat er wohl das Herz geschnitzt.

An diesem Abend gab es auf dem Castell keine Mahlzeit. Zia Sophia hatte sich in ihrer Kapelle eingeschlossen, und niemand getraute sich, an die Tür zu klopfen oder nach ihr zu rufen.

Als es finster wurde, kauerte Anna auf ihrem Schlafbrett und starrte vor sich hin. Nachdem auch das letzte Kerzenstümpfchen neben ihr verschmaucht war, mußte sie doch eingeschlafen sein. Im Morgengrauen fuhr sie auf: Da sah sie Zia Sophia an sich vorüberwanken. So hatte Anna sie noch nie erblickt: Sie war halbnackt, ihr Hemd zerrissen, und das graue Haar hing ihr offen in Zotteln um den Kopf.

Am anderen Tag wußten es schon alle auf dem Castell und die Ufer des Sees entlang landein und landaus: Dieser Padre Alfonso, der sich als Zisterzienser und als Nahverwandten des alten Vittorio ausgegeben hatte, war nie ein Mönch gewesen. Er war ein Vagabund und Scharlatan, ein Bänkelsänger von irgendwoher aus den Abruzzen. Er war wohl irgendwann einmal auf eine Lateinschule gegangen und hatte sich als Novize in einem Kloster aufgehalten. Dort mochte er sich das Messelesen und Segenspenden abgeguckt haben. Doch nie hatte er eine Weihe empfangen, er war vielmehr irgendwelcher Streiche wegen aus dem Konvent gejagt worden und war dann auf Märkten mit lockerem Volk zusammen herumgezogen.

Die Leute spotteten und lachten darüber, daß sich dieser dahergelaufene Luigi ausgerechnet bei der gestrengen Herrin auf dem Castell del Sasso ferro eingenistet und von ihr eine fette Pfründe erlistet hatte; und gleich kam das Gerücht auf, er habe sich sogar an den heiligen Gefäßen ihrer Kapelle vergriffen und sei mit Kelch und Patene und goldenen Salbgefäßen auf und davon gegangen.

Dieses Gerücht mußte auch Zia Sophia zu Ohren gekommen sein, denn sie widersprach heftig und ließ – zum Gegenbeweis – alles, was sich an Kostbarkeiten in ihrer Kapelle befunden hatte, zur öffentlichen Besichtigung ausstellen.

Doch war ihr das noch nicht genug. Sie schickte Einladungen an alle, die seit Pater Vittorios Tod in ihrer Kapelle an Gottesdiensten teilgenommen hatten. Es waren nicht eben viele, der eine oder andere Nachbar, etliche Colonen und auch der schöne vornehme Herr, dessen Truppe ausgeschickt worden war, Alfonso zu fangen. Anna wußte jetzt, wer er war: der Richter von Angera, der im Auftrag des Viscontis stand. Natürlich versammelte sich auch das Gesinde in der Kapelle, auch Anna war da, und alle waren gespannt, was sie hier nun zu hören bekommen würden.

Es dauerte eine Weile, bis Zia Sophia die Kapelle betrat. Sie trug eine Art Büßerkleid; den Gürtel mit den Schlüsseln hatte sie abgelegt, auch das silberne Kreuz fehlte auf ihrer Brust. Ihr Gesicht war totenblaß und verfallen.

Zuerst kniete sie vor dem Altar nieder und küßte den Boden. Dann schlug sie ein Kreuz und wandte sich zu den Versammelten. Ihre Stimme war noch klar, als sie sagte: »Gott hat mich heimgesucht mit großem Schmerz und großer Schuld. Ich habe mich betrügen lassen von einem Betrüger. Ich habe ihn beherbergt und genährt. Ich habe ihm Vertrauen und meine Freundschaft geschenkt. Aber nicht das ist mein Schmerz – und nicht einmal meine größte Schuld.«

Bis jetzt hatte sie mit klarer Stimme gesprochen, aufrecht und ohne zu wanken. Nun aber ging ein Zittern durch ihre Gestalt, und sie griff nach dem Eck des Altartisches, als griffe sie nach einem Halt. Mit Anstrengung fuhr sie fort: »Meine wahre Schuld ist, daß ich ihm erlaubte, hier in diesem Raum, an dieser Stätte seine falschen Messen zu lesen und damit alle zu betrügen, die dem beigewohnt haben. Nicht Gottesdienst ist das gewesen, sondern Gottesraub. So habe ich Böses zugelassen und Schuld auf mich geladen an euch allen, denn der Himmel wird rächen, was ihm abgestohlen wurde. Euch alle habe ich um die halbe Seligkeit gebracht. – Ja, um die halbe Seligkeit!« rief sie mit tränenerstickter Stimme. »Verzeiht mir!« Und sie warf sich auf die Knie und streckte die Arme aus, als ob sie um ein Almosen betteln wollte.

So kniete sie und rührte sich nicht, obgleich ihr die Tränen über die Wangen liefen. Nur einmal schnupfte sie auf und fuhr sich mit dem Ärmel über das Gesicht.

Die Versammelten blickten starr und bestürzt vor sich hin. Eine der Mägde schluchzte auf. Der Richter von Angera erhob sich und gab Anna einen Wink, sie sollte zu Sophia hintreten und ihr helfen aufzustehen. Anna war vor Scham wie gelähmt. Da ging er selbst hin und bot Sophia die Hand.

Nachdem sie auf ihrem Platz in der Betbank war und weiter nichts geschah, trat eine doppelt peinliche Stille ein. Hinten räusperten sich ein paar Männer, man hörte ein kurzes Tuscheln. Einer nach dem anderen entfernte sich, auch die Knechte, auch die Mägde. Als vorletzter ging der Mann aus Angera, als letzte ging Anna.

Die folgenden Tage waren für Anna wie eine Felswand, über, unter und neben ihr nichts als Abgrund. Padre Alfonso war also weder Padre noch Alfonso, sondern irgendein Luigi; er war kein Mönch aus einer wegen ihrer Macht und Schönheit berühmten Zisterzienserabtei, sondern ein heimatloser Landläufer ohne Herkommen und Ehre. Darum also: »Der arme Hund, der keinen Herren hat«, darum die schwarze Angst in seinen Augen; darum aber auch das schnelle, fast spitzbübische Lächeln beim Messe-

lesen und Segenspenden; darum schließlich auch die frechersonnene Legende von der toten Leibesfrucht der Gräfin
von Lomago … Anna dachte: Irgendwie habe ich das alles
schon gewußt. Aber was gehts mich an? Er ist nichts wert,
ich bin nichts wert. So gehören wir zusammen.

Drei Tage nach Zia Sophias heroischem, aber ganz mißglücktem Auftritt in der Kapelle erwachte Anna davon,
daß von draußen unter dem Turm ein leiser Pfiff in ihr
Ohr drang. Sie fuhr auf und lauschte. Dann beugte sie sich
vor und spähte nach Zia Sophias Bett. Die lag ruhig und atmete still. Anna glitt von ihrer Liege und im Hemd und
barfuß, wie sie war, aus der offenen Tür. Wieder ein Pfiff,
näher als der erste. Anna rannte die Treppe hinab. Dort wo
diese in die letzte Wendung bog, war eine Luke, die einzige
unvergitterte am Turm, mehr als mannshoch über der
Schwelle. Anna war sofort entschlossen, sich in die Laibung zu zwängen und hinabzuspringen. Auf dem Dach
des Hundezwingers sah sie einen schwankenden Schatten,
er schien die Arme zu bewegen und zu winken – und wieder kam ein kurzer, dringender Pfiff. Nun glaubte Anna
zu sehen, daß der Schatten die rechte Hand etliche Male
rasch gegen den Mund führte, wie jemand, der um Essen
bettelt. Sie verstand und stürzte zurück in die Küche. Dort
raffte sie, was sich an Eßbarem greifen ließ, zusammen,
Brot, Käse, Räucherfisch, schlugs in ein Tuch und kehrte
zur Luke zurück.

Der Schatten war nun unter ihr und winkte ihr abzuspringen. Sie hatte Angst und tastete nach einem Haken,
der hier neben ihr in der Mauer steckte. Doch als sie
spürte, daß er locker saß, ließ sie ihn los und sprang. Ihre
Sohlen klatschten auf das Pflaster. Der Schmerz war wie
ein Peitschenhieb, so hart, daß sie nicht wußte: Hatte sie
aufgeschrien oder nicht? Doch da war der Schatten schon

über ihr; sie fühlte sich von zwei Armen umschlungen und aufgehoben. Drei Atemzüge später schloß sich die Tür des leeren Hundezwingers hinter ihnen.

»Hast du mir etwas gebracht?«

Dabei hatte er ihr das Bündel schon aus der Hand gerissen. Gleich darauf begann er zu essen.

Er mußte ganz ausgehungert sein. Anna hörte, wie die Rinde des Brotes zwischen seinen Zähnen knirschte und Bissen für Bissen durch seine Kehle ging. Erst als fast nichts mehr übrig war, kaute er langsamer und begann zu reden. Es waren nur kurze, abgerissene Sätze.

»Hat dich niemand gesehen?«

»Nein.«

»Und gehört?«

»Ich glaube nicht.«

»Wo ist die Zia?«

»Oben. Sie schläft. Sie hat gestern abends Wein getrunken.«

»Die Zia – Wein?!«

»Sie trinkt jetzt immer Wein.«

»Soso. Gut. Gut.« Der Mann lachte leise auf. Er hatte jetzt fertig gegessen. Zum erstenmal griff er nach Annas Hand. »O Anna, du Gute. Ich hab es doch gewußt: Du wirst mir etwas bringen.« Er fuhr mit offenen Lippen über ihr Gesicht. »Ich glaubte schon, ich müßte verkommen.«

»Sie jagen dich«, flüsterte Anna, es war das erstemal, daß sie ihn duzte.

»Ja, ja, sie jagen mich.«

»Was wollen sie dir tun?«

»Ich weiß nicht ... stäupen oder so. Vielleicht noch Schlimmeres. O Anna!« Und in ihre Hände murmelnd: »Ich muß noch heute über die Grenze.«

»Welche Grenze?«

»Des Bistums. Bin ich drüben, ist alles halb so arg.«

»So warst du kein Mönch?«

»Nie. Nie.«

»Aber warum hast du dann getan, als ob –?«

»Ja, warum? – Hätte mir die Zia sonst auch nur eine Suppe an ihrem Tisch gegeben? Sie wollen doch alle betrogen sein. Dann strafen sie den Betrüger.«

»Du bist kein Betrüger«, sagte Anna und wunderte sich über ihre eigenen Worte. »Du hast den Betrug nur gespielt.«

»Nur gespielt, das ist wahr!« Und er umarmte sie noch heftiger, als wollte er ihr dafür danken, daß sie ihn für keinen Betrüger hielt. Dann sagte er: »Ist hier nichts, wohin wir uns setzen könnten?«

Anna glaubte sich erinnern zu können, daß sie im hintersten Eck des Hundezwingers etwas wie einen umgestürzten Bottich oder sonst ein altes Gerümpel gesehen hatte. Sie tastete die Wand entlang und richtig, ihre Hände griffen in der Finsternis auf Holz. Da stand oder lag etwas, was zum Sitzen einlud. Sie beide rüttelten daran, es gab nicht nach, so setzten sie sich. Der Mann wickelte Anna in seinen Mantel. »Hast du noch etwas zum Essen?« fragte er.

In der Tasche ihres Hemdes fand sich noch ein Stück Brot. Wieder griff er sofort danach und biß hinein. »Du mußt verstehen, die letzten Tage – sie waren schlimm.«

»Du bist nicht mit dem Boot davon?«

»Mit dem Boot? So dumm war ich nicht. Sie hätten mich von überall gesehen.«

»Aber das Boot war fort.«

»Ich hab es vollaufen lassen. Da ist es gesunken. Ich wollte doch, sie sollten mich drüben suchen, jenseits des Sees, oder auf den Inseln.«

»Wo warst du denn?«

»Ich –? – Oben, im Gebirge, im Wald, in den Felsen. Eicheln hab ich gegessen und Hagebutten. Nachts hab ich mir ein Laubbett zusammengescharrt. Und eine Nacht war ich in einer Kirche, da hab ich mich in einem Beichtstuhl versteckt.« In seiner Kehle gluckste ein Gelächter. »Da war es gut, da war es warm. Da konnt ich mir selbst meine Sünden vergeben.«

Auch Anna versuchte zu lachen.

Als er fertig gegessen hatte, zog er sie wieder an sich und rieb sein rauh gewordenes Kinn an ihren nackten Schultern: »Nun sitzen wir beisammen wie Romeo und Julia.«

»Nein.« Durch Annas Körper fuhr ein langer Schauder. »Nicht wie die. Die hatten ein Bett.«

Fast im gleichen Augenblick lagen sie beide auf den steinernen Platten, die den Boden des Hundezwingers bedeckten, und versuchten einander zu besitzen. Aber – war der Mann nach den langen Tagen seiner Flucht zu erschöpft – oder widersetzte sich Anna aus Unwissenheit und Instinkt dem Noch-nie-Erfahrenen – oder strömten die Steine, auf denen sie lagen, eine so eisige Kälte aus? Wie süchtig sie einander umarmten, es kam nichts zustande zwischen ihnen als ein wirres Getümmel, das sie beide ermattete und das endlich erstarb. Taumelnd krochen sie auf ihre Sitze zurück. Der Mann wickelte das Mädchen wieder in seinen Mantel und barg ihre kalten Füße an seiner Brust.

In Annas Kopf pochte eine Frage: »Sag mir nur eins: Warum hast du mich damals unter dem Nußbaum nach Julia ausgefragt?«

»Hab ich denn das?«

»Du wolltest alles von ihr wissen.«

»Und du hast mir nichts von ihr gesagt.«

»Weil ich nichts von ihr wissen wollte, damals.«

»Und jetzt?«

»Jetzt – jetzt wüßte ich mehr von ihr.«

Der Mann schwieg. Dann sagte er: »Du brauchst mir

170

nichts mehr von ihr zu erzählen. Ich habe mir schon ein Bild von ihr gemacht.«

»Was für ein Bild?« fragte Anna.

»Kannst du dir das nicht denken? – Es sieht dir gleich, aufs Haar.«

Anna erschrak. Was meinte er da? Sie wollte kein Bild sein, am wenigsten Julias Bild.

Er aber fuhr fort: »Sie war imstande, aus Liebe zu sterben. Wärst du dazu nicht imstande, Anna?«

Sie zuckte zurück. In ihr ballte sich etwas wie eine Faust. »Nein, ich glaube nicht. – Ich möchte lieber leben.«

»Oh, Anna, wie kalt du bist! Gibt es etwas Größeres auf der Welt als aus Liebe sterben?«

Anna antwortete nicht sogleich. Sie dachte: Er ist doch ein Narr. – Statt dessen schlang sie die Arme um seinen Hals und flüsterte an seinem Ohr: »Ich glaube, du bist ein Dichter.«

»Ein Dichter, ja, ein Dichter!« Er rief es beinahe laut und bedeckte ihr Gesicht, ihren Hals, ihre Brust mit begeisterten Küssen. »Du sagst es. Du sagst es: ein Dichter.« Und zuletzt küßte er auch noch ihre Hände.

Anna hielt still, obgleich sie nicht begriff, was ihn mit solcher Freude erfüllte. Eine kleine Weile später begann sie zu beben. Es begann unter ihrer Herzgrube, breitete sich aus, ergriff ihre Glieder.

»Was hast du, Anna, was hast du?« Nun ging das Beben in einen wilden Schüttelfrost über. »Sei ruhig, Anna, Anna, ich bitte dich!« Und er preßte sie an sich und seine Hände gegen ihr Kinn, um das Aufeinanderklirren ihrer Zähne zu dämpfen, als fürchtete er, es könnte sie verraten. Nach einer Zeit, als das Beben nachließ: »O Gott, Anna, wie hast du mich erschreckt!«

Annas Kopf schwankte an seiner Schulter. Sie war durch den Anfall so erschöpft, daß sie meinte, umsinken zu müssen. Dunkel empfand sie die Wärme des Mannes neben sich wie ein Nest Süßigkeit, Wohltat und Ruhe. Vielleicht war sie auch für Sekunden eingeschlafen, doch das zog nur wie ein Schleier über sie hinweg. Hellwach geworden, hörte sie aus der Tiefe, wo der See an den Castellberg anschlug, einen leisen tschilpenden Laut.

»Hörst du?« fragte Anna.

»Was soll ich hören?«

»Am Ufer unten. – Still! – Jetzt wieder.«

Der Mann lauschte. Er schüttelte den Kopf. »Ich höre nichts.«

»Doch, doch. Ein Vogel. Eine Nachtigall. Sie nisten dort.«

Die beiden schwiegen, horchend vornübergebeugt, atemlos.

Jetzt drang von neuem der verschlafene Tschilp-Laut aus der Tiefe, ein wenig deutlicher als das erstemal, und wurde gleich von einem schon kehlig kräftigeren beantwortet. Alfonso hatte Annas Arm gepackt. »Das ist keine Nachtigall.«

Sie standen an der Bretterwand des Hundezwingers an einer der waagrechten Ritzen und preßten die Gesichter daran. Anna glaubte zu erkennen, daß sich der Turm ein wenig dunkler vom Himmel abhob und daß ein erstes verwischtes Grau darüberhin wankte. Sie wußte schon: Was sich da unten am Ufer regte, war keine Nachtigall, es war eine Lerche.

Es wurde Tag.

Wie von jäher Todesangst erfaßt, hing sie sich an des Mannes Hals. Aber er hatte sie schon aus seinem Mantel gewickelt. Nur flüchtig streifte er ihre Schultern. Mit dem Knie stemmte er die niedrige Tür auf, die den Zwinger mit dem Hof verband. Sie schwang nach außen, knarrend. Anna sah noch, wie sein schwärzlicher Schatten die linke Mauer

172

entlang und in die dort wuchernden Büsche schnürte. Dann war er verschwunden. Und so wie er sich am Anfang ihr durch einen Pfiff angekündigt hatte, so ließ er auch jetzt einen Pfiff ertönen, einen kurzen scharfen, gleichsam triumphierenden Pfiff: Er war über die letzte Mauer ins Freie gelangt.

Anna kehrte in den Zwinger zurück. Jetzt erst fiel ihr ein, daß der Turm von innen versperrt war. Sie mußte hier warten, bis eine der Mägde öffnen würde.

Sie fühlte sich kalt und leer, wie ausgeronnen.

Draußen wurde es licht und lichter; auch im Zwinger wurde es hell. Jetzt erst sah Anna, wo sie über Nacht mit ihrem Geliebten gesessen hatte: Es war ein alter leerer zerbrochener Sarg. Wer hatte ihn hier abgestellt und dann vergessen? Anna lachte auf und schlug mit der Faust gegen den Deckel.

Im Jahr darauf brach sich Zia Sophia auf dem ausgetretenen Ziegelpflaster ihrer Küche das rechte Hüftbein. Sie lag da – und schrie. Die Mägde stürzten herbei, auch Anna kam. Im ersten Augenblick dachte sie nichts anderes, als daß sich die Zia eine neue List ausgedacht hatte, sie und die Dienstboten zu erschrecken und zu quälen. Doch als sie die grünliche Blässe in Sophias Gesicht und ihre starr und unnatürlich weit aufgerissenen Augen auf etwas Unsichtbares, aber Entsetzliches geheftet sah, begriff sie, was geschehen war – und wußte: Nun würde alles anders werden.

Durch die Kleider hindurch ließ sich ertasten, wie das Hüftgelenk der Zia anschwoll. Ihr Geschrei ging in ein grelles Wimmern über, das noch greller und verzweifelter wurde, als sich Anna mit den Mägden anschickte, die Liegende aufzuheben und in ihr Bett zu schaffen. Mit zuckenden Bewegungen des Kopfes schien sie darum zu flehen, sie auf dem Küchenboden liegen zu lassen. Auf alles Zureden gab sie keine Antwort. Wieso brachte sie denn kein Wort hervor? Da bemerkte Anna, daß Sophias Unterlippe schief verzerrt nach unten hing; auch eine ihrer Hände war schlaff und ohne Leben.

Anna stand zuerst ratlos. Sie schickte nach Laveno um einen Arzt. Da dort keiner aufzutreiben war, ließ sie einen Bauern kommen, von dem es hieß, er könne verrenkte Glieder einrichten, Knochen schienen und wisse auch sonst, was heilsam sei. Der Bauer kam, schlug Sophias Rock bis über die Mitte auf und ließ die schwielige Pranke über das blaurot verfärbte und dick verklumpte Gelenk gleiten. Er sagte: »Der hilft keiner mehr. Laßt sie sterben.«

Anna stand daneben und nickte. Ja, sterben. Sterben war hier das beste, leichteste. Aber wer starb schon an einem gebrochenen Knochen, und selbst der Schlagfluß brauchte zu keinem raschen Ende zu führen. Vielleicht würgte der Schmerz das Leben ab? – Doch das konnte dauern, dauern. Anna wagte nicht auszudenken, wie lange. – Eins schien doch klar – und klarer von Tag zu Tag: Der Zia Macht war gebrochen. Nie mehr würde sie sich ohne Hilfe fortbewegen können, vielleicht auch nie mehr die Sprache zurückerlangen. Da winkte ein Stück Freiheit. Auf der anderen Seite stieg ein Berg Pflichten und Lasten vor Anna auf; sie biß die Zähne zusammen; sie würde auch ihn ertragen.

Fürs erste befahl sie den Mägden, Sophias Bett in die Küche zu tragen und die Wimmernde, trotz verzweifelter Abwehr, auf den Strohsack zu heben. Sie wusch ihr das Gesicht und flößte ihr beruhigende Tränke ein. Sie ließ auch ihr Schlafbrett herunterbringen, um Sophia zu zeigen, sie werde sie selbst in der Nacht nicht verlassen. Als die Kranke zu riechen begann, schnitt sie ihr die Kleider vom Leib und hüllte sie in saubere Tücher. In einer flachen

Schüssel fing sie Harn und Kot auf, wechselte die Laken und strählte das schweißverfilzte Haar.

Bei diesen Verrichtungen ließ sich Anna, soweit es nötig war, von den Mägden zur Hand gehen. Sie schalt die drei alten Weiber, wenn sie sich täppisch anstellten. Noch immer brachte Zia Sophia keinen anderen Laut hervor als das elende Wimmern, das sich nur in Augenblicken höchster Not zu etwas wie dumpfem Gebrüll steigerte. Die Mägde fürchteten sich vor den Schmerzenslauten, doch Anna forderte sie auf, sich nicht darum zu kümmern. Was an der Kranken zu geschehen hatte, mußte eben geschehen. Obgleich sich Anna bemühte, die Kranke zu schonen, so gut es ging, war sie entschlossen, sich gegen ihr Jammern taub zu stellen. So lernte sie Sophia pflegen.

Da Anna auf dem Castell und in der Gegend rundum als Sophias Nächstverwandte galt, wurde sie bald auch als deren Nachfolgerin betrachtet. Das Gesinde wartete auf ihre Wünsche und Befehle, ebenso die wenigen Colonen, die dem Castell zinspflichtig waren. Anna wußte oft nicht, was sie ihnen antworten sollte. Dann ging sie zu der Kranken hinein, trug ihr die Sache vor und bat sie, mit Nicken oder Kopfschütteln zu entscheiden, was geschehen sollte. – Doch je länger Zia Sophia darniederlag, umso gleichgültiger schien ihr alles geworden, was sie doch früher heftig verfochten oder zornig von sich gewiesen hatte. Die erlittenen Qualen mußten ihren Willen schon ganz aufgezehrt und ihre Kraft zu irgendeiner Entscheidung vernichtet haben. Mit dem grellen Blick ihrer weitaufgerissenen Augen gab sie Anna zu verstehen, daß sie in Ruhe gelassen sein wollte. Anna nickte: »Ja, schon gut. Ich werde das jetzt alles alleine machen.«

Indessen konnte ihr an dem Castell und seiner Wirtschaft nicht viel gelegen sein. Oft genug hatte ihr die Zia

mitgeteilt, daß sie alles, was sie besaß, der Kirche von Laveno vermachen wolle oder schon vermacht habe. Anna
zweifelte keinen Augenblick daran, daß sie, wenn Sophia
jetzt stürbe, von den neuen Herren hinausgewiesen, das
Castell verlassen müßte. Was werde ich dann tun? fragte
sie sich. Soll ich dann als Bettlerin überland? Und sie stellte
sich vor, wie sie, auf der Straße herumirrend, Luigi-Al-
fonso begegnen würde, beide Heimatlos-Ausgestoßene;
in düsteren Träumereien spann sie sich ein solches Treffen
aus, obgleich sie zugleich wußte, es würde das Schlimmste
sein, was ihr begegnen könnte.

Da die Kranke kaum einen Augenblick allein gelassen
werden konnte, teilte Anna die Mägde zu den Tagwachen
ein. Sie selbst blieb zumeist über die Nacht. Dann kauerte
sie neben dem Bett der Zia auf ihrem Schlafbrett oder auf
dem Herdrand, stürte ein wenig in der Glut. Dann und
wann zuckte ein Flämmchen aus dem Aschenmulm und
warf seinen Schein auf Sophias Gesicht, das jetzt – wie das
einer uralten Frau – ganz verfallen und abgezehrt aussah.
Leise stöhnend versuchte sie, sich unter der Decke zu bewegen, ein Bein zu strecken, eine Schulter zu verschieben.
Anna verstand, daß Sophia darum kämpfte, nicht mehr zu
schreien oder auch nur hemmungslos zu wimmern wie in
der ersten Zeit. Irgendetwas in ihr mußte sich mit dem
Leiden abgefunden haben. Ihre Augen suchten das Kreuz,
das an der Wand hing, und ihre Lippen öffneten sich, als
dürstete sie danach, ihm etwas zuzuflüstern; Ergebung,
dachte Anna, Ergebung und Opfer dem Gekreuzigten zuliebe, aber wie und wem konnte das Unerträgliche auf-
geopfert werden? Ein halbes Leben lang hatte sich diese
Sophia aufopfern wollen mit entsetzlicher Strenge gegen
sich selbst und harten Herzens gegen andere, dann war
dieser falsche Mönch gekommen und hatte ihr Leben zer-

stört, zur Narrheit gemacht und zum Gespött, wer konnte wissen, ob sie jetzt noch an ihn dachte?

Anna ballte die Hände in ihrem Schoß. Manchmal fühlte sie sich versucht, der Zia zu erzählen, was sich damals unter dem Nußbaum, unter der Schirmtanne und im Hundezwinger ereignet hatte, dann erschrak sie vor sich selbst und ihrer Grausamkeit.

An solchen langen Abenden mochte es geschehen, daß sich Anna zu der Gelähmten setzte und über ihre Schulter strich. Sophias verzerrtes Gesicht versuchte die Andeutung eines Lächelns, und eine Träne schlich langsam aus ihrem Augenwinkel und versickerte im grauen Schläfenhaar. Anna murmelte etwas, wie man kleinen Kindern etwas vormurmelt, um sie einzuschläfern, oder sie stand auf, um eine Schale mit der kühlen Nußmilch zu holen, von der sie wußte, daß sie der Zia guttat. Vorsichtig, um nichts zu verschütten, träufelte sie ihr die Milch Löffel für Löffel in den Mund.

Im Winter darauf merkte Anna, daß es mit Zia Sophia zu Ende ging. Sie fieberte, hustete und rang nach Luft. Anna schickte um einen Arzt. Diesmal erschien der Leibarzt des Grafen von Angera; sie schickte auch nach einem Priester. Er spendete der Sterbenden die Letzte Ölung.

Da das Ende abzusehen war, grübelte Anna darüber nach, was wohl in Zukunft mit ihr geschehen werde. Wohin sollte sie, wenn die Kirche über das Castell verfügte? Zurück nach Verona, zu ihren Eltern? Sie hatte schon lange nichts mehr von ihren Erzeugern gehört. Dennoch setzte sie einen Brief an ihren Vater auf, und in einer Stunde quälender Sorge entschloß sie sich, ihn auch abzuschicken.

Die Nachricht war offenbar lange unterwegs. Es dauerte drei Monate, bis Vater Capulet eintraf. Da lag Zia Sophia schon längst in der Kapellengruft, unter einer schwarzen Schiefersteinplatte bestattet.

Inzwischen hatte sich für Anna ein unerwarteter Wechsel ihrer Lebensumstände ergeben.

Am Tag nach Sophias Tod war bei ihr jener weißbärtige und nobel gekleidete Herr erschienen, dessen bewaffnete Truppe nach Alfonso gefahndet hatte: der Richter von Angera. Er begrüßte Anna mit ausgesuchter Höflichkeit und teilte ihr mit, daß sie sich als Erbin der Verstorbenen betrachten dürfe. Anna war sprachlos vor Staunen.

Der alte Herr entrollte ein Schriftstück aus – an den Rändern unregelmäßig beschnittenem – Pergament. Es war Zia Sophias letzte Verfügung. Der obere, dicht beschriftete und mit einem Siegel versehene Teil war mit einem dicken schwarzen Tintenstrich gequert und damit ungültig gemacht. Er enthielt das Legat an die Pfarrei von Laveno und an die Klausnerei von Santa Catarina. Darunter war in Sophias großer fahriger Schrift verfügt, daß sie ihren ganzen Besitz ihrer, wie es da hieß, getreuen, liebevollen und tugendhaften Verwandten Anna Capulet, genannt Maddalena di Nervi, hinterlassen wolle.

Anna errötete über beide Ohren, als sie diese Zeilen las. Sie las sie wieder und noch einmal, als könnte sie ihren Augen nicht trauen. Dann schüttelte sie den Kopf und sah den Alten fragend an. Der lächelte ein wenig und wies auf seine eigene Unterschrift und sein Siegel, womit er das Testament als Zeuge bestätigt und rechtskräftig gemacht habe; niemand werde es anzukämpfen wagen. Freilich, fügte er hinzu, er müsse Anna dahin belehren, daß sie als junge unverheiratete Frauensperson nicht rechtsfähig sei. Deshalb rate er ihr, einen männlichen Anverwandten, am besten ihren Vater, herbeizubitten, damit sie in den Vollgenuß ihres Erbes käme.

Anna antwortete, daß sie ihrem Vater bereits Nachricht gegeben habe und hoffe, daß er schon auf dem Weg sei.

Noch einmal beugte sie sich über das Pergament. Sie suchte nach dem Datum seiner Ausstellung. Es war ein Tag im Juli vor zwei Jahren, wenige Wochen nach Alfonso-Luigis Entlarvung.

Als Vater Capulet ankam, war er nicht wenig überrascht zu hören, daß seine Tochter die Erbin des Castells und der dazugehörigen Liegenschaften sein sollte. Beinah noch verwunderter war er über die Verwandlung ihres Aussehens. Er erinnerte sich, daß er sie als kleines häßliches Frätzchen mit schielenden Augen und Eiterbläschen rund um den Mund hierhergebracht hatte. Indessen war sie ein großes, schönes Mädchen geworden, zwar immer noch mager, doch mit hoher Brust, glänzendem kastanienbraunem Haar und der sanft goldenen Haut eines reifen Pfirsichs. Sogar das Schielen hatte sich verloren bis auf eine kaum wahrnehmbare Schräge des Blicks, eine Art Winken, das aber unter den dichten dunklen Wimpern nur selten auszunehmen war.

Den alten Capulet beschlichen eigentümliche Gefühle, als er mit dieser neuentdeckten Tochter Umgang hatte. Er staunte über die kühle Gelassenheit, mit der sie ihn begrüßt hatte, über die ruhige Selbstverständlichkeit, mit der sie dem Gesinde ihre Befehle erteilte, aber auch über die obsorgende Umsicht, mit der sie seine Unterbringung vorbereitet hatte. Dabei fiel ihm freilich nicht ein, daß sie dies alles in einer harten Schule hatte erlernen müssen.

Er war jetzt nur besorgt, daß sie – nunmehrige Erbin eines zwar nicht großen, immerhin anständigen Vermögens – mehr Eigensinn und Trotz zeigen werde, als ihm lieb war, lieb sein konnte. Vor allem sann er darauf, wie er für sich selbst Nutzen daraus gewinnen könnte; denn seine

Geschäfte in Verona liefen schon lange nicht mehr nach Wunsch.

Umso angenehmer war er überrascht, als ihm Anna vorschlug, das Castell Sasso ferro samt seinen Liegenschaften und Rechten demnächst an die Grafen von Angera zu veräußern.

»Woher willst du wissen, daß sie es haben wollen?«

»Ich weiß es seit langem«, antwortete Anna. »Schon die Zia hat davon geredet, und der Richter hat es mir bestätigt: Man ist bereit zu kaufen – und –«, ein rasches Lächeln ging über ihr Gesicht, »auch einen guten Preis zu zahlen.«

Vater Capulet saß grübelnd da und kaute an seinem Schnurrbart. »Und du –«, begann er, vorsichtig aus den Augenwinkeln spähend, »was sagst du dazu?«

Anna schwieg eine Weile. Dann sagte sie: »Gesetzten Falles, lieber Vater, du wärest in Gefangenschaft gesessen, jahrelang, hättest gefroren, gehungert, hättest dich gekrümmt unter Demütigungen, und man ließe dich endlich frei, würdest du gern in den Kerkermauern bleiben, in denen du geschmachtet hast, ja? – So ist es mir ergangen hier auf dem Turm, hier unter dem Eisenfelsen. Ich mag nicht mehr bleiben, wo ich das alles erlitten habe, Vater, ich mag nicht mehr... Nimm mich mit, Vater, wohin du willst, ich habe ja keine Rechte, über mich zu bestimmen! Über mein Vermögen, das ich mir erworben habe – weiß Gott, wie schwer! –, wirst du ohnehin weiterbestimmen. Doch hier bleibe ich nicht, wo mich alles erinnert.«

Der Handel war bald abgeschlossen. Die Grafen von Angera kauften den Turm von Sasso ferro mit allen Liegenschaften und Rechten. Der Kaufpreis bestand aus einer Ledertasche voll goldener Münzen und einer Schuldverschreibung, die in zwei Jahren abzutragen war. Capulet und der Herr von Angera trafen einander zur feierlichen Unterschrift und Abmachung. Man trank einander zu. Man besiegelte durch Handschlag.

Als Capulet die Ledertasche mit den Münzen an sich nahm und in seinem Wams verwahrte, nahm der Graf das Wort: »Wenn ich Euch recht verstanden habe, wollt Ihr demnächst nach Verona. Ich würde Euch raten, ein paar verläßliche Leute anzumieten, die mit Euch ziehen. Heutzutage sitzt Raubgesindel an allen Ecken und Enden – und der Weg nach Verona ist weit.«

»Ich kenne ihn«, antwortete Capulet, »und bin ihn schon etliche Male gezogen. Ich bin mit zwei Knechten gekommen und hoffe, ihn mit zwei Knechten wieder hinter mich zu bringen.«

Der Angeraner zuckte die Achseln. »Dann wünsche ich Euch eine gute Reise und Gottes Schutz.«

Und noch einmal tranken sie einander zu.

Anna war nicht zugegen.

Sie war auf anderen Wegen.

Sie hatte im letzten Jahr, als die Zia so schwer darniederlag, die Gewohnheit angenommen, auch außerhalb des Mauerrings umherzuwandern. Dabei fiel ihr ein junger Colone auf, ein ausnehmend hübscher und munterer Bursche. Nachdem sie einander zwei- oder dreimal zur selben Tageszeit, am selben Platz getroffen hatten, legte er seine Schüchternheit ab, und sie gewährte ihm ihre Gunst.

Es dauerte nicht lange, bis sie merkte, daß er nicht übel Lust hatte, Ansprüche auf sie zu erheben. Da wandte sie sich seinem jüngeren Bruder, einem ebenso hübschen und kecken Jungen zu. Die beiden Brüder gerieten darüber in Streit. Anna verspottete sie. Sie nahm ihre Eifersucht nicht ernst und sah ihre Feindschaft nicht anders an, als wenn sie dem Kampf junger Hähne zugesehen hätte.

Als die Brüder erfuhren, daß Anna die Erbin von Castell Sasso ferro geworden sei, verbündeten sie sich und verdoppelten ihre Anstrengungen, ihr zu gefallen. Noch wußten sie nichts von ihrer baldigen Abreise. Anna hatte sie beide zu sich bestellt. Wie immer trafen sie einander in der nun ganz verfallenen Hütte an der Bucht.

Die Burschen waren sehr niedergeschlagen, als sie von den Entschlüssen der Capulets hörten. »Du kannst nicht fortgehen von hier«, sagte der Jüngere, »du kannst das nicht tun, da du doch uns gehörst.«

»Ich – euch gehören?« sagte Anna und lachte. »Wer hat euch das eingeblasen?«

»Will dich dein Vater etwa verheiraten?« knurrte der Ältere.

»Gewiß will er das.« Anna warf den Kopf in den Nacken, und obwohl zwischen ihr und dem Vater von derlei noch nicht die Rede gewesen war, gefiel es ihr zu flunkern: »Und ich weiß auch schon, mit wem.«

Die jungen Männer starrten sie wütend an.

»Es ist ein Edler von Verona«, log sie, »reich, schön, gebildet. Er ist mit dem Regenten verwandt und hat einen Palazzo am Adige. – Habt ihr etwa gemeint, ich werde einen von euch zum Manne nehmen – wo ihr doch nichts seid als ungeschliffene Bauernlümmel? – Ja, nun seht ihr mich an, als sei ich ein Ungeheuer. – Hör du auf zu flennen!« fuhr sie den Jüngeren an. »Hast du mir nicht selbst erzählt, was du mit Mädchen schon getrieben hast? Beide habt ihr das getan und die Betrogenen nachher verlacht. Jetzt merkt ihr, daß auch unsereiner verlachen kann.« Und dann, indem sie aufstand und auf die Tür wies: »Das wär es nun gewesen.«

Die beiden, bis in die Lippen erblaßt, wankten hinaus, die Fäuste geballt, stumm vor Wut.

Anna sah ihnen nach. Sie wußte jetzt selbst nicht mehr,

warum sie den Burschen einen so schmählichen Abschied gegeben hatte. Ihr war, als hätte sie sich für irgendetwas endlich gerächt, gerächt allerdings, woran die zwei keine Schuld trugen.

Wenige Tage später machten sich die Capulets auf den Weg nach Verona. Doch die Reise schien von allem Anfang an unter einem Unstern zu stehen.

Gleich am ersten Tag zeigte es sich, daß sie nur sehr langsam vorwärts kommen würden. Anna hatte nie reiten gelernt, sie hielt es nicht länger als eine Stunde im Sattel aus. Sie werde also zu Fuß gehen, erklärte sie. Die Knechte grienten, der Vater schalt über das Ungeschick der Frauen. Wortlos, mit trotziger Miene schritt sie hinter den Reitern her.

Schon seit Wochen war es schwül und heiß gewesen. Viel zu früh für die Jahreszeit bildeten sich über den Bergen lange Girlanden schwarzer Gewitterwolken. Nachts, in der Herberge, hörten sie Donnergrollen. Als es hell wurde, kamen aufgeregte Leute in das Wirtshaus gelaufen und berichteten von großen Vogelschwärmen, die aus der Gegend der nördlichen Seen südwärts flüchteten: das sei ein sicheres Zeichen, daß im Gebirge schwere Unwetter niedergegangen seien. Kurz darauf ließ sich aus dem nahen Flußbett ein dumpfes Getöse vernehmen. Eben ging die Sonne auf, da zwängte sich eine ungeheure Wasserwand durch die tiefeingeschnittene Rinne, ihr folgte ein wildes Gebrodel von Erde, Steinen, Gestrüpp. Wie Rammböcke schossen große Stämme gegen die Ufer. Der schmale Steg, über den die Reisenden zu ziehen geplant hatten, zersplitterte vor ihren Augen wie ein Kinderspielzeug.

Eisiger Wind fegte heran, und als sich die über dem Gebirge lagernden Wolkenmassen ein wenig hoben, sah man Gipfel und Vorberge von einer grünlich schillernden

Schichte Eis und Schnee bedeckt. Da sei Hagel gefallen, rief jemand aus der versammelten Menge, und wo dies geschehen sei, setzten sich ganze Hänge in Bewegung und wälzten sich zu Tal.

Trotzdem wollte Capulet die Reise fortsetzen: Weiter südlich, der Ebene zu, werde es möglich sein weiterzukommen.

Aber auch da waren Brücken und Stege weggerissen, Wege überschwemmt oder durch Erdmassen verlegt. Ermattet und bis auf die Haut durchnäßt, kehrten sie in die erste Herberge zurück.

Da saßen sie nun in der Wirtsstube, während ihre Überkleider am Feuer trockneten. Capulet hatte sich einen Becher heißen Würzweins bringen lassen – und darauf noch einen zweiten. Anna sah, wie des Vaters rotes Gesicht noch röter wurde, wie seine Blicke zu schwimmen und sein Kopf ein wenig zu schwanken begannen. Da nahm sie sich ein Herz und sagte: »Soviel ich verstanden habe, bist du jetzt durch mich ein begüterter Mann geworden. So habe ich vielleicht das Recht, dir eine Frage zu stellen. Diese Frage geht in mir um seit meinen Kindertagen.« Annas Stimme begann zu beben. »Warum war ich euch von Anfang an nicht mehr wert als ein Fetzen? Julia habt ihr geliebt. Für Julia war euch nichts zu teuer und nichts zu gut. Ich aber – mich habt ihr vergessen, damals als es geschah. Fortgegangen seid ihr aus dem Haus und habt mich verkommen lassen in meiner Kammer. Und als ichs drinnen nicht mehr aushielt vor Hunger, war nichts für mich da als Fliegenmilch. Ja, Fliegenmilch habe ich essen müssen. Das kann ich nicht vergessen mein Leben lang.«

Capulet starrte die Tochter an. Er wußte nicht, wovon sie sprach. Worüber klagte sie? Was hatte sie ihm vorzuwerfen? Er hatte sie vor einem Montagu zu retten versucht, nichts anderes hatte in seinem Gedächtnis Platz.

»Fiorenza hast du erschlagen – oder um den Verstand geprügelt, ich weiß es nicht. Sie war der einzige Mensch, der immer gut zu mir gewesen ist. Was hat sie denn schon verbrochen? Daß sie euerer Julia zu Willen war, als die nach Romeo schluchzte – das hat sie büßen müssen durch euere Wut –« Anna verstummte. Neue Gäste waren in die Wirtsstube gekommen und machten Miene, sich in der Nähe niederzulassen.

Capulet senkte sein Gesicht über den geleerten Würzweinbecher. Mit Mühe ermannte er sich zu einem gemurmelten Tadel: »Was schwatzt du für Unsinn? Spricht eine Tochter so zu ihrem Vater?« Und dann, als sich die Fremden an ihren Tisch setzten: »Morgen reden wir weiter.«

»Ja«, wiederholte Anna des Vaters Worte, »morgen reden wir weiter.«

Er stand auf und stolperte zur Tür.

Anna folgte ihm nach einer Weile.

Zu dem Gespräch kam es nicht mehr.

Capulet war im ersten Stockwerk des Wirtshauses in einer Kammer allein untergebracht, die Knechte schliefen im Roßstall; Anna war angewiesen worden, mit der jungen Wirtin zusammen in deren Stube zu nächtigen. Es war ausgemacht: Sie wollten am anderen Morgen mit dem Frühesten losziehen. Das Wetter hatte sich beruhigt, und es war zu hoffen, daß man doch wieder ein Stück Weges weiterkommen würde.

Anna saß schon bei grauendem Morgen neben der Feuerstelle und löffelte mit den Knechten zusammen den heißen Haferbrei. Die Knechte hatten die Reittiere schon gesattelt und aufgepackt. Nur Capulet fehlte noch. Die Sonne ging auf und beschien das vom gestrigen Unwetter zerzauste Land. Von allen Bäumen troff noch die Nässe und sprühte in silbernen Tropfen herab.

Anna bat den Wirt, an des Vaters Tür zu pochen.

Eine Minute später hörte sie die Holzschuhe des Wirtes über die Treppe poltern. Des Mannes Gesicht war grünlich-bleich, als er durch die Stube stürzte und nach seiner Frau schrie: »Tot. Mausetot. Ich will keine Schuld daran haben. Holt den Bargello, sogleich, sogleich. Hab ichs doch gleich gesagt: Ein Capulet kann nur Unglück bringen.« Und wieder trampelte er die Treppe hinauf, um oben weiter herumzuschreien und zu rumoren.

Anna und die Knechte waren schon in der Kammer.

Sie sahen sofort, was geschehen war. Der Mörder – oder die Mörder mußten den Schlafenden überrascht haben. Mit einem Hieb hatten sie ihm das Schädeldach gespalten. Die Decke war ihm vom Leib gezogen, das Wams aufgerissen oder aufgeschnitten. Die Tasche mit den Münzen war verschwunden, auch die mit der Schuldverschreibung war nicht mehr da. Der Laden der Dachluke stand offen. Hatte Capulet gestern vergessen, ihn zu schließen? So waren die Räuber leicht herein- und wieder hinausgelangt.

Anna beugte sich über die Leiche des Vaters. Seine Stirnknochen waren gegeneinander verschoben, und über der einen Braue war das Hirn in Blasen ausgetreten. Alles, was Anna in diesem Augenblick denken konnte, war: So wie Fiorenzas Kopf damals – so hat jetzt der seine Blut gelassen.

Der Raubmord an dem fremden, doch – wie die Leute schnell erfaßten – patrizischen, also vornehmen Kaufmann verursachte in der ganzen Gegend große Aufregung. Sogleich kam auch der Varesaner Bargello angeritten, ein noch junger Mann, jung auch in seinem Amt, dem er sich aber mit großem Eifer zu widmen schien. Er drückte Anna sein Mitgefühl, sein Entsetzen und seinen Zorn aus und versprach ihr mit starken Worten, daß er die Missetäter baldigst dingfest machen und ihrer gerechten Strafe zuführen wolle. Freilich mußte er zugeben, vorerst keine Ahnung zu haben, in welche Richtung er seinen Verdacht lenken sollte. Doch gewiß würde er bald Näheres herausgebracht haben.

Der Täter – oder waren es mehrere? – hatte am Ort des Verbrechens keinerlei Spuren hinterlassen. Wieso konnte er wissen, daß der Fremde eine große Summe Geldes mit sich führte? Hatte Capulet selbst geplaudert? Hatten ihn seine Knechte verraten? Im Laufe des Tages kam ein Junge angelaufen und brachte eine Tasche herbei, es war die aus blauem Brokat, in der die angeranische Schuldverschreibung gesteckt hatte: Er habe das Ding in den Auen des Lago di Varese gefunden, unfern des Fahr- und Reitweges, den die Capulets vorgestern gezogen waren, an der Straße zum Langensee. Die Tasche war leer, naß und beschmutzt, als hätte sie ein Pferdehuf in den Kot getreten. Der junge Bargello betrachtete das Ding mit wichtiger Miene, säuberte es und überreichte es Anna. Sie selbst hütete sich, eine Vermutung über die Mörder ihres Vaters zu äußern.

Nachdem der alte Capulet auf einem nahen Friedhof beigesetzt war, fragte der Bargello, was Anna nun zu tun gedenke. Sie antwortete, sie wisse es nicht. Sie habe keine Mittel mehr, all ihr Geld habe sich in der Kleidung ihres Vaters befunden; sie habe nicht einmal die Möglichkeit mehr, die gemieteten Knechte zu entlohnen. Das werde *er* besorgen, beruhigte sie der Bargello; im übrigen lade er das Fräulein in sein Haus ein; seine junge Frau werde sich freuen, ihre Bekanntschaft zu machen. Ratlos, was sie sonst tun sollte, nahm Anna die Einladung an. Der freundliche Bargello brachte sie auf seinen Ansitz nach Varese.

Dort hatte Anna zum erstenmal in ihrem Leben Glück.

Anfangs freilich sah es nicht danach aus, als wäre sie dahier an einen ihr genehmen Ort gekommen. Von weitem sah das Haus recht stattlich aus. Im Inneren aber herrschte ein merkwürdig zerrütteter Zustand.

Schon bei ihrem Eintritt stürzte ihnen eine Meute Hunde mit gewaltigem Winselgekläff entgegen. Aus der Höhe erscholl ein vielstimmiges Gekreisch: Dort kreisten bunte Vögel, derlei Anna noch nie gesehen hatte; über den Estrich lagen Schuhe, Kleidungsstücke und abgenagte Knochen verstreut.

Anna blieb wie angewurzelt stehen, bis sie der Bargello mit aufmunternden Worten dazu brachte, weiterzugehen und in den Saal zu treten.

Drinnen tummelte sich ein Dutzend junger Frauen oder Mädchen, die soeben dabei waren, einen kleinen Affen in eine Art Montur zu stecken, und sich vor Lachen darüber ausschütten wollten, daß sich das Tierchen mit Fauchen und Zähnefletschen zur Wehr setzte. Dem herumliegenden Nähzeug nach zu schließen, hatten sie den Affenanzug selbst aus bunten Lappen zusammengeflickt.

Eins dieser vor Lustigkeit atemlosen Frauenzimmer stellte der Bargello Anna als seine Gattin vor.

Kaum hatte er erklärt, welche Bewandtnis es mit dem Gast habe, trat sekundenlang Stille ein. Doch schon schienen sich die jungen Frauen gefaßt zu haben, sie umringten Anna unter mitleidigen Klagerufen und leidenschaftlichen Bezeugungen ihrer Teilnahme. Sie versuchten Anna zu umarmen, zu küssen und ihre Tränen, die gar nicht vorhandenen, zu trocknen. Die Hausfrau eilte mit einer Schüssel Leckereien herbei und hielt sie Anna unter die Nase. Sie solle zugreifen, sich stärken, das werde sie erheitern.

Unterdessen war der Affe entwischt und turnte befreit und mit sichtlichem Behagen im Gebälk des Saales herum.

Schließlich erschienen auch die Kinder des Bargello und

seiner munteren Ehefrau, ein Zwillingspärchen von etwa drei Jahren; die Kleinen trugen bunte Kleider mit Troddeln und Fransen, als ob Fastnacht sei. Sie hatten sich soeben um ein hölzernes Pferdchen gebalgt, der Knabe hatte den Kopf, das Mädchen den Schweif erbeutet, und nun ließen beide ein durchdringendes Jammergekreisch über das zerstörte Spielzeug hören.

Anna dachte: Was sind das für Leute, die so leben? In diesem Haus möchte ich nicht bleiben. Aber – wie komme ich weg von hier?

Sie war noch keine zwei Tage zu Gast, als der kleine Junge erkrankte und in Fraisen fiel. Das Kind glühte vor Fieber, seine Augen starrten, so lag es mit verkrampften Gliedern, die Zähne entblößt, und stieß heisere Schreie aus. Die junge Mutter wich entsetzt zurück, auch der Vater war betroffen, verwirrt und wußte nicht zu helfen. Anna stürzte zum Brunnen, tauchte eine Decke in den Eimer, riß dem Kind die Kleider vom Leib und schlug es in die triefende Decke ein. Wenige Minuten später löste sich der Krampf, das Schreien hörte auf, der glasige Blick verlor sich aus den Augen, das Kind schlief ein. Aber es fieberte weiter, und es war klar: Die Krankheit ging erst ihrem Höhepunkt entgegen. Da zeigte auch die kleine Schwester erste Zeichen; in ihrem Gesicht erschienen rote Flecken, auch sie fieberte schon und war nahe daran, in Krämpfe zu verfallen.

Das ganze Haus des Bargello war in Aufregung und Trauer. Die Mutter der Kinder weigerte sich, die Kranken zu berühren; der Mann lief verzweifelt umher und rief nach Ärzten, ließ aber die Heilkundigen, die sich meldeten, nicht herein; sie brächten, behauptete er, nur weitere Seuchen. Dafür gelobte er Messen und Kerzen und einer nahen Wallfahrtskirche reichliche Spenden. Anna zögerte nicht: Hier konnte sie die Erfahrungen, die sie an So-

189

phias Krankenbett gesammelt hatte, zur Anwendung bringen.

Fürs erste sorgte sie dafür, daß den Kindern im Saal, abseits von Tür und Fenster, in milder Wärme zwei bequeme Liegestätten aufgestellt würden. Der Saal wurde in Ordnung gebracht, der Affe verbannt, auch die Vögel und unruhigen Hunde daran gehindert einzudringen. Dann bereitete sie den Kranken kühlende und stärkende Getränke. Lagen die Kleinen in Schweiß gebadet, tupfte sie ihnen die Perlen von der Stirn und wärmte frische Hemden, um sie ihnen, wenn sie genug geschwitzt hatten, überzuziehen. Aber die Krankheit dauerte, das Fieber kehrte in Wellen zurück, das rote Gesprenkel, das sich zuerst nur auf den kleinen Gesichtern gezeigt hatte, bedeckte die ganzen Körper. Manchmal fürchtete Anna, die Kinder könnten ihr unter den Händen sterben. In diesem Fall, dessen war sie sich gewiß, würde man ihr den Tod anlasten, denn – eine Capulet konnte ja nur Unglück bringen.

Mit solchen Gedanken beschäftigt, nahm Anna kaum wahr, daß sich noch ein zweiter Gast im Haus des Bargello eingefunden hatte, ein etwa vierzigjähriger Mann, in dessen krausen braunen Bart sich schon etliche graue Flocken mengten. Er war ein Fernverwandter des Bargello, der hier auf der Reise aus seiner Geburtsheimat Cles im Nonstal haltgemacht hatte, um seinem überanstrengten Reitpferd einige Ruhetage zu gönnen.

Er saß still in einem Winkel des Saales, las oder schrieb, und seine Blicke schweiften oft zu Anna hinüber.

Von einer schwatzhaften Magd hatte sie erfahren, daß Herr Nikolaus von Cles auf dem Weg nach Genua sei. Er habe vor einem Jahr seine Frau verloren und sei wohl auf der Suche nach einer anderen, doch offenbar sei ihm keine recht, er habe sich wohl eine Prinzessin in den Kopf gesetzt.

Anna hörte dem Geschwätz nur mit halbem Ohr zu. Trotzdem mußte ihr der Mann mit der Zeit auffallen. Er hatte anfangs nur bis zum übernächsten Morgen bleiben wollen. Nun war er schon den vierten Tag da – und machte immer noch keine Miene aufzubrechen.

In der Tat war Nikolaus von Cles auf dem Rückweg von einer vergeblichen Brautschau. Seine Verwandtschaft im Nonstal hatte ihm eine – nach ihren Begriffen – schöne und begüterte Frau in Aussicht gestellt; er war ihrem Drängen gefolgt und hatte die ihm Angepriesene in Augenschein genommen, aber kein Gefallen an ihr gefunden. Schon versuchte er sich mit dem Gedanken an immerwährende Witwerschaft abzufinden; da sah er Anna.

Das erste, was ihm an ihr auffiel, war die Sorgfalt, mit der sie bei ihren kleinen Kranken hantierte. Er sah, wie sie darauf achtete, nichts von den Getränken zu verschütten, die sie den Kindern einflößte; wie sie sie wusch, trocknete und ihre Decken glattstrich; wie sie die Brotkrumen mit dem befeuchteten Finger aufpickte, die auf dem Brett übrigblieben. Er hörte ihrem geduldigen Singsang zu, mit dem sie die Kleinen einzuschläfern versuchte. Er dachte: Dieses Mädchen ist in eine harte Schule gegangen. Und dann: Könnte sie nicht vielleicht die Rechte für mich sein? Sie wird auf das achtgeben, was ich ihr anvertraue. Sie wird nichts verschwenden. Sie wird vielleicht sogar meine Bestrebungen verstehen und meine Geräte hüten.

Denn Nikolaus von Cles oblag in der Tat seltsamen Bestrebungen und einem merkwürdigen Beruf.

Seit er als junger Mensch einmal von einem Oheim auf eine Seereise mitgenommen worden war, kannte er kein größeres Vergnügen, als Geräte zu basteln, die der Reichweite und Sicherheit der Schiffahrt dienen sollten. So wollte er einen brauchbaren Kompaß entwickeln; er entwarf auch Meereskarten und suchte Tiefen und Untiefen

längs der italienischen und spanischen Küste zu erfor-
schen. Zu diesen Zwecken war er oft lange unterwegs.

Er hatte seine Güter im Nonstal seinen jüngeren Brüdern überlassen und sich der Stadtregierung von Genua
als ein Mann angetragen, der ihrer Kriegs- und Handelsflotte nützlich werden könnte. Nach einigen Proben an
seinen Modellen erkannte man dort, daß der Fremde wirklich außerordentliche Kenntnisse besaß, und gestattete ihm
die Niederlassung. Die Frau, die er heiratete, war aus guter
genuesischer Familie. Doch die Ehe war kurz und kin-
derlos. Eine neue Wahl fiel ihm nicht leicht. Er war ein
Mensch von strengen Grundsätzen, aber zarteren Regun-
gen. Es widerstand ihm, Tisch und Bett zu teilen mit jemandem, den er nicht – oder nicht genug – achten konnte. Er
sehnte sich danach, vertrauen zu dürfen, auch Vertrauen zu
erwecken, und wie er wußte: Beides brauchte Zeit.

So war es ihm fürs erste gar nicht unlieb, daß ihn das
fremde Mädchen, das er – höchst unerwartet – im Hause
seines Verwandten entdeckt hatte, nicht zu beachten schien.
Hier, wo er bei gelegentlichen Aufenthalten immer nur
lärmende Kindereien, Unordnung und Possen erlebt hatte,
saß er nun still beobachtend da und blickte auf sie kaum
anders – wie er sich beinah erheitert zugab –, als zu Hause
oder zu Schiff auf seine Instrumente. Seine Abreise schob
er nun schon das drittemal auf; sein Reitpferd, behauptete
er, habe immer noch Schonung nötig.

Endlich schien die Krankheit der Kinder zu weichen.
Nun wagte sich auch die Mutter wieder heran und suchte
mit ihnen zu scherzen. Zuerst riefen die Kinder nach Anna
und streckten ihre Arme nach ihr aus.

Doch Anna hatte ihren Platz schon geräumt. Zum erstenmal ließ sie sich mit Nikolaus von Cles in ein längeres
Gespräch ein.

Er bot ihr an, sie in ihr Elternhaus nach Verona zu begleiten. Anna errötete. »Ich habe geglaubt, Ihr seid auf der Reise nach Genua.«

»Das bin ich auch«, antwortete er, »aber manchmal sind Umwege unvermeidlich.«

Zu seinem Erstaunen zeigte Anna wenig Freude über sein Angebot.

»Ich bin mir nicht sicher«, sagte sie, »ob ich nicht besser an den Langensee zurückkehre. Dort könnte ich mich den Angeranern als Bedienstete antragen. Vielleicht erkennen sie auch ein Stück der Schuldverschreibungen an, die sie uns gegeben haben, obwohl ich keinerlei Zeugnis mehr habe. Man hat es Euch wohl gesagt: Ich bin durch den Raub an meinem Vater bettelarm geworden. So komme ich auch nicht gerne zu meiner Mutter nach Verona. Wer weiß, ob ich ihr willkommen bin. Ich habe sie lange nicht mehr gesehen, sechs Jahre sind es beinahe ...«

»Wieso das?« fragte Cles.

Über Annas Gesicht ging ein tiefer Schatten. Zu Fäusten geballt legte sie ihre Hände vor sich auf den Tisch. »Das –«, sagte sie nach einem schweren Atemzug, »ist eine lange Geschichte.« Und dann, ihre Augen unter der gerunzelten Stirn fest in seine Blicke heftend: »Wißt Ihr überhaupt, wer ich bin?«

Nikolaus von Cles schwieg. Freilich kannte er den Namen Capulet und er wußte, was alle wußten. Aber er war keiner, der auf Moritaten hörte, und keiner, der an Liedern und Legenden Gefallen fand. Wenn von fernen Küsten und Erkundungsreisen geredet wurde, lauschte er mit Spannung. Wenn er Leute traf, die mit Uhren, Meßgeräten, Waagen oder ähnlichem Gerät zu tun hatten, war er voll Neugier, und keine Stunde des Gesprächs mit ihnen war ihm zu lang. Doch was auf Märkten und in Wirtsstuben geschwatzt wurde, berührte ihn wenig. Er hatte jetzt auch keine Lust, sich Anna in eine unselige Liebes- und Familiengeschichte verwickelt vorzustellen. Er schob seine Hand über den Tisch, berührte Annas Hände und sagte: »Was gehts mich an, Fräulein, woher Ihr kommt und welche Zwistigkeiten Eure Väter und Großväter mit anderen Vätern und Großvätern auszutragen hatten? Was gehts mich an, was Euerer Schwester zustieß oder was sie tat? Auch Euch, Fräulein, sollte es nichts angehen und sollte Euch keine Schmerzen bereiten. Denn jeder Mensch lebt aus sich selbst.«

»Ach –«, sagte Anna, »aus – sich – selbst?«

In diesen vier – fast nur gehauchten Worten war ein tiefes Staunen und eine lange nicht endenwollende Frage. Sie schaute dem Mann gegenüber mit weit geöffneten Augen ins Gesicht. Dieses Gesicht war nicht schön, es war etwas zu rund, die Nase zu kurz, die Iris beinahe farblos, aber es war ihr freundlich zugewandt, ohne jede Verstellung. Seine Hand lag, groß und warm, auf ihren Händen – und diese waren nicht mehr zu Fäusten geballt. Anna war, als löste sich etwas in ihrem Inneren, eine eiserne Klammer, die sich öffnete und vielleicht – vielleicht freigab. Sie, Anna Capulet, war nie etwas anderes gewesen als Julias Schwester. Als Julias Schwester war sie von den Eltern zurückgesetzt und an den Langensee verfrachtet worden; als Julias Schwester hatte sie Sophias Zuchtrute ertragen müssen – und weil sie Julias Schwester war, hatte Alfonso nach ihr gesucht und sein Spiel mit ihr getrieben. Hier aber war einer, der sagte: »Mich kümmert es nicht ...«

Anna brach in Tränen aus. Seit Jahren hatte sie nicht mehr geweint. Sie weinte laut und hemmungslos.

Sie weinte sich einem anderen Leben entgegen.

Das war das erste, doch entscheidende Gespräch zwischen ihr und Nikolaus von Cles.

Nachdem sich die Kinder erholt hatten, verließ sie mit ihm das Haus des Bargello. Cles brachte sie nach Mailand, wo er Freunde hatte. Diese bat er, ihnen eine einfache, doch würdige Hochzeitsfeier auszurichten. Dann brachte er seine junge Frau nach Genua.

Die Jahre vergingen. Anna gebar ihrem Gatten eine Tochter, dann einen Sohn, dann noch eine Tochter. Sie war jetzt eine stattliche Frau geworden, die es genoß, ihr Hauswesen mit Ruhe und Umsicht zu führen, täglich an einer gutbesetzten Tafel zu sitzen und sich ihrem Stand gemäß gefällig zu kleiden. Bei Gelegenheit zeigte sie sich mit ihren drei blühenden Kindern in der Öffentlichkeit.

Nikolaus von Cles war, seinen Gewohnheiten treu geblieben, oft auf Reisen. War er zu Hause, verhielt er sich liebevoll zu den Seinen, scherzte mit den Kindern und erwies Anna Achtung und Freundschaft. Es kam auch vor, daß er mit ihr seine Pläne besprach und ihr die Geräte erklärte, mit denen er beschäftigt war und die er immer mehr zu vervollkommnen trachtete.

Am Anfang ihrer Ehe hatte Nikolaus seiner Gattin versprochen, sie auf eine seiner kleineren Seereisen mitzunehmen. Doch da sie bald guter Hoffnung war, wurde nichts daraus.

Anna nahm das klaglos hin, wie sie es überhaupt vermied, ihrem Ehemann – nach Frauenart – mit allerlei Wünschen und Kümmernissen in den Ohren zu liegen. Sie glaubte besser daran zu tun, wenn sie mit allem allein zurechtkam.

Im übrigen hielt sie sich für eine treue und ausreichend liebevolle Gattin.

Das Haus der Cles stand in einer engen gekrümmten Gasse im Viertel von San Matteo. Doch da ihm gegenüber etliche verfallene Gebäude abgerissen und dem Erdboden gleichgemacht worden waren, war ein kleiner Platz entstanden, den Marktfahrer und Schausteller zu nutzen begannen. In müßigen Stunden saß Anna manchmal am Fenster ihres Schlafzimmers und unterhielt sich damit, dem Treiben zwischen den Buden zuzusehen, wie die Händler feilschten, wie die Ausrufer einander zu übertrumpfen suchten, auch wie vorkommende Streitigkeiten ausgetragen oder geschlichtet wurden. Lange hielt sie es jedoch nie aus. Und so war sie eines Tages eben wieder dabei, ihren Fenstersitz zu verlassen und in das Innere des Hauses zu ihrer Arbeit zurückzukehren, als der Name Verona und gleich darauf Giulietta an ihr Ohr schlugen. Sofort begann ihr Herz stärker zu klopfen.

Sie zog die Fensterladen enger heran. Da sah sie, wie man unter ihrem Haus auf dem Pflaster einen Kreidekreis zog, ein Zeichen dafür, daß hier ein Auftritt erfolgen sollte. Die Passanten wichen dem Kreidekreis aus und etliche blieben stehen – in Erwartung dessen, was kommen sollte. Und schon trippelte ein Mädchen heran, sie war klein, etwas bucklig und in bunte Lumpen gekleidet. Ihr wurde von einem Knaben eine Harfe nachgeschleppt. Sie setzte sich, nahm das Instrument zwischen ihre Knie und intonierte eine Melodie.

Anna blickte in die Stube zurück und vergewisserte sich, daß niemand zugegen war. Dann verriegelte sie die Tür, kauerte sich in die Fensterlaibung und spähte hinab.

In diesem Augenblick erschien ein Mann, der an das Mädchen herantrat und diesem einen Wink gab. Anna erkannte ihn sofort, obwohl er anders gekleidet war, als sie ihn jemals gesehen; er trug keine Mönchskutte, sondern ein Wams aus gewürfelt rotem und gelbem Stoff und ebensolche Hosen von demselben Schnitt, wie sie von fahrendem Volk häufig getragen wurden, sehr eng und anschmiegsam um Schenkel, Knie und Waden. Auch sonst war er verändert, fester geworden um Hüften und Schultern, und sein Haar war dort, wo ehemals die Tonsur rund wie mit dem Zirkel ausgeschnitten gewesen war, in Strähnen über eine lichte Stelle geklebt. Seine Stimme war klingend und stark, wohl geeignet, sich auf öffentlichen Plätzen Gehör zu verschaffen.

Alles, was er sprach, lief ihm geläufig von der Zunge, wie damals, als er Zia Sophia umgarnte, aber auch so, als hätte er dasselbe schon vielemale vor großem Publikum gesprochen. Eben forderte er seine Zuhörer auf, sich auf die schönste, rührendste und dabei furchtbarste Geschichte gefaßt zu machen, die sich jemals in den Landschaften Italiens ereignet hatte; niemand, niemand! in ganz Italien könne sie besser, wahrhafter und vollständiger erzählen als er, denn er habe alles erforscht, was sich da in Verona zugetragen, er habe die Gruft besucht, in der die beiden Liebenden gelegen, entseelt und einander umschlungen haltend in letzter süß schaudernder Todesumarmung. Und: »Hier!« Damit riß er ein rosa Frauenmieder aus seinem Wams. Hier habe er das Zeugnis der größten Liebestat, die die Welt gesehen, das mit Blut- und Herzblut! – getränkte Gewand der jungen Giulietta.

In der Tat waren ein paar braunrote Flecken auf der rosa Seide zu sehen. Er ging rundum und schwenkte das verschlissene Ding seinen Zuhörern unter die Augen, und hinter ihm her trippelte das Mädchen mit dem Sammelteller, und Anna sah jetzt, daß sie ein wenig hinkte. Jetzt fielen die Münzen dichter als zuvor.

Obwohl Anna hinter den zusammengeklappten Laden stand, fürchtete sie durch den Spalt entdeckt zu werden. Immer, wenn sie glaubte, der Mann da unten werde das Gesicht heben und zu ihrem Stockwerk heraufblicken, schrak sie zusammen und duckte sich in das Tuch, das sie – ohne zu wissen, warum – über sich geworfen hatte. Doch um nichts in der Welt hätte sie ihren Platz verlassen mögen. Sie zitterte vor jedem Wort, das der da unten sprach, und wollte sich doch keines entgehen lassen. Jetzt steckte er das blutbefleckte Mieder weg und hob an:

Zuerst lobte er die Stadt Verona mit ihren Türmen, Brücken, Palästen – und das Mädchen ließ sich mit feierlichen Akkorden vernehmen. Dann aber kam er auf die Streitigkeiten zu sprechen, die leider, leider! zwischen edlen Familien herrschten und schon vielen guten Jungen Kopf und Kragen gekostet hätten. (Jetzt entlockte das Mädchen seinem Instrument scharf gellende Klänge.) Wenn die Diener der Verfeindeten aufeinander trafen, gleich habe es wüste Keilereien gegeben.

Nun fing der Mann an, einen solchen Kampf aufzuführen. Mit unsichtbaren Knüppeln drosch er auf Unsichtbare ein, mit unsichtbaren Messern setzte er sich zur Wehr. Bald Angreifer, bald Angegriffener, sprang er mit großer Behendigkeit im Kreis herum, einmal gestreckt wie ein Hase auf der Flucht, einmal geduckt wie eine Katze im Sprung, einmal als Sieger triumphierend, einmal zu Boden gegangen und strampelnd wie im Todeskampf. Die Leute lachten und klatschten. Das vorgetäuschte Geräufe belustigte sie. Die Reihen der Zuschauer bekamen Zulauf.

Dann begannen die Saiten der Harfe auf lockende und zugleich drohende Weise zu schwirren. Ein Tanzfest sollte stattfinden im Hause der edlen Capulets, um das Töchterchen, die holde, soeben erst erblühte Giulietta, der vornehmen Jugend von Verona zum erstenmal vorzuführen. Und schon hatte der Mann einen Schleier aus einem Wamsschlitz hervorgezaubert und sich um Kopf und Schultern geworfen, so kam er unter mädchenhaftem Drehen und Wenden mit trippelnden Schritten als Giulietta herbeigeweht – die Linke züchtig an die Brust gedrückt, die Rechte winkend ausgestreckt, vollführte er Reigenschritte und -sprünge. Wieder lachten die Zuschauer – und eine Bewegung zweideutigen Zischelns lief im Kreis. Dann aber wirbelte der Schleier durch die Luft, aus Giulietta sprang Romeo hervor und mischte sich tollkühn unter die Tänzer. Voll Übermut scheint er die Capulets herauszufordern. Bis er – wie vom Blitz getroffen – der Giulietta gewahr wird. Erst wagt er kaum, sich ihr zu nähern, dann aber mit gebeugtem Knie – sein entzücktes Gesicht spiegelt das ihre – und mit ausgebreiteten Armen empfängt er ihre erste zarte Berührung.

»Wer bist du, Fremder?« – »Romeo.« – »Welcher Romeo?« – »Montagu.« – »Ach! Montagu?« Achach. Nun wissen sies: sie eine Capulet und er ein Montagu: Todfeindschaft zwischen ihnen – und lodernde Liebe. – Die Harfe bebt in heftigen Akkorden.

Nun kommt die Zeit der zehrenden Sehnsucht, des Schmachtens, des Trachtens, der schluchzenden Seufzer. Romeo umschleicht Giuliettas Haus. Giulietta lehnt am Balkon. Da sollte eine Leiter fehlen?

Schnell beschlossen ist das Verlöbnis. Aber wie soll die Leidenschaft zu ihrem Ziel gelangen?

Da ist doch – in seiner Zelle hockend – dieser alte Tropf, Pater Lorenzo. Er blättert in einem Buch, er streicht sich den Bart, er kratzt sich am Kopf, er schneuzt sich in seinen Ärmel. Da wird er aufgeschreckt. – »Wer seid ihr, Kinder? Ich kenne euch nicht.« – »Brautleute sind wir und begehren einander.« – »So hastig?« – »Ja, so hastig. Jede Minute, die uns trennt, brennt uns wie Feuer.« – »Ei ei, das scheint mir aber sündhaft.« – »Gib uns zusammen, Pater, dann sind wir alle Sünden los.«

Kopfschüttelnd, unter lächerlichem Gebrumm vollzieht der Pater die Trauung.

In dem Auftritt mit dem Pater sind die Lacher wieder auf ihre Kosten gekommen. Doch nun kippt die Szene ins

Feierliche. Jubel ist angesagt, trunkener Jubel der Liebe. O Romeo, o Giulietta, jetzt kann uns nichts mehr trennen. – Doch, ach, wo ist für uns ein Dach, ein Bett, ein Bett für eine lange lange Nacht? – Komm in mein Haus, Geliebter! – In deines Vaters Haus? – Ja, niemand wird uns hören. Die Amme wacht. – Und morgen? – Frag nicht nach morgen. Komm! – Ich komme, komme. Oh, hier ist der Himmel. Schieb den Riegel vor, Giulietta! und lösch die Kerze, nein, laß die brennen, brennen! Ich brenne auch.

Die Harfe schwirrt Wollust. Dann – nach einer Art Aufschrei: Stille.

Stille. Der Mann in der Mitte des Kreises ist in die Knie gegangen. So kauert er, das Gesicht an der Schulter mit beiden Händen verbergend. Jedermann weiß: Jetzt geschieht es, Romeo hat Julia umarmt. Die langhinschlürfenden Arpeggien der Harfe werden leiser, leiser und verstummen.

Plötzlich aber: ein Aufspringen, Wittern, den Kreis Umrunden. Gefahr ist im Verzug. »Wach auf, Giulietta, wach auf. Wirds nicht schon Tag?« – »Ach nein, Geliebter.« – »Was ist das für ein Vogel, Giulietta? Hörst du nicht?«

Das Mädchen hat sein Instrument verlassen und sich in den Kreis der Zuhörer geduckt. Man hört einen verschlafen tschilpenden Ton. Er kommt von ihren Lippen. Das Tschilpen wird deutlicher, lauter, es geht in Flötentöne über. – Und Julia spricht gedehnten Tonfalls gleichsam noch im Traum: »Das ist doch eine Nachtigall, mein Freund.«

Nein, denkt Anna, nein, das ist nicht möglich, das kann nicht sein, das darf nicht sein, das kann ich nicht ertragen.

Doch das Unmögliche und Unerträgliche geht fort im Spiel; schon ist das Schlagen der Nachtigall von einem anderen Pfeiflied abgelöst, es ist das unverkennbare, atemlos fordernde, den Himmelsraum spiralig durchkreisende Tirilieren der Lerche.

In diesem Augenblick schlagen zwei Fensterladen an dem Haus über dem Kreidekreis zusammen.

Der Schausteller wirft einen halben Blick hinauf. Idioten, denkt er, Idioten, denen mein Spiel nicht gefällt.

Drinnen liegt Anna bäuchlings auf ihrem Bett und prügelt mit beiden Fäusten auf die Matratze ein. Sie ringt nach Luft. Sie meint zu ersticken. Noch nie, noch nie in ihrem Leben hat sie so gehaßt.

Am anderen Morgen erscheint Signora di Cles im Stadthaus zu Genua und verlangt den Podesta zu sprechen.

Der Podesta ist nicht zugegen, aber zwei Ratsherren stehen zu Diensten.

»Gut, also diese…« Die Herren kommen und zeigen Ehrerbietung. Signore di Cles ist ihnen wohlbekannt, ein tüchtiger Mann, der durch seine Erfindungen der Schifffahrt schon nützlich geworden ist. Seine Frau gilt als sittsame und zurückgezogen lebende Dame.

Man bittet sie, ihr Anliegen vorzutragen.

Unerhörtes, beginnt die Signora, habe sich gestern vor ihrem Haus auf offenem Platz begeben. Ein frecher Bänkelsänger habe ein schamloses Spiel aufgeführt, von einer Hure begleitet, Anstand und Sitte verhöhnt. Sie fühle sich beleidigt und verlange, daß der Bursche festgenommen, in Ketten gelegt und gestäupt werde.

Die Ratsherren stehen verwundert. Noch nie ist ihnen eine Klage über das Markttreiben bei San Matteo zu Ohren gekommen. Nicht einmal aus dem nahen Kloster sind Beschwerden eingelaufen. Bänkelsänger und Schausteller beleben das Marktleben, man duldet sie nicht ungern. Dennoch – dennoch will man der Dame behilflich sein.

Man will versuchen, den Bänkelsänger auszuforschen, er werde dann nach seinen Liedern befragt werden ...

»Wo und von wem befragt?« stößt die Signora hervor. Hierher, vor sie solle der Bursche gebracht werden, hier vor ihr solle er Rede und Antwort stehen.

Die Ratsherren tauschen verlegene Blicke. Dann empfehlen sie sich mit dem Versprechen, sie würden tun, was sie könnten.

Nun bleibt Anna allein. Sie sitzt da und bebt am ganzen Körper. In den Ausschnitt ihres Kleides hat sie ein Messer gesteckt; sie weiß nicht, was sie damit will, aber sie knetet den Griff mit ihren beiden Händen, als wollte sie ihn zerbrechen. Sie denkt nicht an ihren Mann, nicht an ihre Kinder. Und wenn der Husch eines solchen Gedankens in sie einschießt, schlägt sie ihn weg wie ein Insekt. Dafür ist ihr ein anderes Bild erschienen, es füllt sie aus: der Skorpion, der Skorpion, den sie als Kind aus einer Ritze rennen sah und der ihr Vater wurde im Hause Capulet, damals, und alles überschwemmte. Auch der Mann, den sie gestern wiedersah, auch er ist ein Skorpion und führt Millionen Skorpione mit sich – und alles was ist versinkt in ihrer Flut.

Eine Stunde vergeht, eine zweite bricht an: Annas Kleid ist naß von Schweiß. Von ihren Schläfen rinnen die Tropfen. Ihre Hände zittern.

Da kommt der eine der Ratsherren zurück. Auch er ist erhitzt – und außer Atem, als habe er einen langen, mühseligen Weg hinter sich. Er tritt vor Anna und zieht den Hut. »Wir haben«, sagt er, »keine Mühe gescheut, um den Mann zu finden, nach dem die Signora verlangt. Es war vergeblich. Der Mann ist nicht mehr in Genua. Er hat die Stadt heute morgen verlassen. Er ist zu Schiff nach England.«

Epilog

Zehn Jahre später trafen der Bischof und der Regent von Verona wieder einmal zusammen. Ein festlicher Anlaß war angesagt, ein besonderes Schauspiel: Auf dem Adige sollte eine neue Schiffsmühle vor Anker gehen; es hieß, sie werde nicht nur größer und schöner sein als alle bisher vorhandenen Schiffsmühlen im weiten Umkreis, sondern ein wahres Meisterwerk an Mühlenbaukunst darstellen. Die ganze Stadt erwartete das Ereignis. Viele Häuser waren beflaggt, das Flußufer war von viel Volk gesäumt. Man hatte die beiden Herren, den Bischof und den Regenten, eingeladen, das Schauspiel auf dem Brückenturm der Scaligerburg zu beobachten. Ein Sonnensegel war für sie aufgespannt, und zwei gepolsterte Sitze waren für sie aufgestellt. So war für ihre Bequemlichkeit gesorgt.

Beide Herren waren unterdessen alt geworden, weißhaarig, beide gingen am Stock. Noch immer waren sie in Amt und Würden. Doch längst waren ihnen jüngere Kräfte zur Seite getreten, die die wichtigeren Amtsgeschäfte an sich gezogen hatten. So hatte sich ihr gegenseitiges Verhältnis entspannt, abgemildert durch Skepsis und die müde Duldsamkeit des Alters.

Das Gefolge, mit dem sie gekommen waren, zog sich zurück. So standen sie allein auf dem flachen Turmdach zwischen den Zinnen und blickten auf die Stadt hinab. Fast ganz Verona lag ihnen zu Füßen. Die bräunlich-rot schuppigen Dächer jenseits des Flusses schienen eine einzige geschlossene Masse zu bilden, die dem gewölbten Panzer einer riesenhaften Schildkröte glich. Die Kirchturmspitzen traten wie Stachel aus ihm hervor, und das schräge Oval der Arena lag darin wie ein gigantischer After.

Bischof und Regent standen nebeneinander, jeder in

seine Gedanken verloren. Der Regent erinnerte sich seiner jahrelangen Bemühungen, in dieser Stadt Recht und Billigkeit zu fördern, das Verbrechen zu unterdrücken, Fleiß und Bürgertugend zu stärken. Aber nach wie vor trieb sich freches Diebsgesindel herum, in Kneipen und Bordellen wurde geprügelt, gestochen, gemordet. Auf dem Markt herrschten kleine Betrügereien, in den Amtsstuben wurden große verübt. Nach wie vor gab es bestechliche Richter, nach wie vor bitter verfeindete Familien.

Den Bischof bewegten ähnliche Gedanken. Als er sein hohes Amt übernommen hatte, war er voll Eifer gewesen, wahre Sittenstrenge und Frömmigkeit zu verbreiten, den Gesetzen der Kirche und der Gnade Gottes eine wahre Heimstatt zu bereiten. Auch er hatte es damit nicht weit gebracht. Wohl bimmelte es allmorgendlich von Dutzenden Kirchen zur Messe, wohl waren die Klöster mit Männern und Frauen im geistlichen Gewand besetzt. Aber wie wenig Gottesliebe wohnte in den Herzen, wie weltlich waren die Wünsche und Strebungen sogar der Ordinierten! Die heiligsten Gesetze wurden umgangen, ja schamlos mit Füßen getreten. Doch das Schlimmste war, daß er, der Bischof, selbst oft nicht mehr wußte, wohin Gottes Gebote wiesen. War Strenge gefordert, wo das eigene Herz zu Milde riet? Oder war Milde gefordert, wo so vieles für Strenge sprach?

Der Flügelschlag einer aufflatternden Taube schreckte die Herren aus ihren Gedanken. Unwillkürlich wandten sie sich einander zu, und ein Lächeln glitt über ihre Gesichter, denn der eine erriet, was dem anderen durch den Kopf gegangen war, und fühlte sich selbst erraten. Es fehlte nicht viel, so hätten sie einander auf die Schultern geklopft. Mit schleifenden Schritten, auf ihre Stöcke gestützt, begaben sie sich zu ihren Sesseln und nahmen Platz. Das Sonnensegel über ihnen blähte sich in einem warmen Lufthauch.

Unvermittelt begann der Regent: »Euer Ehrwürden werden es schon erfahren haben: Nun ist auch der alte Montagu abgefahren; das schmächtige Männchen hat es lange genug gemacht, vielleicht aus Genugtuung darüber, daß es keine Capulets mehr gab. Euer Ehrwürden haben es schon vor Jahren vorausgesagt: Beide Stämme sind verdorrt und abgestorben – und das Wüten ihrer Feindschaft mit ihnen.«

»Doch nicht ihre Geschichte!« warf der Bischof ein. »Ihr wißt, was ich meine.«

»Ja, ich weiß«, nickte der Regent. »Ihr redet von dem Unglückspaar und seinem elenden Ende. Eine jammervoll-wüste Geschichte. Aber sie hat Verona berühmt gemacht. In aller Welt ist sie in aller Munde. Sogar im Ausland soll sie ihre Kreise ziehen. Die Leute werden es nicht satt, sie zu erzählen und Lieder auf sie zu dichten. Auch auf die Bühne hat man sie schon gebracht. In Pavia hat ein Astrologe vorgeschlagen, den Jupiter in Romeo und den Abendstern in Julia umzubenennen.«

»Und in Mailand«, ergänzte der Bischof, »hat einer dieser jungen Viscontis eine Kapelle der heiligen Katharina entweiht, indem er deren Martyrium von den Wänden scherren und mit der Geschichte der Liebestragödie ausmalen ließ.«

»Tatsächlich?«

»Leider. – Die Werke der Leidenschaft verdrängen die Heiligenlegenden und die Lieder der Bänkelsänger die Botschaften Gottes. Längst hört man lieber von Gesetzesbrechern als von Gerechten, und bald wird es so weit sein, daß der Narr auf der Straße weit mehr gilt als der Weise in seiner Zelle. – Wohin führt das? frage ich Euch. Wohin führt das? frage ich mich selbst. Aber ich finde keine Antwort.«

Der Regent hob die Achseln. »Verderbte Zeiten ... Seit

jeher hat man über sie geklagt, und die Ängstlichen haben sie jeweils als Zeichen gedeutet, daß die Welt nicht mehr lange besteht.«

»Und sie besteht immer noch«, antwortete der Bischof mit zornig-wegwerfender Gebärde, »immer noch! Gott hat uns das Weltgericht verheißen. Warum zögert Er? Warum zwingt Er Seine Kirche, immer wieder zu verkündigen, daß Er komme – und Er kommt nicht! Ist es dann zu verwundern, daß der Mensch aufhört, Ihn zu erwarten? – Sein Gericht zu fürchten? – Wo die Furcht vor der Hölle schwindet, wird auch der Glaube an den Himmel schwinden.«

Der Regent wunderte sich über die Worte des Bischofs. »Vermutlich«, gab er vorsichtig zu. »Was bliebe dann aber dem Menschen übrig, als sich selbst Himmel und Hölle zu sein?«

»Hölle vor allem«, setzte der Bischof fort. »So geschieht es dann, daß die elendste Geschichte zur großen Legende der Zeit wird, daß man die Selbstermordung ratloser junger Leute feiert wie Heldentaten und sich an ihnen erbaut wie an Psalmen. – Ich – ich habe sie von Anfang an verdammt. – Ihr, Herr Regent, habt versucht, Nutzen daraus zu ziehen für Stadt und Land, Handel und Wandel. – Nun, wir beide sind gescheitert. Die Familien waren nicht zu versöhnen – und die Menschen nicht abzuschrecken durch das Schreckliche. Wieso? Ist denn das Schreckliche des Schönen Anfang?«

»Ihr sagt es –« Der Regent neigte sich vor und legte die Hand auf des Bischofs Arm. »Wir finden Gefallen an dem, was uns bedroht. Wir fühlen die Erde unter uns beben und sagen: Herrlich, herrlich! wie sie doch lebt! – Alles wird uns zum Schauspiel.«

»Mag sein«, erwiderte der Bischof. »Aber nach jedem Schauspiel fällt der Vorhang. Was dann?«

Der Regent schwieg eine Weile. Dann sagte er: »Man müßte jene fragen, die das Schauspiel verwalten, die dem Schrecklichen das Schöne entlocken: Künstler...«

»Ich habe sie befragt«, rief der Bischof. »Immer wieder – und inständig. Doch sie haben mich nicht verstanden. Wie Kinder sahen sie mich an, die man in fremder Sprache anspricht. Nur einer –«

»Nur einer –?«

»Nur einer antwortete. Er war ein großer Meister.«

»Und?«

»Er sagte: Zeigt mir *eine* Stelle in der Bibel oder in den anderen heiligen Schriften der Menschheit, die diese Frage regelt, die das Gute an das Schöne, das Schöne an das Gute bindet. Allem anderen haben die großen Lehrer Wege gewiesen. Hier haben sie geschwiegen.«

Der Regent nickte. »So«, sagte er, »haben sie uns ein Feld der Freiheit gelassen. – Aber nun«, fuhr er mit veränderter Stimme fort, indem er sich erhob, »nun scheint mir *unser* Schauspiel zu beginnen.«

Und wirklich hörte man von ferne Fanfarenstöße und ein Gesumme von vielen Stimmen. Die Herren traten an den Rand des Daches und blickten den Adige aufwärts, woher die Schiffsmühle erwartet wurde. Die Fanfarentöne wurden stärker – und richtig, da tauchte in der nächsten Krümmung des Flusses ein mit bunten Wimpeln geschmücktes und von vielen jungen buntgekleideten Menschen besetztes Fahrzeug auf. An einer vorbereiteten Stelle wurden Anker ausgeworfen, das Fahrzeug drehte bei und kam zum Stillstand. Ein großer Hebebaum fuhr vom Ufer heran und schloß die Mühle an ein gezimmertes Gerinne, weiß gischtend schoß das Wasser an das Rad und setzte es in Bewegung.

Die Luft war von Jubelgeschrei erfüllt.

Die Herren auf dem Turm zeigten sich dem Volk. Der

Regent schwenkte seinen Hut. Der Bischof hob die Hand zum Segen.

Dann verließen sie die Plattform und begaben sich zum Festmahl.

Ich bin Ophelia

In unserem eleganten Seniorenheim *Zum Hohen Friedberg* hat die Staats- und Kammerschauspielerin N. N. ein Apartment bezogen. Frau N. N. ist Inhaberin der Sarah-Bernhardt-Medaille, des Eleonore-Duse-Ringes und Ehrenmitglied der Internationalen Shakespeare-Gesellschaft. Ihr Rollenfach war Liebhaberin, vorab in Shakespeare-Stücken. Sie hat insbesondere als Hamlets Ophelia brilliert.

Bravo, mein Herr, bravo! Sie sind mir nachgereist. Sie wollen Ophelia sprechen. Wie finden Sie meine Residenz? – Etwas abgelegen? – Kann ich mir denken.

Aber Ophelia ist allemal eine Reise wert.

Nehmen Sie Platz, mein Herr. Leider kann ich Sie nicht gut sehen: Es ist finster hier, stockfinster im ganzen Haus. Man will mir einreden, ich sei erblindet. Alle wollen mir das einreden: der Arzt, die Direktorin, sogar das Personal. Lächerlich. Ich sehe so gut wie immer. Vor meinen Augen ist Helsingör – Helsingör mit seinen höchsten Türmen und tiefsten Kellern. Und vor den Klippen die Brandung, immer die Brandung. Ich höre sie Tag und Nacht. Dort, wo sie den Sand zwischen den Felsen beleckte, bin ich Hamlet begegnet ... Nein, nein! Was Sie nicht denken!? Doch nicht das erstemal. Wir kannten einander von Kindesbeinen.

Wir waren Gespiele, der Prinz und ich. Er, des Königs Sohn, ich, des Ministers Töchterchen. Das paßte doch, wie? Meine Familie gehörte zu den besten des Landes: Mein Vater – Graf von Polonski: – ein guter, ein weiser Mann. Erst später wurde er als Polonius zur lächerlichen Figur – als der verdammte alte Schwätzer, zu dem ihn William gemacht hat. Leider. Ach William –

William ging nicht immer gut mit uns um.

Nur unsere goldene sonnige Kindheit, die konnte er uns nicht rauben, Hamlet und mir.

Wir hatten *eine* Bonne – und schliefen in *einem* Bett, er fünf, ich vier. Das Alter der Unschuld. Am liebsten spielten wir im Burggarten von Helsingör, da war es schön still und heimelig zwischen den Wällen, warm und windgeschützt an hellen Sommertagen. Da war eine Hecke aus Rosenstöcken und dahinter rundum Gebüsch von Himbeeren, im Juli wurden sie reif, saftig und süß.

Prinz Hamlet... Wie soll ich ihn beschreiben? Ein Kind, ein Bübchen zum Anbeißen, ganz Milch und Blut. Was sag ich: Milch und Blut? Milch und Honig, so blond sein Haar, so weiß seine Haut. Nur seine Augen, die konnten Blitze schießen. – Spielzeug hatten wir die Menge, ich Puppen und Puppenbetten, er Schwerter, Schilde, Pfeil und Bogen. Am liebsten aber hatten wir beide einen Apfel, aus Silber getrieben; wenn man ihn rollte, gab er Töne von sich, kling klang – und gab noch Töne, wenn er schon längst zur Ruhe gekommen war.

Eines Tages fiel er uns unter die Himbeerhecke.

Ich hinterher, Prinz Hamlet auch. So balgten wir uns unter den Büschen. Ich lag auf dem Bauch und hielt den Apfel an mich gepreßt, da muß mir wohl mein Röckchen heraufgerutscht sein... Ich spürte Prinz Hamlets Mund an meiner Kniekehle – und dann seine Zähne. Er biß, ich schrie. Dann schrie ich nicht mehr. Die Bonne, die hinter

210

der Rosenhecke saß und strickte, rief uns zu: »Seid artig, Kinder, seid artig.« Wir waren nicht artig.

Als mir Hamlet den silbernen Apfel entrissen hatte, war sein weißer Spitzenkragen blutbefleckt – und auch an meinen Fingern klebte Blut. Die Bonne sagte: »Ihr habt schon wieder von den Himbeeren genascht. Kommt her, daß ich euch putze.«

Bald darauf gingen unsere gemeinsamen Tage zu Ende. Prinz Hamlet kam in ein Alter, da er anderes lernen mußte als ich. Ich lernte spinnen, sticken, bunte Bilder in Leinwand weben. Er lernte reiten, Speere werfen und mit der Armbrust schießen. Auch Gesetzestexte mußte er auswendig lernen und sie erklären. Abends, wenn mich mein Vater mit an des Königs Tafel nahm, sah ich Hamlet noch als Vierzehnjährigen wie ein Kleinkind auf dem Schoß seines Vaters sitzen und ihn mit beiden Armen umhalsen. An mich richtete er selten das Wort. Doch in meiner Kniekehle hatte ich die Narbe... ich tastete oft danach... ich konnte sie nie sehen, aber ich meinte sie zu fühlen als einen kleinen immerwährend stechenden Schmerz.

Bevor Hamlet nach Wittenberg ging, kam er noch einmal in meine Kemenate und sagte: »Wenn ich wiederkomme, werde ich dich zu meiner Königin machen.« – Und ich glaubte ihm. O Gott, *wie* ich ihm glaubte.

In Wittenberg blieb er viele Jahre, zu viele Jahre, mein Herr, das darf ich schon sagen. Was er dort lernte, weiß ich nicht genau. Aber sicher war es von ganz anderer Art, als seine Eltern gedacht hatten, als sie ihn dort auf die Hohe Schule schickten. Die Hohe Schule von Wittenberg hatte einen großen Ruf, und alle, die dort studiert hatten, galten für Leuchten ihres Jahrhunderts. Nichts anderes wünschte auch unser König, Hamlet Claudius, für seinen einzigen Sohn: Er sollte eine Leuchte werden weit über sein Land hinaus.

Endlich nach sieben Jahren sagte er seine Rückkehr an. Die sollte nun als großes Fest gefeiert werden. Die Königin, Frau Gertrud, bebte vor Freude, als ihnen das Schiff gemeldet wurde. Sie lief auf dem Söller hin und her und ließ ihre Schleier und Tücher im Winde wehen. »Ich will das erste sein«, rief sie, »was er von Dänemark wiedersieht, mein Sohn, mein Herzblatt, mein Goldkind.« Aus allen Fenstern und Scharten wehten Fahnen, der König hatte den ganzen Hof an der Landungsstelle versammelt. Ich stand neben meinem Vater und hatte Angst, daß er das Pochen meines Herzens hören könnte.

Es dauerte ziemlich lange, bis das Schiff an den Landungssteg kreuzte.

Als erster kam der Prinz auf die Brücke. Doch er schien es nicht sehr eilig zu haben, den Boden seines Vaterlandes zu betreten. Er wartete, bis sich alle seine Gefährten um ihn versammelt hatten (sie alle hatten wie er in Wittenberg studiert), und wie er waren sie alle schwarz gekleidet und sehr blaß. Der Prinz kam mir nahezu mehlweiß vor ... und sehr mager. Der König trat auf ihn zu, um ihn zu umarmen, die Hofleute riefen Vivat und rasselten mit Waffen und Rüstungen, und so verstand ich zuerst nicht, was der Prinz sprach. Man erzählte mir später, er habe den Willkommensgruß seines Vaters nicht beantwortet, sondern nur eine Frage gestellt: »Wo ist das Volk?« – »Das Volk?« erwiderte der König verwundert, dann deutete er auf den versammelten Hof und sagte: »Hier steht es.«

»Wo?« Der Prinz sah sich um – und in seinem Blick war etwas, was die Leute verstummen ließ. »Ich sehe kein Volk. Ich sehe nur Schranzen.«

Und er ging an ihnen vorbei, als suchte er jemand.

(Doch weil die Hofleute das Wort »Schranzen« nicht kannten, dachten sie, er habe einen gelehrten Scherz gemacht – und applaudierten.)

Ein Stück hinter den geladenen Gästen hatten sich einige Menschen aus der Stadt zusammengefunden und sich zwischen den Klippen und dem Brandungssaum zusammengedrängt. Auf sie ging der Prinz zu, seine Gefährten mit ihm. Ich konnte nicht sehen, was dort vorging. Später lief das Gerücht um, er habe ein grindiges Kind und einen alten stinkenden Fischer umarmt.

Die Königin, Frau Gertrud, lief noch immer auf ihrem Söller hin und her und ließ ihre Tücher wehen. Sie wartete vergeblich, daß der Prinz ihr winkte.

Das war der Anfang von Hamlets Heimkehr. Bald flüsterte man einander zu, es sei Zerwürfnis eingetreten zwischen ihm und seinen Eltern. – Und so war es auch.

Ich merke, mein Herr, Sie sind beunruhigt.

Ich spüre das. Sie sind nicht zufrieden mit meiner Geschichte. Sie haben eine andere im Kopf, eine ganz andere. Von der haben Sie vielleicht schon auf der Schule gelernt, Sie haben sie auf der Bühne gesehen oder im Film – oder haben Sie gar nachgelesen bei Gelegenheit. Die hochberühmte Geschichte vom ermordeten König, von einem tückischen Schurken ums Leben gebracht. Da ist doch die Szene nächtlicher Wache auf den Wällen von Helsingör – und das Gespenst, das sich ansagt und endlich erscheint, »die Nacht entstellend, furchtbar anzuschauen«.

Und jetzt hören Sie von mir eine ganz andere Geschichte. Darf das sein?

Nun, mein Bester, Sie denken doch nicht, William habe selbst an Gespenster geglaubt? Ach, *er* doch nicht. Er war aufgeklärt, einer der aufgeklärtesten Männer seines Jahrhunderts. Aber er brauchte das Gespenst in diesem Fall, das Requisit aus dem Jenseits, knochenscheppernd in der Rüstung – wozu? Um Hamlet zu legitimieren, um ihn als Empörer ins Recht zu setzen, ins unbezweifelbare, verstehen Sie? Dazu holte William das Gespenst aus seiner Grube – und es wurde auch gleich das berühmteste Gespenst der Weltliteratur, das muß einer zuwege bringen! William brachte alles zuwege, was er wollte.

Noch immer gruselts das Publikum, wenn die hohle Stimme aus dem Blechhelm röhrt: »Da ich im Garten ruhte, überschlich mein Bruder meinen Schlaf und träufelte den Saft des Bilsenkrautes in mein Ohr. So mußt ich sterben. Hamlet, räche mich.«

Wer wagte da zu zweifeln?

Gespenster lügen nicht.

Geister sind keine Betrüger, das ist doch abgemacht, nicht wahr? – uralter Comment auf der Bühne, im Märchen, im Mythos. – Stellen Sie sich doch vor, mein Herr: William hätte den Prinzen auf andere Art unterrichtet, durch Diener, Freunde, gar durch mich, Ophelia! O Gott, welche Umständlichkeiten! Hätt er uns glauben dürfen aufs erstemal? Er hätte uns der Lüge verdächtigen müssen, infamer Verleumdung und Ohrenbläserei. Mit Hin und Her und langem Geschwätz wäre der ganze erste Akt vergangen, vertan gewesen. So aber, mit dem Geist aus der Gruft, war es in hundert Versen geschafft; geschafft, den regierenden König zu einem Schurken, die Mutter zu einer Hündin zu machen und ihm selbst, Hamlet, die Narrenkappe überzuziehen – zum Rächeramt.

Und dieses Amt war ja dann auch Hamlets Pein.

Aber der Trick mit dem Gespenst, mein Herr, war genial, ein Meisterstück dramatischer Ökonomie.

So gewann William Zeit, des Prinzen Raserei genußvoll auszubreiten. Es ist die Raserei des Tatenlosen, des Immerzweifelnden, der Himmel und Erde bewegen will und über die eigenen zitternden Beine stolpert. Zur Unzeit zieht er den Degen und durchbohrt die Tapete anstatt des verhaßten Mörders – und meinen Vater, den armen Polonski. War das ein Heldenstück? – Hamlets Fluch ist die Tat, die, zwar beschworen, nie ganz gewollte, immer zergrübelt und aufgeschoben, das Stück entlangführt bis zu dem Punkt, da er sich endlich selbst ermordet weiß. Da kann er handeln.

Welch ein Charakter, dieser Hamlet! In ihm, sagt man, habe sich William selbst übertroffen. Freilich: Bei ihm kam nicht einmal William ohne lebendes Vorbild aus. – Wer das war? – Oh, niemand Geringer. Ich wills Ihnen verraten, junger Mann: Elisabeth. Seine Königin. Fünfundvierzig Jahre seine Königin. Da färbt was ab. Sie wollte der Abgott ihres Volkes sein – und war die Folterqual ihrer Minister. Und ihrer Liebhaber. Davon drang nicht viel in die Öffentlichkeit. Doch William hatte seine Zuträger. So verschlossen kann kein Palast sein und so verschwiegen kein Kabinett, daß Witterung nicht nach außen dringt zu dem, der zu erwittern weiß. Und William wußte es. Er roch das Element des Zweifels durch die Mauern.

Elisabeth befahl – und nahm zurück; sie entschied – und vernichtete ihre Entscheidung. In einer einzigen Nacht schickte sie fünf Depeschen ab – und vier davon waren Rückzüge der jeweils vorausgegangenen. Sie war unerschöpflich darin, Gründe und Gegengründe zu finden. So war sie Hamlet, ehe es Hamlet gab – und für William ein höchst praktikables Modell.

Mißverstehen Sie mich nicht, mein Herr. William nahm nicht ihr Konterfei. Keinesfalls ihr Konterfei. Das hätte er nicht gewagt und nicht gewollt. Ein Konterfei legt fest, platt und banal. Wirklichkeit abzupausen, das überließ er anderen. Dennoch war ihm Elisabeth Modell. Ein Modell verlangt nach Modellierung, es fordert geistige Tatkraft heraus, die Tatkraft des Träumers, den demiurgischen Zugriff. In der Hexenküche der Phantasie ist alles veränderbar. Aus einer Frau wird ein Mann, aus einer Königin von

England – ein Prinz von Dänemark; aus einer ermordeten Mutter wird ein ermordeter Vater – und aus Essex – Ophelia. So ordnet das Genie seine Welt – zum Werk; allmächtig. Fast allmächtig.

Jaja, ich weiß: Man hat es William vorgerechnet, daß er in seinen Stücken so wenig selbst erfand. Da gabs doch die *novels* aus Italien, Frankreich, sogar aus Böhmen; da gab es allerlei Spektakel auf Märkten und in Schaubuden; wohin er auch kam, er ging hin, saß dabei und ließ sichs vorspielen: blutrünstige Ritterstücke, öde Schwänke, obszöne Hanswurstiaden, von Tölpeln erdacht, armselig aufgeführt, gestottert, gegrunzt, gerülpst. Die Bretter knarrten, die Kostüme schleppten, die Lichter gingen aus, und die Mimen, die eben keinen Auftritt hatten, betranken sich hinter der Bühne. Doch William merkte auf. Er saß und horchte: ein Satz, eine Wendung, ein Motiv – nichts war ihm zu gering, als daß er es nicht merkte. Er sog es ein. Flüssige Masse für seine Hexenküche.

Doch wenn er dann in seiner Stube saß, eingeriegelt in seine Dachkammer, Wachs in den Ohren, damit ihn nichts erreichte, kein Lärm, kein Wagengerassel, kein Hundegebell, und wenn dann die Stimmen in ihm ertönten, Rede und Gegenrede, Frage, Ausruf, Gemurmel – da war nichts, was er vorher gelesen, gesehen, gehört hatte, was nicht Stoff wurde, was sich nicht aufschmolz und verwandelte, um sich dann neu unter seiner eilig kratzenden Feder für ewig zu gebären.

Für ewig, sag ich. Ach nein, mein Herr. Denn fast alles, was William schrieb, war für die Bühne geschrieben, und damit wieder flüssiger Stoff.

Was wäre die Bühne, wäre sie nicht der große Mischkessel von Traum und Wirklichkeit und immer neuer Verkörperung? Bleiben die Texte dieselben (bleiben sie dieselben?), sind die Stimmen doch jeweils andere. Andere die

216

Szenarien, die Kulissen, die Beleuchtungen – und natürlich die Schauspieler. Keiner ist Hamlet, wie ihn William vor sich sah. Keine Ophelia, wie er sie in die Binsen schickte, keine Julia, keine Jessica, wie er sie wollte.

Nannte ich soeben Julia? Nannte ich Jessica? Ja, mein Herr, ich hatte Gründe, sie zu nennen. Ich war auch Julia, war Jessica – oh, und viele andere. William hat sie mir diktiert – und zugeschmeichelt, wie alle klugen, klug liebenden Väter; sie befehlen und schmeicheln zugleich. Nächtelang hab ich mit ihm – und er mit mir gerungen. Oft war, was er verlangte, zum Verzweifeln.

Zum Beispiel: Julia. Vierzehn Jahre alt. Welches Frätzchen von vierzehn wäre zugelassen, die Julia zu spielen? Aber welche erwachsene Frau *kann* sie spielen, taufrisch und raffiniert zugleich, blind zutappend in ein ungeheures Schicksal und dabei nur bedacht, ins Ehebett zu kommen; in Liebe schmelzend, trotzdem zielbewußt bemüht, dem Heißgeliebten das Selbst zu rauben, Opferlamm und Todesfalle? – Diese Liebe zwischen Romeo und Julia, gleicht sie nicht einem großen Ballett, immer nur Spitzentanz, Heben und alleräußerste Balance über dem Abgrund? – Und schließlich das Ende: Tot in der Gruft, malerisch ausgebreitet, regungslos nach all den halsbrecherischen Verrenkungen und grellen Verzweiflungsschreien (wehe, wenn auch nur ein Atemzug die Brust hebt, wehe, wenn ein Blinzeln über die Lider zuckt, alle Augen aus dem Publikum sind auf dich gerichtet) – wozu die lange Pein dieser Szene? Könnte sie nicht schließen mit dem Sterben! Ich halts nicht aus, so lange als Leiche zu liegen. Was soll das Gerenne der Wachen, das Jammern des alten Paters – und gar die Versöhnung der Alten? Was solls mit ihr? – »William, lieber Vater William, du bist so klug, so welterfahren! Glaubst du denn an diese Versöhnung nach allem, was geschah an tödlichen Balgereien, Tücken, Verfluchungen, dem alten eingebrannten Haß der Montagus, der Capulets? Seit wann verläßt du dich auf die Vergeßlichkeit des menschlichen Herzens, auf seine Milde und Friedlichkeit? – Und seit wann hältst du Verträge für haltbar? Diese Umarmung über den Leichen der Kinder, was kann sie wert sein?«

»Was ereiferst du dich, meine Kleine?« antwortete William. »Verträge müssen gebrochen und Umarmungen verraten werden, wenn sie im ersten bis vierten Akt geschehen. Wie brächte man sonst eine Handlung weiter? – Aber hier, in der Grabrotunde der Capulets, sind wir im fünften, gleich wird der Vorhang fallen. Was in der letzten Szene geschieht, ist ein Punctum, da gibts nichts zu rütteln. Die Herren und Damen des Publikums haben ihren Obolus bezahlt, um sich ein paar Stunden an Schrecknissen zu weiden. Zuletzt aber, wenn sie nach Hause gehen, erwarten sie freigesprochen zu werden von allen Erschütterungen – und Trost zu erhalten für ihr eigenes elendes Leben. Katharsis nanntens die Alten. – Die Liebenden sind tot. Gut! Und beweint. Lustvoll sind die Tränen dieser Art. Sie rufen nach Versöhnung. Da ist sie schon. Julias Bild wird in Gold gegossen, Romeos Gestalt in Marmor gemeißelt. So sind sie halbe Götter geworden, die beiden. – Und mehr bedarfs nicht.«

So redete William mit mir und ließ sich herbei, mir zu erklären, was ich nicht verstand, mitunter nicht verstehen *wollte*.

Etwa Jessica.

»Nein«, sagte ich, »ich mag sie nicht spielen. Das Mädchen mag ich nicht. Sie verläßt ihren Vater, ist er ihr denn nichts wert? Sie bestiehlt ihn, ist das nicht schäbig? Sie wird zur Verräterin an ihrem Glauben, an ihrem Volk, an allem, was sie war und sein konnte, nur des Lorenzo wegen. Pfui.«

»Was hast du gegen Lorenzo?« fragte William. »Er ist doch hübsch.«

»Hübsch!« rief ich erbittert. »Ich weiß, Vater William, daß du hübsche Burschen geschätzt hast. Aber was geht das mich an? Du kannst nicht leugnen, Vater William, dieser Lorenzo, den du mir als Galan verpaßt hast, ist doch nur ein ganz windiges Bürschlein. Eine hohle Nuß. Alle diese jungen Junker auf dem Rialto sind nichts als hohle klappernde Nüsse.«

»Aber hübsch, sehr hübsch«, sagte William und zwinkerte mir zu.

»Nur ein einziger hätte mir gefallen«, fuhr ich fort. »Antonio. Ihn hätte ich mir zum Liebhaber gewünscht. Warum durfte ich ihn nicht haben?«

»Den!?« rief William. »Nein, nein. Das hätte das ganze Spiel verdorben.«

»Wieso verdorben?«

»Verstehst du nicht? – Antonio ist der große Melancholiker, der Trauernde in der schönen Stadt Venedig, wie Shylock der große Trauernde ist in der Judenschaft. Aus Trauer ist er versteinert. Hätte ich das Mädchen Jessica aus einem Trauerwinkel nur in den nächsten schicken sollen? – Nein. Einmal mußte die reine Lebensflamme aufglühn, die reine ungetrübte Lebenslust. Darum Lorenzo. Wenn vielleicht auch nur zu kurzem Glück.«

»Ach so«, sagte ich. »Und darum: In einer Nacht wie dieser...«

»Richtig«, sagte Wilhelm. »Die große Cantilene.«
Ich nickte und begann:

»In einer Nacht wie dieser, da linde Luft
die Bäume küßte, erstieg wohl Troilus
die Mauern Troias und seufzte seine Seele
zu den Zelten, wo Cressida im Schlummer lag.

In einer Nacht wie dieser schlüpfte Thisbe
durchs taubenetzte Gras und sah
des Löwen Schatten ...
In einer Nacht wie dieser winkte Dido,
den Fuß im Schaum der Brandung, ihrem
Liebsten ...«

William sah mich zärtlich an. »Siehst du«, sagte er, »dein
Lorenzo mag ein windiges Bürschchen und Jessica mag
eine ungetreue, ja diebische Tochter gewesen sein! – Ich
aber habe ihnen diese Worte in den Mund gelegt, ein Echo
aus himmlischen Welten: mein Freispruch für ihre Nich-
tigkeit – und damit Trost, Trost für uns alle, vielleicht sogar
für Shylock.«

Was sollte ich da antworten? Ich dachte an Hamlet und
sein elendes Ende, an sein Verstummen *in den Rest.* Was
war das für ein *Rest?* Verwesung – und nichts weiter?

William erriet meine Gedanken. Er sagte: »Du vergißt
Fortinbras. Er kommt, man weiß nicht, als Freund, als
Feind, als Usurpator über Dänemark? Er findet nichts
mehr heil. Er erbt nur Leichen. Doch er denkt, was gewesen wäre, *wenn.* Und darum seine Worte über Hamlet:

›Wär er hinaufgelangt, er hätte sich
unzweifelhaft höchst königlich bewährt.‹

In diesem *wenn* liegt alle Ehre. – Und so bedarfs auch hier
nicht mehr.«

Verzeihen Sie, mein Herr! Wovon hab ich soeben gesprochen? Sprach ich über Hamlet? Ja? Aber ich bin wohl ab-
geschweift von der Geschichte, die ich Ihnen erzählen
wollte, zu erzählen begonnen habe, wie mein Jahrhundert
sie färbte. Mein Jahrhundert braucht keine Geister um

Mitternacht, um den Haß der Söhne zu legitimieren, die Verachtung der Eltern zu rechtfertigen und um Narrenkappen in Mode zu bringen.

Wo war ich stehengeblieben in meiner Geschichte? – Ja: Prinz Hamlet kehrte heim aus Wittenberg, und sehr bald pfiffen es die Spatzen von den Dächern: Es gebe Streit im Königshaus.

Streit? Warum Streit?

Er hatte Gründe. Alles, was ist, hat schließlich Gründe; auch Hamlets Wut, auch die seiner Gefährten, obwohl wir anderen diese Gründe sehr lange nicht begriffen. Wir hielten sie für Übermut, ganz rätselhaften, eine Art Tollheit, nur dazu erfunden, um unser Behagen zu stören, um alles zu stören, was uns natürlich und recht schien. – Hier muß ich noch einmal ausholen, mein Herr, um Ihnen zu erklären, wie alles kam.

Wir waren noch Kinder, halbe Kinder, da brach die große Springflut herein, die große Verwüstung, sie kam vom Westen, Norden und Osten. Das Land war verheert, die Hafenstädte zertrümmert, die Flotte zerschellt, die Äcker von der Salzflut verdorben. Wohin man hörte, Jammer und Geschrei: ins Elend gekommen unser Dänemark; nie werden seine Häfen wieder erstehen, seine Äcker tragen, Gras und Stroh werden unsere Kinder essen bis ins dritte Glied. – Doch siehe da! Man schrie zwar, aber man schaffte auch. Man kratzte Salz und Sand aus den Furchen. Man sägte und hämmerte und baute Dach um Dach. Man legte auch Schiffe wieder auf Kiel – und sie waren besser als zuvor, seetüchtiger, schnittiger, schneller. Was keiner für möglich gehalten hätte: Unser Land putzte sich auf. Keineswegs nährten sich seine Kinder von Gras und Stroh. Wo man vor der Springflut an grauem Gerstenbrot gekaut, aß man jetzt weiße Butterkringel.

Herrlich fand man das – man redete von einem *Wunder.* Wer wollte es dann so genau nehmen mit alten Gesetzen, kleinlichen Vorschriften, redlichen Sitten? Wer wollte es dem Bürger verbieten, in Samt und Seide zu gehen und seine Häuser auszustatten, wie es früher nur dem Adel zustand? Wer wollte es den tüchtigen Reedern verdenken, wenn sie nicht immer nur die saubersten Geschäfte machten? Und wenn die Krone mitnaschte an diesen Geschäften... Kurzum: Wie konnte es verhindert werden, daß einiges in Fäulnis geriet im Staate Dänemark? – Wen störte es? Wer nahm schon Anstoß?

In Wittenberg freilich gab es Leute, die Anstoß nahmen, weil es ihr Beruf war, Anstoß zu nehmen an den Unvollkommenheiten der Welt. Sie fanden das Ohr des Prinzen und träufelten den Saft der Empörung in seine Ohren...

So starb der Vater in ihm, der einst geliebte, er starb in Hamlets Herz und Kopf – und der Sohn kam zurück aus Wittenberg, ein Rächer seines Vaterbildes...

Ich aber – ich wartete darauf, daß er nichts eiliger haben werde, als mir seine Liebe zu erklären. – Pah.

Die Tage vergingen, und jeder Tag war mir, als ob ich angekettet wäre in einem Flammengarten.

Er kam nicht zu mir, er fragte nicht nach mir. Dann aber geschah es, daß er mit seinen Kumpanen quer über den Hof auf mich zuschritt – geradenwegs. Doch schien er mich erst im letzten Augenblick zu erkennen. Er griff mich bei der Hand und hielt mich fest, dann lehnte er sich zurück, so lang sein Arm war, und sagte: »Sieh da, Ophelia! Sie lebt noch immer. – Nun, wie befindet sich das Fräulein im Staate Dänemark?« – Ich wußte nicht, was diese Frage sollte... da drehte er mich um zu seinen Kumpanen und rief: »Ist sie nicht doch ein niedlich Kind? – Sie wars, die ich einmal zu meiner Königin machen wollte.« Und lachte dabei – und alle lachten mit, als wäre das der größte Spaß.

Ein Mann darf ein Mädchen kränken. Wer nimmt ihm das übel? – Doch wenn er sich selbst zum Narren macht, dann – dann stutzt die Welt.

Am nächsten Tag traf es mich, daß ich die Königin zur Messe begleiten sollte. Ich fand sie unruhig, bleich, sie rutschte auf den Knien hin und her und seufzte bis zum letzten Amen. Dann gingen wir hinüber zum Palast. Und wieder kam der Prinz des Weges, diesmal allein.

Ich erkannte ihn von weitem an der Art, wie er die Schultern rollte, und gleich darauf muß ihn auch die Königin erkannt haben, denn sie stand starr. Prinz Hamlet war sehr verändert.

Schon längst hatte er die Sporen von seinen Stiefeln getan und auch das seidene Mäntelchen abgelegt, das zur Hoftracht gehörte. Doch jetzt ging er barfuß in Holzpantinen und hatte einen Frieskittel an wie ein Bauer. Sein Gesicht war rauh von sprießendem Bart. »Gott zum Gruß, Mütterchen«, sagte er, »Ihr kommt vom Beten? Habt Ihr um gutes Wetter gebetet – oder um ein besseres Gewissen?«

Die Königin faltete die Hände. Ihre Lider klappten auf und zu. »Mein lieber Sohn«, sagte sie – und ihre Stimme war, als hätte sie Kreide gegessen, »was beliebt dir dieser Aufzug? Es ist nicht Fastnacht.«

»Doch!« sagte er. »Es ist Fastnacht. Es ist Narrenzeit. Allzeit ist Narrenzeit auf Helsingör.«

»Nein«, sagte sie, »du irrst dich im Kalender, lieber Sohn. Sei doch so gut und laß die Possen.«

»Warum soll ich sie lassen, da mir danach zumute ist?« fragte er und faßte die Königin um die Mitte und schwenkte sie in seinen Armen rundum.

In diesem Augenblick öffnete sich eine Tür am Palas, und in die Tür drängelten etliche Leute, Hofleute allesamt, Damen und Herren. Ich sah, wie sich ihre Münder öffneten zu einem stummen Schrei. Zu ungeheuer war der Anblick für sie: die Königin bedrängt von einem fremden Lümmel. Sie stürzten vorwärts, die Frauen kreischten, die Männer zogen ihre Degen, dann standen sie alle wieder – mit einem Ruck: Sie hatten den Prinzen erkannt – im Frieskittel, in Holzpantinen.

Die Degen schnarrten in die Scheiden zurück, Barette und Hüte wurden gelüftet, einige Damen knicksten. Die Königin taumelte leichenblaß aus Hamlets Armen.

Seither lief ein Wispern durch den Hofstaat: »Unser Prinz hat einen Schaden.« – »Unser Prinz ist nicht recht im Kopf.« – »Wir haben einen närrischen Thronfolger.«

Aber die Unruhe und das Wispern blieben nicht auf den Hof beschränkt. Sie drangen hinaus in Stadt und Land, und Hamlet sorgte dafür, daß sie hinausdrangen. Holzpantinen und Frieskittel hatte er sich nicht nur zum Spaß angezogen, sondern als die Tracht, in der er sich dem Volke zeigen wollte als dessengleichen, als Freund der Bauern, Fischer, Zimmerleute: Zu ihnen ging er auf den Markt, in die Gassen, in die Werkstätten, und seine Kumpane begleiteten ihn in derselben Tracht.

Zuerst begriff ich nicht, was ihn hinaustrieb zu den stinkenden Marktständen, in die häßlichen Werkstätten und dunstigen Kneipen. Aber als es mir einmal gelang, der Aufsicht meines Vaters zu entwischen und mich unter seine Zuhörer einzuschleichen, verkleidet wie er, da begann ich zu verstehen, was ihn antrieb, dort zu reden: Empörung. Ja, Empörung. Er war empört und süchtig danach, sich zu empören!

Das stürzte aus ihm hervor… Worte, die ich noch nie gehört hatte, manche klangen gelehrt, manche so gemein, daß ich errötete: »Wie unerträglich dieser Zeit Mißachtung, voll Willkür, Unrat… Der Mächtigen Druck, Verderbnis jeden Rechts durch Übermut der Ämter… Dazu

224

die Schmach, die jedem Redlichen von jedem Popanz droht… O schaudervoll! Höchst schaudervoll!« –
Und immer so fort.

Aber: Ob Hamlet vor einer Handvoll sprach oder vor Hunderten: Es waren stets Monologe. Endlose und unsterbliche Monologe. Mit ihnen hat ihn William versehen. Keiner anderen Gestalt von all den vielen, die er schuf, hat er dergleichen zugeteilt: dergleichen Empörung, Weltverfluchung, Selbstentblößung. Ja, Selbstentblößung. Denn darauf lief zuletzt alles hinaus, daß er sich selbst zu fassen suchte, nur sich selbst, Hamlet als den Erwählten, Klugen, alles durchschauenden, alles entlarvenden Hirngewichtler – und damit Maßfigur für alle, die gleichfalls glauben, mit größerem Hirngewicht begabt zu sein.

Ich, Ophelia, ich war nur sein Schatten. Ich hatte keine Monologe. Ich durfte nur lispeln: »Sehr wohl, mein Vater.« – »Wie das, mein Prinz?« – um am Ende zwischen Weiden und Kuckucksblumen im Flüßchen zu schwimmen, Hamlets Opfer.

Ich wollte das lange nicht einsehen. »Gib mir doch auch einen Monolog, William!« sagte ich. »Nur einen einzigen!«

»Was willst du?« sagte er. »Hast du nicht deine Lieder?«

»Ach, diese Lieder! – Was sind schon Lieder?«

»Lieblichkeit«, sagte er. »Das ist für dich genug.«

So war ich abgetan. Nicht einmal meinen Irrgang durch die Binsen hat William mir vergönnt. Mein Tod wird nur berichtet. Das ist alles, womit er mich bedachte. Sie sagen: Mit einem Bild der Lieblichkeit. Schon möglich. Doch wer will nur ein Bild sein?

Nichts mehr davon. – Ich wollte doch von Hamlet reden.

Natürlich hatte er Zulauf, der Prinz im Frieskittel. Wer hat schon keinen Zulauf, der der Menge goldene Zeiten verspricht: »Mein Volk, du wirst betrogen. Merkst dus nicht:

Man mästet sich von deinem Fett. Doch nicht mehr lange! Zuende geht die Zeit der falschen Demut, des stillgeduckten Elends. Bald bist du frei. Dann wirst du glücklich sein.«

Denn das war Hamlets eigentlicher Wunsch, sein Trieb, sein Ziel: *Beglückung*. Er war empört, daß es so wenig Glück gab auf der Welt. Drum wollte er die Fäulnis ausbrennen, die das Glück verhinderte. Ob er von Anfang an dachte, seinen Vater vom Thron zu stoßen, ich weiß es nicht. Ich denke eher, er wollte ihn bekehren, belehren und bekehren und ihn zu dem machen, wovon er als Knabe gedacht hatte, daß der Vater sei: ein braver unbefleckter Mann. – Nichts konnte ihm *mehr* mißlingen.

Wie Sie sich denken können, lieber Herr: Was da geschah, blieb nicht unbemerkt. Hinter Hamlet lief eine Schar Spione – und hinter seinen Freunden ebenfalls. Man hinterbrachte ihre Reden, fing ihre Briefe ab und machte alles ärger, als es war. Am Hof gingen die schlimmsten Befürchtungen um ... Da meldeten sich zwei Männer, Rosencranz und Güldenstern ... Sie kennen die Rollen, die ihnen William verpaßte: Meuchelmörder. – Warum er ihnen trotzdem so hübsche Namen gab, ein Geheim-nis! ...

Sie erboten sich beim König, den Prinzen umzulegen. Sie verfügten, sagten sie, über sichere Mittel, die keine Spuren hinterließen, und kein Schatten werde auf den König fallen.

So trugen sie sich an, die Leute mit den hübschen Namen.

Der König ... ich glaube, er war kein schlechter Mann ... nicht schlechter als viele ... und obwohl er seinen Sohn zu fürchten begonnen hatte, sein Blut vergießen wollte er nicht. Er hörte sich die beiden an und dankte ihnen und lobte ihre Treue ... und entließ sie: Er denke, Hamlets Seele sei gestört, er wolle keinen Kranken für seine Krankheit strafen und so fort ...

Dann aber hielts ihn nicht mehr, und er ging zu Gertrud und erzählte ihr. – Sie tobte: »Mein Sohn, mein Herzblatt – ich lebe von seinen Blicken! Und du läßt sie ziehen, die Schurken, statt sie zu henken. Oh, was tu ich, um ihn zu retten?«

»Du brauchst ihn nicht zu retten«, grollte der König. »Kein Haar wird man ihm krümmen. Aber bedenke ...«

»Ich hab nichts zu bedenken«, rief die Königin. »Ich bin seine Mutter.« – Dann saß sie nieder und schrieb einen Brief. Sie schrieb mit fliegender Feder, weinte dabei und bebte. Dann nahm sie mich in ihre Arme. »Ophelia!« sagte sie. »Ich weiß, du liebst ihn. Dir kann ich mich vertrauen.«

Und sie schob mir den Brief unters Mieder und sagte: »Bring ihn Hamlet. Es geht um sein Leben.«

Und so ging ich.

Ich schlich die Gänge auf und ab: vergeblich. Ich suchte im Garten, mich brannte der Brief wie Feuer. »Es geht um sein Leben!«

Da kam mein Vater des Weges. »Was treibst du hier?«

Ich war verloren.

»Hast du nicht Dienst heut bei der Königin?«

»Jaja, neinnein. Ich bin ...«

»Du bist auf üblen Wegen, Ophelia.«

So nahm er mich mit. Er ging mir voran. Da sah ich ... O Gott, ich sah ...

Nicht Hamlet. Nein. Marcello. Einen seiner Gesellen. Er saß auf der Treppe, müßig, und spielte mit seinem Dolch. Ich hatte nie ein Wort mit ihm gesprochen. Vor meinem Vater rückte er zur Seite, und ich, zwei Staffeln dahinter ... ich riß den Brief aus meinem Mieder und warf ihn Marcello zu.

Mein Herr, was soll ich Ihnen sagen? Sie sind noch jung. Sie können noch nicht erfahren haben, was ich damals er-

fuhr. Oder doch? Jedes Jahrhundert schwingt seine Brand-
fackeln. – Geben Sie die falsche Nachricht in die falschen
Hände – und Sie haben alle Teufel losgelassen!

Marcello gehörte zu denen in Hamlets Gefolgschaft, die
schon längst der Meinung waren, der Worte seien genug
gemacht. Man wolle Taten sehen. Was nütze ein Erbe, der
über keine Erbschaft verfüge, und ein Kronprinz, der
nichts in Bewegung bringe als sein Mundwerk?

Die Zeit sei reif zu handeln.

Und allen denen, die seiner Meinung waren, gab er das
Signal. Aufruhr wurde erregt durch die Nachricht, der
König plane Hamlets Ermordung. Und warum? Weil sich
Hamlet des armen Volkes erbarme. Schlimmste Unter-
drückung sei zu erwarten, wenn Hamlet tot sei, Austreibung, Folter, Ersäufung … und Steuern, Steuern unerhör-
ter Art.

Ein Meisterstück der Volksaufwieglung. In kurzer Zeit
stand ganz Dänemark in Flammen. Der Brief der Königin
diente als Fanal. Die wenigsten hatten ihn selbst gelesen.
Marcello und seine Freunde beriefen sich auf ihn. Das war
genug.

Und wo war Hamlet?

Er kreuzte draußen in den Sunden und warf Netze aus
nach seltsamen Fischen.

Als er zurückkehrte, hatte er nur noch zur Kenntnis zu
nehmen: Er war zum König ausgerufen. Die Hohen Ämter waren unter seine Freunde verteilt. Marcello hatte sich
zum Schatzmeister aufgeworfen.

Hamlet … er freute sich wohl? Oder nicht? – Jetzt endlich
konnte er aus Dänemark machen, wovon er träumte: ein
glückliches Land, ein Land der Gerechtigkeit, Freiheit, der
Milde gegen die Armen, der Strenge gegen die Reichen.
Ein Land – gesund, geheilt – und alle Fäulnis exstirpiert.

Mein Vater war in den Wirren umgekommen. Der alte König und die Königin saßen in den Verliesen von Helsingör. Hamlet wollte das nicht dulden. Er löste ihre Ketten und schickte sie nach Aarhus. Man hatte ihm versichert, es sei eins der schönsten, angenehmsten Schlösser im ganzen Reich – in lieblichster Gegend –, dort mochten die Alten ihr Ausgeding genießen, von treuen Dienern umgeben, und die ihnen getreuesten waren gewiß – so meinte Hamlet wohl – die er zu ihren Castellanen ernannte: Rosencranz, Güldenstern...

Mich, Ophelia, hatte niemand angetastet während des Umsturzes. Man gab mir nur zu verstehen: der junge König werde mich keinesfalls zu seiner Gattin machen. Er habe schon ein Mädchen aus dem Volk erkoren. – Damals wurde eine Magd aus dem Weidenbach hinter Helsingör gefischt. Sogleich gab man bekannt, ich hätte mich ertränkt – und feierte meinen Tod als Freudenfest.

Hamlet verbarg mich in einer Fischerhütte unter den Klippen. Ich sah ihn selten. Wie er regierte? Ich weiß es nicht. Vermutlich ließ er seine Kumpane schalten und walten, als hielte er es für unmöglich, daß sie die braven Satzungen vergäßen, die sie in Wittenberg gemeinsam gelernt und tausendmal beschworen hatten.

Und eine Weile ging das auch so hin... Dann aber trat ein Ereignis ein, das alles umstürzte: die beiden Castellane von Aarhus, Rosencranz und Güldenstern, erschienen bei Hof und berichteten, der alte König und seine Gattin seien einem Gericht giftiger Pilze erlegen. Sie hätten sie selbst im Park gepflückt, man habe sie vor der Speise gewarnt, aber sie hätten darauf bestanden zu essen... Und beide seien tot vom Sessel gesunken.

Hamlet, so erzählte man mir, habe bei dieser Nachricht aufgeschrien. Er habe sein Gesicht verhüllt und kein Wort gesprochen stundenlang, tagelang.

Die Meuchelmörder, aus deren Augen zuerst Triumph geleuchtet – und die kaum verhüllte Erwartung hoher Belohnung, hatten begriffen: Sie machten sich aus dem Staub. Kurz danach wurden sie festgenommen, vor ein Gericht gestellt und enthauptet.

Doch Hamlets Zerrüttung war nicht mehr herstellbar.

Wir begegneten einander noch einmal am Strand zwischen den Klippen. Ich sah ihn lange wie einen großen schwarzen Vogel zwischen den Steinen umhergehen, mit den Fußspitzen im Sand wühlen und manchmal die Arme recken. Da ging ich auf ihn zu, tat die Kapuze von meinem Kopf und fragte: »Kennt Ihr mich noch, König Hamlet?«

Er sah mich aus seinen wunden Augen an und schüttelte den Kopf. Ich begriff: Er kannte mich wohl, doch er wollte nicht, daß ich ihn König nannte.

Wieder scharrte sein Fuß im Sand. Er fragte: »Glaubst du, Ophelia, daß ich ihren Tod gewollt habe?«

»Wessen Tod?« fragte ich zurück, obgleich ich sehr gut wußte, was er meinte.

»*Ihren* Tod!« wiederholte er. »Ich saß doch eben erst auf meines Vaters Schoß, ich hielt meine Mutter doch eben erst in meinen Armen? Hab ich sie damals noch geliebt? Hab ich sie damals schon gehaßt? – *Das ist die Frage*. Haß und Liebe, Wohltat und Mord, sie hausen so eng beisammen in unseren Seelen, wer kann sie unterscheiden? – Du? – Ich nicht. Das ist der Wurm, der an mir nagt.«

»Ja«, sagte ich, »dein Wurm ...«

»Schau dich um, Ophelia«, sagte er und wies aufs Meer hinaus. »Siehst du die Schiffe?«

Ich sah sie, Segler an Segler so weit der Blick reichte, mit Kurs auf die Küste und wimmelnd von metallisch blitzenden Gestalten.

»Seine Flotte!« sagte Hamlet. »Fortinbras. Er kommt, sich Dänemark zu unterwerfen.«

Ich war gelähmt vor Schrecken und Entsetzen. In einer fernen Bucht war das erste Schiff dabei zu landen.

Er bog mich in seine Arme. »Hamlet nimmt Abschied«, sagte er. »Der Rest ist Schweigen.«

Er wandte sich ab und ging. Und wie er so fortging wie ein großer schwarzer einsamer Vogel, da erkannte ich: Es war gar nicht Hamlet. Es war William.

Hier sehen Sie, mein Herr, was ich die ganze Zeit in meinen Händen hielt: den silbernen Apfel, mit dem wir als Kinder spielten und der ein Klingen von sich gab, wenn man ihn rollte. Noch immer gibt er das Klingen von sich; hören Sie nur! – Kling klang! – Er erzählt mir alles, was ich will, der silberne Spielzeugapfel – und die Brandung bei Helsingör.

William Shakespeare im dtv

Zweisprachige Ausgabe
Neuübersetzung von
Frank Günther

Ein Sommernachtstraum
Mit einem Essay von
Sonja Fielitz
dtv 12480

Romeo und Julia
Mit einem Essay von
Kurt Tetzeli von Rosador
dtv 12481

Othello
Mit einem Essay von
Dieter Mehl
dtv 12482

Hamlet
Mit einem Essay von
Manfred Pfister
dtv 12483

Macbeth
Mit einem Essay von
Ulrich Suerbaum
dtv 12484

**Der Kaufmann von
Venedig**
Mit einem Essay von
Wolfgang Weiß
dtv 2368

Was ihr wollt
Mit einem Essay von
Christa Jansohn
dtv 2369

Der Sturm
Mit einem Essay von
Günter Walch
dtv 2370

Wie es euch gefällt
Mit einem Essay von
Andreas Mahler
dtv 2371

König Lear
Mit einem Essay von
Sabine Schülting
dtv 2372

Julius Cäsar
Mit einem Essay von
Kurt Tetzeli von Rosador
dtv 12490

Die Sonette
Übersetzt von
Christa Schuenke
Mit einem Essay von
Manfred Pfister
dtv 12491

Rolf Vollmann
Who's who bei
Shakespeare
dtv 30463

Christa Wolf im dtv

»Grelle Töne sind Christa Wolfs Sache nie gewesen;
nicht als Autorin, nicht als Zeitgenossin hat sie je zur
Lautstärke geneigt, und doch hat sie nie Zweifel an
ihrer Haltung gelassen.«
Heinrich Böll

Der geteilte Himmel
Erzählung
dtv 915

Unter den Linden
Erzählung
dtv 8386

**Nachdenken über
Christa T.**
dtv 11834

Kassandra
Erzählung · dtv 11870

**Voraussetzungen einer
Erzählung: Kassandra**
Frankfurter Poetik-
Vorlesungen
dtv 11871

Kindheitsmuster
Roman · dtv 11927

Kein Ort. Nirgends
dtv 11928
Fiktive Begegnung
zwischen Karoline von
Günderrode und
Heinrich von Kleist.

Was bleibt
Erzählung · dtv 11929

Störfall
Nachrichten eines Tages
dtv 11930
Tschernobyl, April 1986.
Eine Reaktion auf die
unfaßbare Nachricht.

Im Dialog
dtv 11932

Sommerstück
dtv 12003

Auf dem Weg nach Tabou
Texte 1990–1994
dtv 12181

Medea. Stimmen
Roman
dtv 12444 und
dtv großdruck 25157

**Die Dimension des
Autors**
Essays und Aufsätze,
Reden und Gespräche
1959–1985
SL 61891

Christa Wolf/Gerhard
Wolf:
Till Eulenspiegel
dtv 11931

Günter Grass im dtv

»Günter Grass ist der originellste und
vielseitigste lebende Autor.«
John Irving

Die Blechtrommel
Roman · dtv 11821

Katz und Maus
Eine Novelle · dtv 11822

Hundejahre
Roman · dtv 11823

Der Butt
Roman · dtv 11824

**Ein Schnäppchen
namens DDR**
Letzte Reden vorm
Glockengeläut
dtv 11825

Unkenrufe
Eine Erzählung
dtv 11846

**Angestiftet, Partei zu
ergreifen**
dtv 11938

Das Treffen in Telgte
dtv 11988

**Die Deutschen und
ihre Dichter**
dtv 12027

örtlich betäubt
Roman · dtv 12069

**Ach Butt, dein Märchen
geht böse aus**
Gedichte und
Radierungen
dtv 12148

**Der Schriftsteller als
Zeitgenosse**
dtv 12296

**Der Autor als
fragwürdiger Zeuge**
dtv 12446

Ein weites Feld
Roman
dtv 12447

Die Rättin
dtv 12528

**Mit Sophie in die Pilze
gegangen**
Gedichte und
Lithographien
dtv 19035

Volker Neuhaus
**Schreiben gegen die
verstreichende Zeit
Zu Leben und Werk von
Günter Grass**
dtv 12445

Gert Hofmann im dtv

»Er ist ein Humorist des Schreckens und unermüdlicher
Erfinder stets neuer, stets verblüffender und verblüffend
einleuchtender Erzählperspektiven.«
Frankfurter Allgemeine Zeitung

Der Kinoerzähler
Roman · dtv 11626
»Mein Großvater war der
Kinoerzähler von Lim-
bach.« Karl Hofmann, der
exzentrische Kauz, ist eine
stadtbekannte Persönlich-
keit. Doch dann kommt
der Tonfilm und macht
ihn arbeitslos...

Auf dem Turm
Roman · dtv 11763
In einem kleinen sizilian-
ischen Dorf wird die Ehe
eines deutschen Urlauber-
paares auf eine harte
Probe gestellt.

Gespräch über Balzacs Pferd
Vier Novellen · dtv 11925
Unerhörte Begebenheiten
aus dem Leben von vier
außergewöhnlichen Dich-
tern: Jakob Michael Rein-
hold Lenz, Giacomo
Casanova, Honoré de
Balzac und Robert Walser.

Der Blindensturz
Roman · dtv 11992
Die Geschichte der Ent-
stehung eines Bildes.

Das Glück
Roman · dtv 12050
Wenn Eltern sich tren-
nen... »Ein schöner, durch
seine Sprache einnehmen-
der Roman.« (Frankfurter
Allgemeine Zeitung)

Vor der Regenzeit
Roman · dtv 12085
Ein Deutscher in Südame-
rika, das »bizarre Psycho-
gramm eines ehemaligen
Wehrmachtsobersten«
(Die Zeit).

Die kleine Stechardin
Roman · dtv 12165
Der große Göttinger Ge-
lehrte Georg Christoph
Lichtenberg und seine
Liebe zu dem 23 Jahre
jüngeren Blumenmädchen
Maria Dorothea Stechard.

Veilchenfeld
Roman · dtv 12269
1938 in der Nähe von
Chemnitz: Ein ruhiger, in
sich gekehrter jüdischer
Professor wird in den Tod
getrieben. Und alle Wohl-
anständigen machen sich
mitschuldig.

Marie Luise Kaschnitz
im dtv

»Was immer sie schrieb – ob Lyrik oder Prosa, ob
Erinnerungen oder Tagebücher –, es zeichnet sich durch
kammermusikalische Intimität aus. Sie war eine leise
Autorin. Gleichwohl ging von ihren besten Büchern eine
geradezu alarmierende Wirkung aus.«
Marcel Reich-Ranicki

Der alte Garten
Ein Märchen
dtv 11216
Mitten in einer großen Stadt
liegt ein verwilderter Garten, den zwei Kinder voll
Neugier und Abenteuerlust
für ihre Spiele erobern.
Aber die Natur wehrt sich
gegen die ungestümen Ein-
dringlinge … Ein literari-
sches Gleichnis für den
sorglosen Umgang mit un-
serer Welt.

Griechische Mythen
dtv 11758
Bekannte und weniger be-
kannte Mythen hat Marie
Luise Kaschnitz in diesen
frühen, sehr persönlich gefärbten Nacherzählungen
dargestellt.

Lange Schatten
Erzählungen
dtv 11941

Wohin denn ich
Aufzeichnungen
dtv 11947

Überallnie
Gedichte
dtv 12015

Das Haus der Kindheit
dtv 12021
Eine faszinierende Reise in
die Kindheit. »Eine un-
heimliche Erzählung, eine
Fabel nach der Tradition
bester Spukgeschichten,
spannend und schön er-
zählt, und auch an Kafka
mag man denken, bei aller
Existenzangst und allen Da-
seinszweifeln unserer Ge-
genwart.« (Wolfgang Koep-
pen)

Engelsbrücke
Römische Betrachtungen
dtv 12116
»Das Rom-Buch inspiziert
eine Stadt unter dem Deck-
mantel der Verschwiegen-
heit … Die scheinbar lose
zusammengesetzten Prosa-
stücke bilden ein Mosaik
der Selbstbefragung.«
(Hanns-Josef Ortheil)

Ruth Klüger im dtv

»Jeder Tag ist wie ein Tor, das sich hinter mir schließt
und mich ausstößt.«
Ruth Klüger

weiter leben
Ein Jugend · dtv 12261
dtv großdruck 25106

»Mir ist keine vergleichbare Biographie bekannt, in der mit
solcher kritischen Offenheit und mit einer dichterisch zu
nennenden Subtilität auch die Nuancen extremer Gefühle
vergegenwärtigt werden.« (Paul Michael Lützeler in der
›Neuen Zürcher Zeitung‹)

Frauen lesen anders
Essays · dtv 12276

Frauen lesen anders als Männer, weil sie anders leben. Daher
kann der weibliche Blick, in der Literatur wie im Leben, manches entdecken, woran der männliche vorübersieht. Ruth
Klüger beweist dies in elf ebenso ungewöhnlichen wie klugen Essays. Deutsche Literatur in anderer Beleuchtung.

Katastrophen
Essays · dtv 12364

»Ein sehr empfehlenswertes Buch, es sollte, muß aber nicht,
im Anschluß an ›weiter leben‹ gelesen werden, und es spricht
nicht nur zu den Fachwissenschaftlern, sondern zu allen, die,
und vollkommen zu Recht, von der Literatur Aufschluß über
die Katastrophen der Gegenwart erhoffen.«
(Burkhard Spinnen in der ›Frankfurter Allgemeinen Zeitung‹)

»Ruth Klüger stellt ganz einfach andere Fragen an Texte, eine
Methode, die zu ebenso plausiblen wie spannenden Antwor-
ten führt, manchmal auch zu süffisant amüsanten.«
(Barbara von Becker in der ›Süddeutschen Zeitung‹)

Volker Hage im dtv

»Volker Hage ist ein Plauderer, der kritisiert, ein Kritiker, der amüsiert, ein Forscher, der das Land der Dichter mit der Seele sucht – und mit dem Computer.«
Marcel Reich-Ranicki

Propheten im eigenen Land
Auf der Suche nach der deutschen Literatur
dtv 12692

»Wird die deutsche Literatur am Ende des Jahrhunderts noch einmal munter?« Volker Hage, als Literaturredakteur von ›Zeit‹ und ›Spiegel‹ mit der literarischen Szene bestens vertraut und selbst beteiligt an den wichtigen kulturpolitischen Debatten der neunziger Jahre, schaut zurück und nach vorn: Von der Wende und den letzten Tagen der Bonner Republik spannt er den Bogen bis in die unmittelbare Nachkriegszeit und fragt nach den Zeichen für das nächste Jahrhundert. In Kommentar und Kritik, Polemik und Porträt wird eine Zeit des Umbruchs sichtbar – ein Lesevergnügen von analytisch-anschaulicher Erzählkraft, ein Kompendium der deutschen Gegenwartsliteratur von 1987 bis heute.

Alles erfunden
Porträts deutscher und amerikanischer Autoren
dtv 19032

Volker Hages Begegnungen mit Günther Anders, Jurek Becker, Wolf Biermann, Harold Brodkey, Richard Ford, Max Frisch, Joseph Heller, John Irving, Ernst Jandl, Wolfgang Koeppen, Joyce Carol Oates, Philip Roth, Gerold Späth, Botho Strauß, John Updike und Martin Walser.

»Es ist ihm gelungen, ausnahmslos interessante Autoren zu befragen, darunter auch solche, die für gewöhnlich keine Interviews geben, und er hat eine vertrauensvolle Atmosphäre schaffen können, in denen sie gern erzählen möchten: von sich und ihren Büchern.«
Süddeutsche Zeitung